ZÁNGANOS DE XIBALBÁ

ZÁNGANOS DE XIBALBÁ

y otros inframundos urbanos

Fernando Gudiel

Zánganos de Xibalbá y otros inframundos urbanos
Segunda edición, abril de 2022

Tessellata Libros

ISBN: 978-1-7369492-5-2

TESSELLATA BOOKS
Virginia, EE.UU (USA)
TessellataBooks@gmail.com

Para mi madre, Dora Alicia.
En memoria de mi padre, Arístides y mi tía Lidia.

Contenido

Arnulfo Díaz

I

Estimulándome en este día como cualquier otro, donde ruedan cabezas y la navaja sigue sangrando excelsamente. Una voz en mi mente me pregunta: «¿qué te deparará este nuevo día, con su madrugada de aroma a fluidos orgásmicos?»

Este día cualquiera, donde el ambiente se siente pesado y el cielo está a punto de caer sobre mis hombros, me encuentro muriéndome de estupor, como un zombi agotado de deambular por la ciudad. Viviendo esta vida en un peculiar parque temático con sus rocolas a todo volumen, con sus aleluyas y sermones apocalípticos, con sus pasitos tun, tun; aplausos y lloriqueos, con sus somatadas de pecho en las iglesias para luego ensartar la daga por la espalda; con sus dimes y diretes; con sus sonrisas solapadas, promesas falsas y juramentos envenenados; con sus dedos índices acusadores, con sus ojos de indiferencia.

Avivándome en este peculiar mundo mágico al estilo Disneylandia, donde Mickey Mouse es un padrote de una casa de reputación baja en la Zona 4; el pato Donald, un político de pacotilla; Bambi, un fulano cualquiera abatido a balazos; Blanca Nieves, una hermosa muchacha en un estado avanzado de SIDA rodeada de sus siete gatitos; la Cenicienta, una hembrota con tremendo miembro viril; Aurora, tan bella que sigue durmiendo en un cementerio clandestino; Mary Poppins, una novia en alquiler; los tres cerditos se comen las mejores mazorcas; los 101 dálmatas enriqueciéndose ilícitamente; Pinocho, un abogado burlándose de la justicia; Peter Pan emborrachándose y drogándose para olvidar por las calles aledañas al Portal del Comercio; las ardillitas cantándole serenatas a la muerte; y las abuelitas con ojos grandes, orejas largas y colmillos afilados, sirviéndose de banquete a idealistas y héroes olvidados en el tiempo. ¿Qué puedo decir de este nuevo amanecer agrio? Este donde las moscas vuelan sobre los rosales, donde los zopilotes vuelan cercanos, donde los Cristos están invertidos. Heme aquí en este día cualquiera, fumando un cigarrillo mentolado, apoyándome sobre una pared de un negocio de abastecimiento de productos básicos que pertenece a mi señor padre, husmeando con desgano el periódico del día, a la vez voy contando hormigas rojas que acarrean sus alimentos, para ingresar a su pequeña guarida localizada cerca de la orilla de la banqueta.

Meditando sobre lo sucedido en estos últimos meses, la traición a mi mejor amigo me carcomía el alma, y cuando se destapó la olla conllevó a resultados desastrosos. Admito que he querido asociarme con algún club de poetas, pero muchos argumentan que por mi carácter tan dificultoso me resulta imposible adaptarme a cualquier grupo de personas. Caso contrario sucedió con dos amigos de la niñez, con quienes vivimos en el mismo vecindario. Zaid de complexión baja, delgado, un tanto moreno, con ojos como las aguas poco profundas de la mar donde puedes saber la nobleza que gobierna en su corazón; desde temprana edad se interesó por la lectura y su mayor fascinación la encontró con H.P. Lovecraft, Edgar Allan Poe, John Wood Campbell, Jr. y otros autores relacionados con estos géneros literarios. Cabe resaltar que tuve la oportunidad de leer su primer cuento corto de terror. Haroldo es alto y en estos últimos meses ha estado desarrollando más musculatura de la que ya tenía, yendo al gimnasio cinco veces a la semana, siguiendo una dieta estricta. Algunos le han apodado Drago, no tan bien parecido como el boxeador ruso de la película *Rocky IV*. Es un individuo de mente serena, que acierta en sus opiniones, es observador, no se le escapa una. Bastante bromista. Él no tenía nada en común con nuestros intereses particulares; sin embargo, como un perro fiel, nos seguía por el simple hecho de sentirse identificado con nosotros.

II

Tres meses atrás me solicitaron que dejara de laborar en una institución financiera que detestaba. Primero, porque odiaba a mi jefa, una bruja mandona a la que nada le satisfacía, más cuando se encontraba en sus días difíciles; segundo, porque manejaba demasiada presión de trabajo, por estar manipulando dinero en efectivo.

El tiempo se me ha esfumado al estar enviando mi *curriculum vitae* a diferentes medios de prensa. He estado en un limbo, sin tener idea de qué hacer de mi vida, porque nunca me expliqué qué hacía yo trabajando en una institución financiera, cuando en realidad, eso no tiene nada que ver con mis intereses personales. Ya han sido tres carreras universitarias a las que he ingresado; por último, me decidí por periodismo. Debo confesar que horas antes tuve una entrevista que no salió del todo bien, porque el entrevistador me pareció antipático e insolente y por ende mi lengua no estuvo del todo atinada para responder lo que el empleo requería, sino más bien estuve a la defensiva con sus preguntas. Después de estar en ese ajetreo, que aún no me ha llevado a conseguir el empleo que deseo, decidí comunicarme con mis amigos, con los que desde niños hemos atravesado una inmensidad de aventuras, travesuras y anécdotas. Esa noche, decidimos salir a tomar bebidas etílicas en un lugar localizado por la avenida Reforma, Zona 9, del cual ni me recuerdo su nombre, solo sé que venden comida al estilo mexicano: tacos al pastor, carnitas y, ya no digamos, licor y cervezas.

El primero en arribar fue Haroldo, vestido con un pantalón de lona con la parte de la rodilla derecha desgarrada y una camisa naranja que por poco y me deja ciego. Venía acompañado de otros dos amigos que estudian con él en la universidad; uno de ellos un regordete blanco, cachetón, con un acné escandaloso que me provocó un poco de asco, con el pelo colocho, usando lentes oscuros del tipo de los que usaba Tom Cruise en la película «Top Gun». El otro era un chaparrito, delgadito, con un bigotito que solo faltaba que se pasara un borrador, luciendo su pelo brillante como si una vaca lo hubiese lamido, vestido un poco extravagante y con su amanerada forma de hablar y expresarse. Haroldo me los presentó, pero no recuerdo sus nombres.

El lugar estaba casi vacío y nos sentamos por un rincón, ordenamos varios tacos con carnitas y, para empezar, una botella de ron. Pasada la hora y pedida la segunda botella, Zaid nos sorprendió al llegar acompañado con una hermosa chava. Hasta ese momento no teníamos idea alguna de si salía con alguien. Nos la presentó como su novia, su nombre era Fernanda. Ella era blanquita, muy encantadora con sus ojos grandes avellanados, su nariz respingada, labios finos; un cuerpo que lo deja a uno con la boca abierta, bien proporcionada y estatura tan bajita que podría parecer mi llaverito. La chava se adaptó a nuestros temas de conversación aunque con los amigos de Haroldo no se hablaba nunca de nada interesante, eran conversaciones por momentos estúpidas, fuera de lugar, por momentos entraba la seriedad para luego salirse por la tangente hablando de deportes, enfatizando en el fútbol nacional, «que los Rojos son mejores», «que los Cremas lo son», la clásica plática que no termina en nada, pero juro que si pudiese opinar respecto a los dos equipos, no saldría nada bueno de mi boca, por tanto mejor me quedé con el hocico cerrado.

—Zaid me comentó que tú escribes poesía —dijo Fernanda.

—Efectivamente, sí —respondí—. Me gusta mucho. ¿A ti?

—Me gusta, soy una chava romántica. Me encantan los poemas de Pablo Neruda —Es típico que a algunas chavas les guste ese estilo, pensé—, pero sabes que los poemas que encuentro interesantes son los de Manuel José Arce Leal —agregó.

—¡Ah, sí! —respondí un poco incrédulo—. ¿Qué es lo que encuentras interesante en su poesía?

—A mi parecer no ha habido en *Guate* muchos poetas con el tamaño de las pelotas de Arce. Me gusta porque no está adornada con tanta azúcar y cursilería, el mensaje va directo al grano —enfatizó.

—Ese cuate no tuvo pelos en la lengua y, a través de la palabra escrita, le dijo sus verdades al General —agregué en un tono más sonriente porque empecé a interesarme en sus palabras.

—Les comento que Fernanda hizo mención en una ocasión de que aprecia las obras de Thomas Mann, Camus, Sartre, entre otros —indicó Zaid.

—Déjense de pajas, no vengan con esas mariconadas y temas aburridos —interrumpió la conversación uno de los trogloditas amigos de Haroldo.

—Vos, mejor callate —respondí sin titubear—, porque, para empezar, se me hace que ni sabés leer, sos de esos que sólo están paseando por la universidad —Una sonrisa encabronada noté en su rostro, para luego preguntarle —¿Y qué estás estudiando vos?

—Arquitectura —contestó.

—Ah, bueno… Para empezar, si no te gusta la literatura, es tu rollo, pero no nos interrumpás la conversación que estaba haciéndose interesante —mencioné.

Un leve movimiento de labio hizo Fernanda, notándose el pronunciamiento de sus camanances, percibí que en sus adentros sonreía, sus ojos trataban de disimular estar interesados en mí. Pero a la vez me sentí un poco mal porque empecé a tener una serie de pensamientos pecaminosos. «¡Ayyy! De pensar que esa chava es la novia de Zaid».

El tiempo transcurrió, continuamos bebiendo y comiendo, hasta el punto en que Haroldo, sus amigos, e incluso Zaid, estaban bastante ebrios. Se abrazaban, casi hasta se besaban y bebían como cerdos tratando de ver quién era capaz de tomarse el trago sin respirar. Yo no me presté a ese juego a pesar de tener bastante tolerancia con el consumo de bebidas alcohólicas, no me importó que me señalaran llamándome maricón. Lo que más me impresionó fue que a Zaid le valió un pepino que anduviese con su novia y bebiese como si se fuese a acabar el licor en el mundo. Ella adujo que en un par de ocasiones Zaid se puso ebrio, pero no le importó; lo llevó a su casa y lo cuidó. Toda mi atención estaba fijada en ella, mis pensamientos seguían traicionándome en todo momento, pero no hice ninguna aproximación más allá de una simple y amena conversación.

Llegó el instante en que nos echaron del local. Haroldo se fue en su auto y se llevó a sus amigos mientras que Fernanda se fue conduciendo el auto de Zaid, quien quedó postrado en el asiento trasero; y yo me fui hacia mi casa en el viejo carro de mi padre, el cual con bastantes suplicas me prestó esa noche.

III

Me encontraba buscando empleo y rogando a Dios no hallarlo; que, en lugar de formar parte de la fuerza laboral guatemalteca, me hiciese ganar la bendita lotería «y claro, es más fácil que te caiga un rayo a que te la ganes» o hacerme de una amante que tenga un chingo de plata y me mantenga. No creía que fuese a suceder alguna de esas dos situaciones; por tanto, no me quedaba otra opción que ayudar en el negocio de mi viejo, localizado por el corazón del Mercado La Terminal Zona 4.

Con los dientes bien pelados e hipócrita sonrisa atendía a los clientes, de los cuales no me quejaba, a excepción de una vieja alzada: Doña Filomena; una sabelotodo prepotente, a quien quería arrancarle la lengua, aborrecía escuchar su voz chillona; pero debía aguantarla, porque era una cliente fiel. Con los demás, la verdad, yo no abría la boca, salvo que me hiciesen alguna pregunta.

Por las mañanas se mantenía bastante ocupado, la verdad que ni tiempo tenía uno de respirar con tanta gente. Un café ayudaba a mitigar el sueño para sobrevivir a la madrugada. A eso de las siete, cuando empezaba a rechinar la panza por el hambre y, dependiendo de qué pacto tenía realizado mi madre con algunas personas de negocios aledaños, nos venían a dejar desayunos, ya sea avena o tamales, panes con chile y otras cosas ricas; sin faltar, por supuesto, la respectiva champurrada.

A cierta hora del día todo se ponía un poco más pesado. En ocasiones me dejaban solo atendiendo el negocio mientras mis padres hacían otras diligencias. Es usual que lleve un libro para entretenerme, aunque antes le echaba un vistazo a las noticias del periódico, que vienen a ser casi la misma cantaleta de todos los días.

Estaba en lo mejor de la lectura cuando una de las hijas de una amiga de mi madre, quien tiene un negocio de carne, vino a visitarme. La patoja podría ser buena gente, pero no me atraía físicamente. Adela era de constitución delgada, como una tabla, sin nalgas y sin pechos, como si tuviese cabeza de cebolla, pelo negro y lacio. Cuando estuvo frente a mí, noté su nerviosismo. Hamaqueaba su cuerpo al conversar con su timbre de voz ligera e infantil, por momentos tartamudeaba y hablaba hasta por los codos, cosa que me desesperaba y me volvía loco por instantes. No quería ser descortés u ordinario, así que traté de hacer seguimiento de su conversación. Aunque mi tono de voz era rudo, no fue suficiente para hacerle entender que no estaba interesado en ella. En ocasiones venía a dejar trozos de carne y le agradecía el gesto en nombre de la familia, pero ellos empezaron a insistir en que debería ponerle atención, «que es buena patoja», «que estudia ingeniería de sistemas», «que tiene deseos de superación en la vida». Mi hermana juraba que, si esa relación se diese, yo sería un total parásito para ella. Por más que les dije que no quería nada con Adela, mi familia insistía. Mi hermana le puso más leña al fuego al percibir que la patoja me desesperaba. Yo le ofrecía una soda para hacerla callar al menos unos microsegundos. Llegó al punto en que se cansó de hablar, así que se retiró con un adiós bastante patético y un exagerado movimiento de caderas al caminar. Y desde allí, entre atender clientes y leer transcurrió parte de mi día sin mayores detalles. Quizás lo que más me entretenía era ver a la muchedumbre pasear entre la basura que quedaba después de que otros vendedores se retiraban de sus puestos de venta.

Después, me dirigí a casa a bañarme y alistarme para ir a la universidad a tomar un curso que llevaba por la noche, pero en el camino me encontré con Zaid, quien poseía un pequeño documento en sus manos. La verdad que sentía un poco de vergüenza de hablarle después de que toda la mañana figuró en mi mente la imagen de Fernanda. Con mis pensamientos pecaminosos estaba traicionando la confianza de mi amigo. Me saludó un tanto apurado porque también estaba por ir a la universidad, él estudiaba en una privada y estaba por someterse a una prueba, por lo tanto, tomé el documento que me solicitó leer, e hiciese una crítica al respecto. Teniendo conocimiento de sus gustos literarios, imaginé que se trataba de una historia de terror. Luego él agarró su rumbo y yo continué con mi rutina. Admito que Fernanda me dejó trastornado, no paraba de pensar en ella; pero también estaba convencido de que estaba fuera de mi alcance, era una patoja con un mayor nivel socioeconómico que el mío. Tantas fantasías rondaban por mi cerebro que no tuve deseos de entablar conversaciones con nadie ni antes, ni después de asistir al salón de clases.

Al llegar a casa, mis padres estaban recostados sobre un viejo sofá viendo una telenovela. No prestaron demasiada atención cuando arribé; sin embargo, el saludo de «buenas noches» no faltó de mi parte. En la cocina no encontré muchas opciones para comer, dado que la refrigeradora estaba un tanto vacía; así que tuve que comer cereal. A la postre, me preparé un café y me refugié en mi dormitorio para leer el documento.

La espeluznante e intrigante historia de don Petronilo Alcácer
Autor: Zaid Barillas

Esa noche negra con opacas estrellas y la luna llena con su brillantez espeluznante dejó en mí emociones horríficas que jamás experimenté antes en mi insignificante existencia. Aquello fue lo que tornó mi mundo en un infierno. ¡Oh… Dios mío!, mi conciencia está intranquila y mi adolorido corazón palpita de nerviosismo. Mi cuerpo está helado, un tremendo escalofrío transita por mis huesos y espina dorsal. Ahora mi cabeza es un torbellino de remordimiento. «¡Caballeros! déjenme tomar un poco de aire para ordenar mis ideas. Se los suplico por favor. Un, dos, tres, cuatro… un, dos, tres, cuatro… un, dos, tres, cuatro… Aaaah… ahora creo que me encuentro más calmado».

Bueno caballeros… ya estoy listo. He aquí mi testimonio: A lo mejor no crean todo lo que les voy a decir, pensarán que estoy fuera de mis cabales, pero una serie de hechos llevaron a que la situación se saliera de su curso y se tornara fatídica. Confieso que mi vida ha sido como la de cualquier otra persona de un nivel socioeconómico medio bajo, que busca superarse al ir a estudiar para conseguir un mejor empleo y soñar con tener una familia. Algunos amigos y familiares apostaban que nunca me iba a casar ya que la mayoría de ellos lo hicieron en el florecer de su juventud; pero yo me casé en el ocaso de mis cincuentas con una mujer veintiséis años menor: mi bella Victoria. Piel canela, ojos grandes cafés, pelo azabache y complexión atlética. Entre ambos procreamos dos hijos: Iván y Leticia, hoy de seis y tres años respectivamente. Nuestra relación matrimonial fue excelente a pesar de la diferencia de edades. En un principio, muchas personas nos miraban con ojos extrañados, decían que podría ser hasta su padre; yo no les tomaba la menor importancia. Mis familiares y amistades me han considerado una persona amable, de buenos principios morales y con eso me basta. Durante mi niñez y juventud nunca me faltó nada, me consideraba con buena fortuna, mientras que a miles de personas no les alcanza para un pedazo de pan, mucho menos tener un techo bajo el cual vivir. Como les comentaba, mi situación financiera estaba bien, hasta que el año pasado quedé desempleado, pero a pesar de las adversidades monetarias por las que atravesamos, Victoria me apoyó alentándome a que encontrase un empleo más estable. Mientras tanto, me he visto en la crucial necesidad de ejecutar trabajos menores, al menos para tener el preciado pan sobre la mesa. Para mí, no hay mayor satisfacción en la vida que ver la mirada de alegría de los niños. Nos considerábamos la familia perfecta, armonía absoluta, alegría por doquier.

Algunos meses atrás, Victoria recibió la triste noticia de que su madrina falleció. Todos asistimos al funeral y al entierro. En sus últimos años de vida, doña Carmen se convirtió en una persona huraña, apartada de la sociedad, vivía sola en una casa antigua que sus padres le heredaron. Los comentarios indicaban que los herederos totales de su fortuna eran sus hijos; pero para nuestro asombro, a Victoria le legó la vieja casa, amueblada en su totalidad; y no hubo objeción alguna. Estaba localizada en un área exclusiva, apartada de la zona urbana. Dadas las condiciones en donde vivíamos, sin pensarlo dos veces, nos mudamos.

La casa estaba descuidada, incluso ciertas partes de la pared se encontraban descascaradas por la humedad, se notaban los ladrillos y una parte de la pared que daba al jardín necesitaba una reparación mayor. Por momentos, al estar dentro de ella me daba escalofríos. No podía entender a ciencia cierta cuál era la razón. «¿Sería por la arquitectura? ¿Los enormes espacios, diversidad de habitaciones, sus anticuados muebles y la falta de mayor iluminación? ¿Acaso era el enorme, viejo y extraño espejo enmarcado, que daba la ilusión de que el ambiente era aún mayor en la sala? ¿O serían las dos espadas medievales que lucían de adorno en una de las paredes junto a dos pinturas de antaño?» Era tanta mi ignorancia que no tenía conocimiento de esas dos pinturas, hasta que Victoria, quien siempre ha tenido fascinación por el arte, me dio una pequeña explicación de dichas réplicas. Una era de Francisco Goya, titulada: «Don Manuel Osorio Manrique de Zúñiga-niño»; en donde un niño, que parece como si fuese una muñeca con vestimenta roja y una faja dorada, sostiene con una cuerda a una urraca, que tiene en su pico un papel. A la vez tres gatos acechan a la urraca, y dentro de una jaula están resguardados otros pájaros. La otra, es una réplica de una pintura de William Blake, «El dragón rojo y la mujer vestida de sol (Apocalipsis12:1-6)»; donde se admira la espalda de un dragón con forma casi humana y una mujer embarazada.

La mesa del comedor de madera de cedro estaba diseñada para ocho personas y en dicha habitación se veían por todos lados fotografías de los tiempos lejanos de doña Carmen y algunos de sus ancestros. Para Victoria eso era un privilegio, ya que incluso sus propios hijos no fueron acreedores de tan importantes recuerdos. En la parte trasera estaba el jardín en total abandono, que contaba con buganvilias, rosas blancas y amarillas, jazmines, un palo de eucalipto y un árbol, que no sé de qué clase era, pero estaba bastante seco y sin hojas, me parecía tétrico.

En un principio todo marchaba bien, seguíamos con nuestro mismo estilo de vida. Debíamos organizarnos mejor con la ida a la escuela de los niños, mi esposa requería levantarse media hora antes para tomar el autobús y llegar a su empleo. En mi caso, yo seguía buscando trabajo, asistí a algunas entrevistas, pero sin una respuesta positiva. Por la situación en la que me encontraba, era obvio que la misma frustración de no conseguir empleo y no poder ser el sustentador del ingreso en la familia, provocó que mi temperamento se hiciese irritable, pero intentaba mantenerme ocupado, por lo que empecé por realizar ciertos arreglos dentro de la casa. Pasada la semana, repellé partes de la pared y pinté por fuera toda la casa en una tonalidad hueso. Fue en esos lapsos que presentí una pesadez en el aire, e inclusive en diversas ocasiones escuché el cerrar de una puerta, aunque al ir a verificar no veía nada extraño.

Una mañana, estando sólo, bebí una botella de ron. Victoria al llegar a casa me encontró dormido, al despertar me recriminó que notaba que estaba bebiendo más de la cuenta. Con mi carácter difícil, intenté no acalorar más las cosas, tanto por los niños, que no deseaba que fuesen espectadores de tales peleas y, obvio, por nosotros como pareja. Para hacer las paces con Victoria, la seduje, el sexo fue fantástico. Mientras dormía, a la par de ella, moví el pelo para admirarla, y en ese instante salté del susto porque noté su rostro deformado. Entonces ella también despertó y luego vi hacia la entrada del cuarto, eran Iván y Leticia, quienes se encontraban parados estáticos observándome con sus ojos negros, abismales; las miradas de la misma muerte. Abruptamente desperté empapado en sudor y noté que todo estaba normal. *Ella despertó por mi sobresalto, preguntó si todo estaba bien y respondí con un titubeante «sí». Sentí terror en ese instante. Durante el resto de la noche no logré pegar los ojos hasta que sucumbí por el cansancio, al aparecer los primeros rayos del sol.*

Al despertar, como a las nueve de la mañana, noté que se habían marchado. Me tomé una ducha para luego ir a preparar café y desayunar un par de huevos revueltos con tomate. Tomé la prensa del día para hojearla hasta encontrar la sección de empleos. Ya comido, dando los últimos sorbos al café, salí hacia el jardín y logré escuchar el canto perpetuo de unas urracas que se encontraban sobre la rama del moribundo árbol. Al terminar de lavar los trastos, volví a salir hacia el jardín y las aves continuaban su cantar, pero llegó el momento en que ya ese sonido se tornó tan desesperante que logró encolerizarme. Tirada en el suelo estaba una pequeña piedra, la lancé hacia esas dos perversas para ahuyentarlas y dejar de escuchar esos insoportables quejidos. Continué arreglando los gabinetes de la cocina, cuando escuché el cerrar de una puerta. Me dirigí a la habitación, pero me llamó la atención que esa puerta la manteníamos cerrada.

Entrada la tarde decidí distraerme un poco con unos amigos en un conocido bar. Mientras duraba la tertulia, una señora de avanzada edad se acercó a mí para preguntarme si yo vivía en la casa de la finada Carmen. «Por supuesto», le respondí. Al instante noté que los ojos de esa señora se sobresaltaron y, como si se convirtiesen en dagas, penetraban en mis órbitas oculares. Me dio un poco de pavor, pero a la vez me dio risa, pueda ser porque ya estaba bastante entonado con el alcohol, o porque pensaba que era ella la que estaba más ebria que yo. Pero no olvidé las palabras que arrojó con una voz precautoria: «Váyase de ahí. Cosas extrañas suceden en ese lugar. Creo que son esas pinturas colgadas en la pared que tienen algún maleficio». La verdad, reí en el momento. Me cogió del brazo y me advirtió que no lo tomara a broma, que conoció al autor de esos cuadros, era muy bueno para trazar con el pincel bellas obras de arte, un perfeccionista retratando personas y hacer réplicas de pinturas famosas; pero era una persona de mal fondo, era de tenerle cuidado. Ella juró que él ayudó a adelantar el paso al más allá a muchas personas, tal y como si tuviese una alianza con el diablo y la muerte. Incluso hacía trabajos especiales para darle mala fortuna a las personas, tanto en aspectos amorosos como económicos. Ella mencionó que lo descubrió en una ocasión desnudo, por un riachuelo, cortándole el pescuezo a un gallo y bañándose con su sangre, hablando en un lenguaje extraño que no era de ascendencia maya, era un lenguaje infernal. Jamás le preguntó qué era lo que realizaba, pero sabía que se dedicaba también a las ciencias ocultas.

Me quería zafar de la conversación, pero me apretó más el brazo y agregó que tuvo la sospecha de que él estaba enamorado de doña Carmen. Pensó que estando ella sola por muchos años, al regalarle esos cuadros se iba a ganar su cariño, pero ella jamás le hizo caso. Luego la tragedia sucedió a ese consumado pintor que nunca sobresalió en el mundo artístico. Entre los habitantes del sector quedó la duda de si doña Carmen tuvo algo que ver con su deceso, porque alguien juró que los vio juntos caminando entre la arboleda y a los días se encontró al pintor desangrado con una rama quebrada ensartada en la pierna; se arrastró posiblemente por dos días para salir de ese bosque, pero su fortaleza por vivir y salvarse no le alcanzó. Muchos pensaban que tal vez él trató de abusar de doña Carmen y ella lo empujó ocasionándole su desgracia y dejándolo en total abandono. Que en sus momentos de agonía el pintor lanzó una maldición para que ella enloqueciera, porque a doña Carmen se le pelaban los cables de la cabeza a raíz de ese suceso y empezó a descuidar la casa. Muchas de sus amistades se alejaron, inclusive a sus propios hijos les daba temor entrar a esa casa. La vieja ebria juró haberla visitado y la pesadez la sintió al ver esos horrorosos cuadros, en especial el del demonio. Le suplicó que se deshiciera de los mismos, pero ella se negó rotundamente como si se convirtiera en una esclava de ese maldito arte. «Váyase de ahí, o destruya esos cuadros», recomendó y se fue. Ya a altas horas de la noche, llegué ebrio a mi hogar y Victoria se volvió a quejar, esa vez no tuve paciencia y le di una bofetada, me fui a echar solo en la cama, no me importó saber dónde durmió ella. Pero algo extraño sucedió, creo no haber estado mucho tiempo recostado cuando me pareció ver a un pequeño niño vestido de ropa roja, me levanté y lo seguí, escuchaba sus risotadas, pero perdí su rastro al llegar a la habitación de Leticia. Escuché un quejido atormentante y llamé a Victoria para que la atendiera. El sonar del reloj de la sala que anunciaba la una de la mañana era vertiginoso. De pronto desperté.

A la mañana siguiente tenía remordimiento. Quise pedirle perdón, pero ella no permitió que le dirigiera palabra alguna. Victoria llevó a Iván al colegio, mientras tanto, bajo mi cuidado, Leticia permaneció en su habitación por estar con fiebre. Sentado en el sillón cavilé acerca de cómo salir de la situación precaria en la que me encontraba y que afectaba el bienestar de la familia. Observaba las pinturas, las cuales no me agradaban para nada. El día posterior le insinué a Victoria que las quitáramos de ahí, pero ella refutó mi solicitud porque quien las replicó hizo un trabajo excepcional. Me trastornaba más la figura demoniaca con la mujer embarazada. Me aproximé a tal aberración pintada al óleo, acerqué mi mano a la criatura; al toque, una risa burlona se dejó escuchar, no entendía por qué Leticia reía sin cesar, ingresé al cuarto y ella se encontraba dormida. No me sentía tranquilo, sabía que algo extraño sucedía en esa casa. Juro que hasta el mismo árbol del jardín me daba escalofríos. Luego escuché la tierna voz de Leticia y presentí que se encontraba mejor de salud. Le preparé una sopa caliente, aunque me costó bastante que se la tomara. Luego prendí el televisor para que se entretuviera viendo unas caricaturas.

Acaecida la tarde, Victoria regresó junto con Iván. Leticia corrió hacia la mamá para que la abrazara. Por segunda vez quise entablar conversación con mi mujer, pero fueron inútiles mis esfuerzos. Luego Iván se fue a su habitación y ella decidió quedarse en el cuarto de Leticia para cuidarla. Una voz en mi interior imploraba, gritando en silencio para que nos fuéramos de esa horrífica casa, mi frustración provocó que fuese a buscar una botella de whiskey que tenía escondida. Continué tomando para tratar de ahogar mi pena de no encontrar empleo. Y al despertar en la oscuridad de la sala me pareció ver unos ojos que brillaban en la pintura, al acercármele noté que la mujer embarazada era Victoria, luego vi la sombra, volteé a ver, era el niño de vestimenta roja. Él salió corriendo hacia la habitación de Leticia, yo le seguí. La puerta semiabierta se cerró. Quise abrirla y no pude. De pronto unos gritos aterradores resonaron en toda la casa. La cabeza me daba vueltas y vueltas, no aguantaba más esos gritos. Unas risas se dejaron escuchar, el sonido de las otras puertas que se abrían y cerraban. Las luces de las lámparas titilaban sin cesar. Seguían las angustiosas exclamaciones, en esa noche negra con opacas estrellas y la luna llena con su brillantez espeluznante. No aguantaba escuchar más sus alaridos que eran como cuchillas penetrando en mi cerebro. No podía abrir la puerta del cuarto, entonces empleé mi fuerza de animal salvaje para ingresar. Una tétrica voz hizo eco en mis oídos. No toleraba a ese demonio que se burlaba de mí. Empecé a tener antipatía por ese ser infernal de ojos negros que reía, gritaba y profanaba. No aguante más y corrí hacia la cocina, tomé un cuchillo filoso, ingresé al cuarto de Leticia, entonces Victoria, en un estado avanzado de embarazo, intentó pararme. Forcejeamos e

Iván se atravesó. Mis ojos no lo podían asimilar, en mi mano sostenía el cuchillo ensangrentado mientras caía el cuerpo de Iván. ¡Ja, ja, ja! «¡Esa risa, esa malévola risa!» Volví a dirigirme hacia aquel demonio y Victoria quiso detenerme, sus ojos eran diabólicos, se burló de mí mencionando que era un mal amante. Con asombro noté que su estómago crecía. La primera puñalada fue en el estómago. Un líquido negruzco se vertió de entre sus piernas como si fuese un ácido que deterioraba el piso del dormitorio. Luego recibió quince puñaladas en el tórax. Mientras tanto, Leticia, transformada en una criatura grotesca, se levantó y empezó a huir. La perseguí, di un mal paso y caí por las gradas perdiendo mi cuchillo, volví a levantarme y me dirigí hacia la puerta de entrada, a donde ella intentaba huir, pero no contaba con que antes de que anocheciera yo echara llave tanto a esa puerta como a la del jardín. Entonces la abofeteé y cayó al suelo, tomé una de las espadas y con ella la decapité. Con agitación salté del sillón, estaba empapado en sudor, era la peor pesadilla que hubiera experimentado en toda mi existencia.

Al despertar, un silencio pavoroso se apoderó de la vivienda, los tres se habían marchado. A pesar de mi abrumadora tristeza, no me impidió que continuara con las reparaciones de la pared. A partir de la ausencia de mi familia, no lograba conciliar el sueño todas esas noches encerrado en esa casa que me daba escalofríos. Escuchaba el rechinar del abrir y cerrar de las puertas; juraba que cuando veía esos cuadros una helada y penetrante angustia recorría mi espina dorsal, que Don Manuel

Osorio Manrique de Zúñiga-niño, me observaba con frialdad cada vez que mis ojos se posaban en esa pintura. En cuanto a la otra: ya no me provocaba el mismo efecto, pero me seguía desagradando. A la postre, en un estado etílico medio avanzado, fui a ver los últimos arreglos que forjé. Mi cabeza empezó a dar vueltas y vueltas. Luego el estruendoso sonido del timbre, una y otra vez, no dejaba de repiquetear. Caminé con angustia, un frío sudor recorría mi frente. Mi mano temblorosa tomó la perilla de la puerta de la entrada principal de la casa y con lentitud exagerada le di vuelta, el rechinido de su abrir me dejó casi sordo. Y mis ojos se sobresaltaron cuando vi que dos oficiales de la policía estaban parados frente a mí. Los dejé ingresar a la casa. En mi ebriedad les ofrecí un whiskey, que era lo que yo tomaba; al unísono dijeron que no. Uno de ellos empezó a realizarme varias preguntas, en tanto el otro caminó rumbo al jardín, entonces seguí sus pasos. Empezó a ver las flores, se detuvo a ver el palo de eucalipto y el otro tétrico árbol, cuando de pronto sus ojos se dirigieron hacia aquel sector donde realicé las últimas reparaciones de la casa. Al punto y sin titubear tomó el pañuelo y se lo puso en la nariz por culpa del nauseabundo olor. En ese momento me puse de rodillas y mis lágrimas caían como un manantial de desasosiego, a la vez maldecía a esa vieja casa, pero en especial esas dos maléficas réplicas colgadas en la sala. En tanto, el otro oficial tomó una piocha que estaba en la grama para derrumbar la pared. Ambos policías asombrados eran testigos finales de tan horripilante crimen.

FIN

En una nueva jornada en el negocio de la familia, continuaba con mi búsqueda de empleo imprimiendo más copias de mi *curriculum vitae* y Adela llegó a visitarme por un rato, seguía esperanzada conmigo. Ya por la tarde fui a visitar a Zaid a su casa; Fernanda me invitó a pasar y me convidó un refresco de mandarina. Empecé de nuevo a sentirme un poco incómodo.

—¿Tuviste la oportunidad de leer el cuento? —preguntó Zaid.

—Sí —respondí a secas.

—Disculpen que los interrumpa, pero debo irme —anunció Fernanda, dándole un beso de piquito.

—Te acompaño afuera, amor —dijo Zaid—. Ahorita regreso con vos.

—Adiós, Arnulfo, nos vemos —se despidió con una sonrisa picaresca.

—Que te vaya bonito —respondí, para luego dar un sorbo al delicioso refresco.

—¿Cuál es tu opinión respecto al cuento? —instó Zaid al regresar a la sala.

—Por lo que pareciese al principio, esa es la historia de mi vida, ya que me encuentro buscando trabajo, para dejar de laborar en el negocio.

—Ya dejate de pajas y respondeme lo que te pregunté —insistió.

—Bueno... con todo respeto, Zaid, pero dejame decirte que...bueno, te diré lo que pienso: el cuento se deja leer y empieza muy entretenido, pero... ¡No he visto mayor desfachatez que la tuya, esto que leí no es más que un plagio descarado y medio disfrazado que has realizado al famoso cuento del *Gato negro* de Edgar Allan Poe! Aunque lo solapaste, no sé si de algunas ideas de las películas de *Chucky* junto a *Los Cazafantasmas II*. ¡No sé qué expresar en este momento, pero considero que lo que me enseñaste es un cuento reciclado!

—¿Tan así te parece el cuento? —dijo impresionado.

—¿Y qué más querés que te diga? Al menos soy sincero con vos, o preferís que algún editor te tire en la cara estas hojas —recalqué.

—Para serte sincero, la verdad, yo escribí este cuento sin pensar en el *Gato negro* y menos en *Los Cazafantasmas* —insistió Zaid.

—¡Buuueno! A veces pasa, que tenés entre manos una idea y resulta siendo alguna película que viste o algún libro que leíste. Pero este cuento que leí se parece al cuento del *Gato negro*. Lo único que no te niego es que me gustó el título que le pusiste —enfaticé.

—Y yo creyendo que este es uno de los mejores cuentos que he escrito —manifestó.

—¿En verdad? —dije, rascándome la cabeza—. Si todos tus cuentos van en esa tonalidad, entonces estás jodido como escritor, vos. Mejor dedícate a la pesca —opiné en un tono burlesco, a punto de reírme. Sin embargo, parece que mi sinceridad no le agradó del todo. Lo veía en su forma de moverse de un lado para otro y su mirada un tanto desencajada.

—Es que vos te las llevás de alzado, de ser un poeta, pero vos ni buenos poemas hacés —contestó atacándome.

—¡Ah, puta madre!, ¿ahora me salís con eso? Podré ser un aspirante a poeta, y que mis poemas sean una porquería, pero al menos no ando plagiando poemas de otra mara. Todo lo que he escrito es de mi puta inspiración —en defensa indiqué.

El silencio se interrumpía con la tronadera de huesos que tenía Zaid al apretujarse las manos una y otra vez. Era un momento incómodo para ambos. Respirábamos el aire pesado del ambiente, hasta que nuestro ofuscamiento mermó un tanto. Al final, Zaid terminó por calmarse tras mi comentario, y agregó:

—Escribí otros cuentos y tengo la mayor convicción de que están plasmados con mayor soltura, sin rebuscar palabras, sin pensarlo tanto, las letras florecieron con naturalidad; pienso que han de ser de mejor calidad.

—¿Y qué deseás? ¿qué te los revise? —pregunté incrédulo.

—La verdad eso tenía en mente —expresó.

—«Está bien. Si vos lo considerás pertinente dame los cuentos, e informaré al ratón cuál es mi opinión al respecto. Pero mi sentir es que alguien más que sepa bastante de narrativa, los lea. Mejor aún si fuese una persona calificada para realizar eso».

—Va... «órale, buena onda» —dijo, un tanto desganado.

Cruzadas estas últimas palabras, fui a vagar un rato por mi vecindario.

IV

Todos los días la vida en el mercado es la misma cantaleta. Productos de consumo al mayoreo y menudeo; ruido, basura, mercaderes, compradores, drogos, mareros, ladrones, ancianos, niños trabajadores, personal de la municipalidad medio limpiando las calles de madrugada y tarde; perros callejeros, aves de rapiña girando y girando por los cielos; ratas que parecen fantasmas en plena luz del día. Yo aprovechaba para leer y escribir poemas y, por desgracia, me veía interrumpido en mis momentos de mayor inspiración por la necia de Adela persistiendo en venir a buscarme al negocio, como si algún día fuese a ponerle atención. Siempre salgo con una patética excusa con la finalidad de no salir con ella. Por otra parte, a toda costa he evitado encontrarme con Zaid y Fernanda, aunque mi propósito no se cumplió debido a que Haroldo se presentó al local junto con ellos en el ocaso de finalizar labores. Tenían deseos de ir a jugar boliche en Bolerama, localizado a un par de minutos caminando desde el mercado. Por un momento estuve a punto de declinar la invitación porque podría manifestar inconscientemente mis deseos lujuriosos hacia Fernanda, pero acepté porque no quería estar encerrado en la casa observando a mis viejos viendo la novela, me enfermaba. En lugar de estar confinado como un ave de decoración en su jaula, preferí estar respirando aire contaminado por el *smog* y sentirme libre en la calle. Me subí en el asiento de copiloto y nos dirigimos hacia el mentado lugar. Estuvimos ahí tal vez unas dos horas y media, o tres. Haroldo fue quien obtuvo los mayores puntajes en los tres juegos que realizamos, y yo demostré mis pésimas habilidades en ese deporte, con el menor puntaje. Luego Zaid sugirió que fuéramos a La Cofradía de Godot, nuestro restaurante bar favorito para ir a pasarla bien; allí, una señora de pelo rubio, muy simpática y amable, nos atiende la mayoría de las ocasiones, la apodamos: la Canchita. Esa vez, para comenzar ordenamos medio pollo, una botella de ron y dos gaseosas. La plática iba en torno a sucesos en el ámbito nacional, la conversación estaba interesante. De pronto, la música de ambiente hipnotizó a Haroldo.

—¡Canchita!... ¡Canchita!... ¿¡Será que le pones un poco más de volumen para escuchar esa canción, por favor!? —suplicó Haroldo.

—¡Por supuesto, joven, le subiremos un tantito porque tampoco quiero que se molesten los otros clientes!

—¡Oigan mucha, es raro que esta canción suene en un bar como este! —dijo Haroldo.

—No la he escuchado, ¿quiénes son los que tocan? —preguntó Zaid.

—¡Joy Division, serote!... *Love will tear us apart*, esa rola es la mera tos con flema —dijo un emocionado Haroldo; a quien observamos mientras hacía contacto con algún ser supremo, hipnotizado por el ritmo del sintetizador y la melódica doliente voz.

—¿Y qué ondas con esa rola? —indagó Zaid.

—Qué te puedo decir... La canción hace mención del distanciamiento que tenía el vocalista Ian Curtis con su mujer. Que el amor es una mierda, en pocas palabras. Digo yo que el amor se vuelve tan rutinario que la relación se estanca y llega un momento en que, tanto el hombre como la mujer, se van por diferentes caminos; es probable que se vayan a fornicar con otras personas. Entre ellos ya no hay nada de nada, no hay besitos ni buena comunicación y, lo peor, es que no van a tener sexo, pues estarán en una cama viviendo juntos como parásitos, y cada uno estará viviendo una farsa de amor, donde quisieran estallar y expulsar su odio, el uno contra el otro, y salir huyendo, para jamás poderse encontrar en sus paupérrimas vidas.

—Gracias por tu pequeña explicación —mencionó con cinismo Zaid—, se nota que estás empapado en el tema.

—Por supuesto, si así es ese rollo. Buena rola, vos —afirmó de nuevo Haroldo, tras su exagerado comentario respecto a la canción.

—La rola es muy buena —interrumpí—. Creo que el amor no es siempre una mierda. Hay unos que se recuerdan con mucha nostalgia, por supuesto que los hay otros que te dejan recuerdos no gratos —agregué. Concibiendo ese comentario, no dejaba de impresionarme por el hermoso trasero de Fernanda. Sentía envidia de Zaid por la novia que se manejaba.

—Qué interesante es escuchar ese comentario suyo, Haroldo —dijo Fernanda—, porque la letra de esa canción, más sus conclusiones, me trae a la mente el libro *El inmoralista*, de André Gide.

—Dime, Fernanda, ¿por qué esa canción te trae a la mente ese libro? —pregunté; al instante que iniciaba una canción de Simon & Garfunkel, y la Canchita le bajaba un tanto el volumen del equipo de sonido.

—¿Tú ya leíste ese libro? —preguntó Fernanda.

—¡Oh, sí! ¡A mí me fascinó! —corroboré.

—Yo no lo he leído —afirmaron tanto Zaid como Haroldo.

—Les contaré un poco de qué trata la novela —dijo Fernanda—. Es sobre un personaje que se casó sin estar enamorado, pero su esposa lo amaba demasiado. En su luna de miel se enfermó y ella lo cuidó. Él siente lástima por ella, por lo que le brinda todo su cariño. Sin embargo, él gana una cátedra en París donde conoce a un individuo que desarrolla una filosofía similar a la del personaje principal, donde al final se amarga, al igual que su esposa; ella sufre un aborto, queda abandonada y al final muere. El personaje principal continúa su vida sin sentido.

Mientras ella hacía el comentario, yo la miraba; con clarividencia la desnudaba y fornicaba.

—¿A qué se refiere con filosofía similar, Fernanda? —cuestionó Haroldo.

—Se refiere a que el personaje principal es maricón —interrumpí—. Al igual que el autor —agregué.

—Sí… el personaje durante el desarrollo de la obra muestra una atracción homosexual hacia otro hombre — expuso Fernanda.

—La verdad, Fernanda, que estoy de acuerdo contigo, pero en ciertos aspectos. ¿Por qué digo esto?; porque tanto al principio de la trama de la novela, como la letra de la canción de Joy Division, se refleja la comodidad con que vive una persona con otra. Sin embargo, la obra va más allá de eso, creo que más bien busca enfatizar en romper los esquemas intelectuales, y el personaje, forjar el vitalismo de su propio cuerpo, hasta el punto de ser un narcisista; y por ende buscar disfrutar de los placeres materiales —expuse.

—Para mí ese libro refleja que el personaje continuó viviendo una vida sin sentido, al igual que la canción que tanto le gusta a Haroldo —afirmó Fernanda.

—¡Momento! Ian Curtis no continuó viviendo su vida sin sentido —afirmó Haroldo. Ese cuate se suicidó porque era un depresivo de la gran diabla; además era epiléptico, para colmo de males. Mientras que el otro era un maricón, que fue mula porque no salió del clóset.

—Esperate, Haroldo —mencioné—, te estás saliendo por la tangente a lo que plantea Fernanda.

—No me interrumpás —solicitó un ofuscado Haroldo— No sé qué relación le ves vos, porque según lo expuesto aquí por Arnulfo, el del libro fue mula, no te niego que la muerte es un hecho del cual el ser humano no se escapa; pero cuál es el verdadero propósito de vivir, si nunca podremos ser libres con plenitud. En el caso de Ian Curtis, él optó por la muerte y fue lo mejor, creo yo.

—Pero te imaginás que después de la separación de su esposa es posible que ya no encontrara más sentido a su existencia —analizó Fernanda.

—Disculpen que me meta —entorpeció Zaid la conversación—, pero, así como veo las cosas y de lo que ustedes han expuesto aquí, es que lo podemos comparar con este país, que parece estar en el infierno con tanta corrupción y violencia. Todos los días en los periódicos mencionan que mataron a fulano, a mengano, que X diputado es narco, que es una cagada como lo son el resto de diputados. Tanta inmundicia que se lee y escucha y, para ajuste de males, le agregas estar viviendo con alguien, solo por estar con alguien, por comodidad y con indiferencia. Inclusive vivir como perros y gatos, y seguir viviendo juntos, es una mierda también. Mi opinión es que debemos vivir como más nos plazca, y sentirnos libres a pesar de nuestro entorno. No desganarnos de vivir porque sucedan cosas que no deseamos. Eso es esta vil vida, hacerle huevos. Todo dependerá de lo qué hagamos con nuestra vida, para no sentirnos condenados en un limbo de desgano. Me imagino que buscamos un poco de felicidad en cada segundo que respiramos, ya que sabemos que desde que nacemos debemos estar preparados para morir.

—¡Saben qué, mucha! —interrumpí, ya un tanto exaltado.

—Esperate, Arnulfo —vedó Zaid.

—Amor, por favor —exclamó Fernanda.

—Sí, vos, porfa. Noto que se perdió el real motivo de toda esta conversación —indiqué—. ¿Qué les parece si dejamos de hablar tanta paja y mejor pedimos la otra botella? Y no nos vayamos a pelear por algo que no vale la pena —sugerí.

Entonces nadie dijo palabra alguna, por un instante nos observamos como idiotas, en lo que la Canchita nos traía la segunda botella de ron. En tanto, con disimulo aprovechaba darme un taco de ojo al mirar a Fernanda, sin que Zaid se diera cuenta. Al rato, nuestros ojos chispaban de júbilo al ver la nueva botella sobre la mesa. Con impaciencia, Haroldo la abrió y empezó a servirnos a todos un trago. Entonces, nos adentramos en tocar temas intrascendentales, como por ejemplo: lo ultimito que estaban exhibiendo en la pantalla grande, películas hollywoodenses de mala calidad; y entre diálogos estúpidos y cigarros consumidos, nos acabamos la segunda botella y pedimos la tercera.

No sé cómo sucedió, pero Haroldo y Zaid estaban borrachos hasta el letargo y conversando con los de la mesa contigua, quienes también estaban bastante alcoholizados. Mientras tanto, me encontraba sentado a la par de Fernanda, viéndolos y riéndonos de las payasadas que ellos hacían; de pronto sentí la mano de Fernanda en mi pierna derecha, con disimulo volví a verla y ella hizo un sonriente gesto. Mi preocupación era que Zaid y Haroldo se dieran cuenta de lo que sucedía, pero la mesa impedía que vieran. A pesar de que estaba bastante tomadito, tuve una erección que Fernanda disfrutaba. Dada la ocasión tomé la oportunidad de acariciarla entre sus piernas. Al rato se levantó y fue al baño. Tuve que quedarme sentado para no levantar sospechas, y esperar que mi pene volviera a su estado normal. Fernanda al salir del baño fue interceptada por Zaid, quien ya no se despegó más de ella. Luego, un poco desesperado, sintiendo que mi vejiga estallaba, me apresuré a ir al baño, aunque debía esperar porque otro cliente se durmió sentado en el trono; por lo que opté por salir a la calle y orinar adyacente a un carro que se encontraba en el estacionamiento.

A la hora del cierre del local, tomé las llaves del carro de Haroldo. Fue toda una osadía para Fernanda y para mí introducir a Zaid y Haroldo en los asientos traseros. Conduje rumbo a la casa de Zaid, con temor a que la policía me fuera a parar; a pesar de todo lo que bebí, tenía mis sentidos lúcidos, y era capaz de conducir sin problemas. Fernanda comentó que los papás y hermano menor de Zaid no estaban en casa, que se fueron a la hacienda que tienen en Chiquimula. A Zaid lo cargamos casi hasta su habitación, y a Haroldo lo fuimos a dejar al cuarto del hermano de Zaid. Estaba por retirarme cuando Fernanda me dijo que me quedara a dormir en la sala, pero le dije que iba a caminar hacia mi casa porque no se encontraba lejos. Fernanda insistió en que la acompañara un rato más. Fue una situación bastante extraña la que sentí en ese instante; accedí a su petición. Luego ella se dirigió a la cocina a buscar una botella de ron añejo de la alacena, sacó dos vasos del gabinete y sirvió dos tragos.

—Salucita, para que se haga sangre —dijo y me sonrió.

No sabía qué conversar con ella, tomé un sorbo y enseguida me dispuse a ir al baño a orinar. Una vez que estuve solo, me miré al espejo, juzgándome, ¿qué diablos seguía haciendo yo en esa casa? Cuando salí del bañó, vi que Fernanda estaba sentada como desparramada, sin sus zapatillas, con una pierna arriba del sillón y la otra abajo, con la blusa semiabierta, invitándome con lujuria, al acariciarse todo su cuello, con el vaso sudado, hasta que las gotas se deslizaran hacia sus senos. Me aproximé cerca del sillón, cuando principió a estimularme con su mano. Siendo mutua la atracción, inicié por tocarle los senos.

—Pero aquellos van a oír —murmuré mientras ella me desabrochaba el pantalón.

—No te preocupés, están bien borrachos, así que aprovechemos ahorita —contestó con tranquilidad.

Como fiera salvaje acabé por quitarle el pantalón y la ropa interior. Sin ir demasiado al jugueteo sexual, en la sala, me arrimé a ella mientras tapaba su boca para que sus gemidos no se oyeran tanto. Era una sensación extraña, porque desde que la vi por primera vez, la deseé; me carcomía la culpa, aunque en ese instante, no me importaba nada, solo satisfacer el hechizo que en mí provocó Fernanda. Al finalizar nos vestimos, y nos prometimos el uno al otro no abrir la boca respecto a lo sucedido. A punto de largarme, ella me dio otro beso, el cual correspondí con ternura.

V

Después de aquella noche especial, Fernanda y yo, comenzamos a tener una relación amorosa. Acordábamos reunirnos en momentos y lugares peculiares, tales como el auto-motel El Ovni, ciertos bares donde sabía, a ciencia cierta, que Zaid, Haroldo o algún otro conocido mío, e inclusive de Fernanda, no nos fuera a sorprender. La adrenalina subía en cada encuentro, suplicando a los dioses del Olimpo, a Buda, a Mahoma y hasta al mismo Cristo, que nadie nos fuese a pillar. Como es de conocimiento público, en momentos en que uno desea pasar desapercibido es cuando hasta las paredes tienen ojos y oídos. La pasábamos de maravilla, nunca discutíamos, por el contrario, era como si estuviésemos de luna de miel.

Durante un lapso logramos compartir cuantiosas situaciones, sin embargo, debo enfatizar que la más destacada era el arte que le gustaba desarrollar a Fernanda en las paredes de diversos puntos de la ciudad capital. Pensé que solo los pandilleros hacían estas actividades para marcar sus territorios. Cualquier persona en su sano juicio estaría en desacuerdo con observar las paredes de la ciudad todas pintarrajeadas, porque solo los delincuentes hacen este tipo de fechorías. Por su nivel socioeconómico, no comprendía cómo una chava como ella podía estar interesada en realizar este tipo de actividad. En una de las tantas noches le pregunté qué la inspiraba para ejecutar este tipo de arte, a lo que ella respondió que es un estilo de vida, para otros, una vaga, delincuente, la nata de la escoria de este país. Después de haber vivido muchos años en el área de Los Ángeles, en Estados Unidos, encontró cierta fascinación con el movimiento *Hip Hop* que se desarrollaba ahí. Ella empezó a realizar sus primeros trazos en dicha ciudad, pero sus padres se trasladaron de vuelta a esta ciudad. Para mí era absurdo, porque lo que más estaba en su apogeo en Guate era el *Grunge* y el *British Pop*... bueno, puedo estar equivocado, pero a ella esto le valía un pepino. Juraba que tarde o temprano ese movimiento pegaría grueso en el país de la eterna primavera.

Mi profundo temor era por si nos cruzábamos con algún marero, y pagar las consecuencias por invadir sus territorios. En una infinidad de noches que la acompañé nos transformábamos en gatos salvajes. Merodeamos en cada rincón de la ciudad. Fernanda ejecutando sus propias futuras exhibiciones durante la oscurana. Todo lo que plasmaba en las paredes, puertas, láminas, entre otras cosas, era su manera de expresar su sentir sobre la sociedad guatemalteca en general: La manera de gobernar del actual presidente y de sus colaboradores; sobre los actos de corrupción, los bajos sueldos de los catedráticos, jornaleros, entre otros; los actos de violencia que van en incremento, en especial hacia la mujer chapina. Otros tópicos que ella traía a colación eran sobre el consumismo, así como rememorar a viejos personajes de la política *anti-yankee*. Tendía a escribir palabras realzadas en tercera dimensión. Además, su capacidad para dibujar rostros era impresionante, a mí me dejaba con la boca abierta. A todo esto, Zaid tenía conocimiento de que Fernanda realizaba este tipo de expresión; pero en ese aspecto lo sentía un tanto egoísta por no compartir con ella, y apoyarla en lo que más le fascinaba hacer. Caso contrario, ella se interesaba en las historias de terror que Zaid escribía. Puede ser porque ella estaba interesada en la literatura. ¡Qué sé yo! Pero para mí era mejor porque yo era quien estaba aprovechando la situación.

Estando a unos días de un evento poético en el cual participaría, me encontraba un tanto nervioso al pensar en pararme frente al público. Pero esos pensamientos se diluyeron esa noche, cuando Fernanda me exhortó a que la acompañase a ingresar a una vieja casa abandonada que pertenecía a un militar. La casa se encontraba bastante deteriorada, se notaba que era de antaño, y podía predecir que no les interesaba a los dueños arreglarla. Pueda ser que el terreno estuviese ya vendido a alguna empresa para ejecutar una construcción mayor. En fin… Fernanda se colocó una mascarilla, me hizo ponerme una también para que no respirase el olor que emanaba por dentro. Me sorprendió que llevase una falda que le llegaba a la rodilla, y le decía si no tenía miedo de que se fuese a rasgar sus piernas; ella me exhortó para que no me preocupara. Prendió la linterna que sostenía en su mano derecha, mientras que yo la seguía como perro faldero, cargando las latas de *spray* de pintura. Ya adentrados, ella dejó de avanzar, nos encontrábamos en lo que parecía ser la sala. Entonces iluminó la pared, era la imagen de una rosa roja a la que le faltaba que le pintase un tanto los pétalos. No tardó ni media hora y concluyó esa parte. Después me pidió que cerrase los ojos, que tenía una sorpresa para mí, cuando me pidió que los abriera; danzaron casi de sus orbitas impactados por la imagen que estaba viendo. Era su rostro y el mío besándose. No dudé en ese instante, y no me importó en donde nos encontrábamos, me abalancé hacia ella, nos despojamos de las mascarillas para besarnos como locos, la cargué y apoyé su espalda sobre la sucia pared, me bajé mi pantalón de lona y calzoncillo; noté que Fernanda no llevaba puesta ropa interior. Como dos animales salvajes cruzamos besos y fluidos. Ella murmuraba a mi oído que no parase, yo seguía contorsionando mi cuerpo para satisfacer nuestros más pecaminosos deseos.

VI

Pasados los días fuimos partícipes de un evento poético realizado en la Zona 1. Después de la presentación de algunos poetas ya reconocidos y, con la finalidad de romper con las formalidades, el maestro de ceremonias invitó a quienes quisieran compartir con el poco público presente sus escritos. Nos acercamos siete individuos al estrado: Primero pasó una regordeta blanca de pelo negro, usando unos lentes como si fuesen de fondo de botella de ron Bacardí blanco, vestida fuera de moda, a declamar el poema cursi de Gabriela Mistral, *Besos*. El segundo en pasar tenía planta de rockero: con el pelo largo, barbudo, sus ropas impregnadas con olor a cigarro que hasta a mí, siendo fumador, me provocaba un poco de náusea; a declamar el poema de Charles Baudelaire, *Las Letanías de Satán*. Después de su presentación, entre los aplausos, escuché un ronroneo de voces, por individuos con tintes a ser fanáticos religiosos. Tercero, un muchacho de complexión delgada, colocho, bastante sereno declamó «Las Estrellas Negras», de Primo Levi. Luego fue el turno de Fernanda, quien lucía radiante en el estrado, usando un vestido corto azul turquesa, con la parte superior ajustada y una gorrita con el logo de los Yankees de Nueva York, que no le hacía justicia al vestido que tenía puesto; pero, en fin, no hay que quitar que la vestimenta ayudaba a volar mi imaginación y la de más de alguno de los presentes. Ella declamó el gastado *Poema 20* de Pablo Neruda. Por último, fue el turno de quienes teníamos poemas de nuestra autoría.

—Buenas noches, gracias por la oportunidad de dejarnos participar, al menos para compartir un poema. Mi nombre es Gonzalo Urquel, y el poema que recitaré dice así:

La cornucopia de la abundancia devorada por buitres
cuerpos en venta, almas en alquiler,
niños desamparados flotando como globos grises,
junglas de cemento cubiertas de rojo carmesí
donde el hacedor de sueños yace borracho
errando en un estado de delirium tremens
inventando el recuerdo de unos labios tocando los suyos,
unas manos tersas acariciando su cuerpo.
delirando que el pincel de la vida,
traza sus colores utópicos.

Los aplausos interrumpieron la quietud del evento, y otro participante se presentó al podio. Notaba su semblante de nerviosismo total, su frente sudada, en su mano derecha sostenía un pañuelo blanco que de vez en cuando pasaba por su frente, y en su mano izquierda sostenía una hoja con su poema escrito.

—Hola a todos los presentes, soy Germán Véliz, soy maestro de profesión. Confieso que he degustado de la palabra escrita. Es para mí una satisfacción enorme estar aquí frente a un público tan hermoso. Antes de venir estuve razonando si traería o no algún poema; y al final sí lo hice. Tuve la oportunidad de plasmar un torrente de ideas, y este es uno de los resultados de tantas emociones y sensaciones. Lo escribí pensando en todos aquellos que han viajado y siguen viajando hacia el Norte y no llegan a su destino final.

en melancolía admirando las estrellas en soledad
como un triste espectro pernoctando bajo la luna
deambulando por el desierto de la mendicidad
lágrimas de sangre yacen en las dunas.

amargo quebranto se oye en el desierto
llorando por aquel amor que ha partido
desesperanzado, su alma en un tormento
martirizado corazón, perverso delirio.

entre tinieblas, gran rey del desconcierto
la luz tenue desaparece durante la absoluta mudez
perdido en un frío y desolado futuro incierto
donde su amor jamás floreció.

Después de escuchar los respectivos aplausos hacia el presentador anterior, caminé con frenesí hacia el estrado para sembrar los pies frente al público presente.

—Buenas noches, respetable público… uhm… uhm… uhm… perdón, tengo la garganta un poco seca. Mi nombre es Arnulfo Díaz. El poema que vine a declamar lo desempolvé del cajón de los recuerdos, espero sea de su agrado. Este poema lleva por título *¡Oh, salve enigmática ave Fénix!*

Mientras recitaba el poema como un lorito, mi retorcida mente imaginaba a Fernanda haciendo el amor

conmigo en medio de la cancha de un repleto Estadio
Mateo Flores, el público observándonos con sus miradas
acusadoras. Mi corazón latía como locomotora, con mayor
ímpetu expulsaba mis versos; y al instante de casi concluir
mi participación, dibujaba la sombra de Zaid aproximarse
por mi espalda con un arma de fuego, apuntándome a la
cabeza. Finalizado el poema noté que Haroldo, Zaid y
Fernanda se pusieron de pie al aplaudir. En consecuencia,
el maestro de ceremonia exhortó a los poetas presenta-
dores a continuar con la última tanda de poemas y luego
dar por concluido el evento. A la sazón estreché la mano
de algunas personas, pero le pedí a mis amigos que nos
fuésemos, porque no es de mi total agrado andar entre
la multitud. Antes de irnos, Haroldo me presentó a su
amigo Gonzalo Urquel, quien nos invitó a asistir a un
pequeño concierto de rock que estaba planeando realizar dentro de dos semanas, junto a su banda denominada
Hienas. A pesar de que Haroldo le insistió a su amigo
que nos acompañara a las Cien Puertas a degustarnos
unos tragos, éste adujo que tenía que hacer. Al final, solo
fuimos nosotros cuatro.

Entre bebidas y conversación, yo meditaba que eran
casi tres meses que había pasado viviendo una vida doble.
No sabía cómo le hacía Fernanda con Zaid, pero ella supo
manejar mejor la situación. A la larga ella entendía que
conmigo saldría perdiendo, por eso continuaba como
novia de Zaid. Por momentos pensé en que mi actuar
podía provocar mi alejamiento de amistad con él; sin
embargo, aquello conllevaría a alejarme de Fernanda, y yo
no deseaba eso.

—¡Zaid! Decime ¿cómo vas con tus escritos? —pregunté.

—Pues la verdad, no he escrito nada, he dejado todo en *stand by*.

—Espero que mi comentario respecto al cuento no te haya desinflado a escribir más. Por el contrario, yo te exhorto a que sigas adelante.

—No es eso —afirmó—, es que he estado muy ocupado con los estudios y no me queda tiempo de concentrarme a escribir, e inclusive no he estado leyendo literatura, solo libros de la carrera. Además, Fernanda me quita mucho el tiempo —argumentó con una pequeña sonrisa sarcástica.

—Ay, no seas mentiroso, amor —dijo Fernanda con picardía.

Llegué al punto en que no sabía ni qué preguntarle, mucho menos con qué cara verle. En qué embrollo me he metido al estar arrimándome a su novia.

—Miren, mucha, me gustaría que fuésemos al toque donde este cuate —sugirió Haroldo.

—¿Y qué tan buenos son? —preguntó Zaid.

—¿Te llegó el poema que él declamó? —preguntó Haroldo.

—La verdad no está del todo malo —reiteré.

—Entonces deberíamos de ir. ¿Qué les parece si vamos? —sugirió Haroldo.

Al unísono todos confirmamos que asistiríamos al toque. Después de cierto tiempo, y sin ganas de consumir más cebada fermentada, nos retiramos de Las Cien Puertas.

VII

Fuimos al concierto al que invitaron a Haroldo, no eran muchos los presentes en el parque. La mamá de un integrante del grupo estaba asando carne en la churrasquera, y una joven, pudiese ser la hermana o alguna noviecita de alguno de ellos, se encargaba de agregar papas fritas al plato, y los repartía entre el público presente, además de darnos libertad de tomar cervezas de una hielera. Algunos estaban sentados en las pocas sillas plásticas que lograron conseguir los organizadores del evento, otros extendieron sábanas sobre la grama para sentarse, y nosotros estábamos parados observando el asunto. Escuchar el *cover Smell like teen Spirit*, desafinó mis oídos, eran terribles. A pesar de que la pronunciación en inglés del vocalista era aceptable, lo que mataba el sonido era la falta de coordinación entre bajista y baterista. Así transcurrió el resto de la presentación; mientras ellos tocaban, nosotros bebíamos cerveza y comíamos carne. Noté que mucha gente empezó a desaparecer, entre ellos Haroldo, a quien perdí de vista; mientras que Zaid, sintiéndose indispuesto del estómago, corrió hacia la casa frente al parque para solicitar a sus dueños que le dejaran usar el servicio sanitario. Al verlo ingresar, Fernanda y yo estábamos sin moros en la costa, entonces nos internamos en el pequeño bosque, en un área donde la luz era escasa y era imposible que los presentes en el centro del parque nos pudiesen ver y, por el contrario, a la distancia Fernanda y yo éramos capaces de observar el movimiento de todas las personas presentes en el centro del parque. Con sagacidad le apretujaba sus firmes nalgas mientras la besaba. «Vaya si eran malos los de la banda», pensé. De pronto vi a Haroldo hablando con una chava, pero no me preocupaba porque él estaba enfocado en ella. A los minutos Zaid salía de la casa, e indiqué a Fernanda que regresara con discreción hacia él. Ella se le aproximó por detrás, cuando halaba de la hielera una cerveza. Esperé a que tocasen dos canciones más para salir de la oscuridad, y así no levantar sospechas.

—¿Y dónde andabas, vos? —preguntó Zaid.

—Fui a los arbolitos a echarme una araña —contesté—, es posible que, de tanta cerveza, me dieran ganas de orinar.

—¿Solo a eso fuiste? —preguntó Haroldo.

—Por supuesto que sí —contesté mientras daba un sorbo más de cerveza—, ¿acaso crees que fui a echarme una paja? —respondí y noté que Haroldo me observaba con rareza.

—¿Qué les parece el grupo, mucha? —preguntó Haroldo.

—La verdad que no me han gustado para nada —mencionó Zaid.

—En lo que a mí respecta, y siendo amigo de Gonzalo, y no es que lo defienda, pero creo que su voz no es tan mala, el problema son los otros chavos que no son muy buenos tocando, y más lo comprobamos al escuchar esa rola instrumental, la que titularon *Equinoccio de primavera* —opinó Haroldo.

—¡No son muy buenos! ¡Ja! ¡Son puritísima M!, diría yo. Aunque las letras de las rolas no están tan mal —completé—. ¿Y a ti, Fernanda? —pregunté.

—A mí tampoco me gustó —contestó.

—No me siento bien, y creo que mejor nos vamos, mi cielo —dijo Zaid, propinándole un beso.

—Está bien, mi vida —respondió haciendo una sonrisa fingida.

—Nosotros esperaremos hasta que termine el toque —indicó Haroldo.

—A lo macho, vos, ¿tenemos que seguirlos escuchando? —pregunté.

—A huevos. No quiero irme sin despedirme de Gonzalo —mencionó Haroldo.

Zaid y Fernanda se marcharon mientras Haroldo se fue a platicar con algunos de sus otros amigos. La tortura de estar oyendo a ese grupo, dizque de *grunge*, se extendió, y más, con sus canciones inéditas.

Caminamos hacia el carro de Haroldo, pero no dijo palabra alguna. Ingresó al vehículo y quitó el seguro de la puerta del pasajero. En aquel momento subí y cerré la puerta. Me estaba poniendo el cinturón de seguridad, cuando ¡¡Paaaa!! Sentí una palmada en mi rostro.

—¿Qué te pasa, serote? —exclamé enrabiado.

—¿Qué me pasa?... ¡andá a la mierda, vos, hijueputa! ¿Creés que no me he dado cuenta de todo lo que está pasando? —señaló con enojo.

—¿De qué estás hablando?

—Ya veo que vos le estas bajando la traída a Zaid ¿verdad? ¿Verdad que sí, pedazo de caca?

Me quedé callado, no sabía qué decir.

—Hablá, pues, si tenés suficientes huevos —dijo Haroldo.

—Es que no era mi intención, vos.

—¡Lo sabía! ¡Lo sabía! Cómo sos de pura lata, mano. El Zaid tan buena onda y vos quitándole la traída.

—Pero no todo ha sido mi culpa, a mí Fernanda me sedujo —clamé.

—¡Ahh! ¡Ahora echale la culpa a ella! Y vos que no querías, ¿verdad? ¡Vale madre...! Vos sabés que ella es su traída, y aunque te abriera las piernas debés de contenerte —indicó. Es posible que yo hiciera un gesto de picardía—. ¡Sos un malparido infeliz! ¡Te la cogiste de verdad! Vos sos un mal amigo. Apuesto que yo me consigo una traída y me la bajas a mí también.

—No, hombre, cómo vas a creer —impugné.

—¡Púchica! ¿Cómo voy a creer en tus palabras ahora?

—Nunca me imaginé que esto fuese a pasar. Jamás he tenido intención de hacer daño a alguien. Te lo juro por Dios —refuté.

—¿Sabes qué? Andate a la mierda. Solo porque soy buena onda, te voy a dejar a tu casa. Ganas me dan de dejarte aquí, pisado —comentó con decepción.

—Pues si querés me dejás y tomo un taxi —reaccioné con malhumor.

—¡No, ni mierda! Yo te traje, yo te llevo a la casa. Pero en buena onda, vos. Deja a la traída de aquel. ¿No ves lo feliz que está? —suplicó—. Aunque no me guste esa traída para aquel, pero quién soy yo para decirle lo que pienso. Ya no quiero discutir más sobre el asunto.

Seguimos el camino hacia mi residencia, y ya no intercambiamos palabra alguna.

VIII

Cuatro noches después escuché la noticia de que el automóvil que conducía Zaid quedó en ruinas. Los bomberos emplearon las quijadas de la vida para sacarlo de entre los hierros retorcidos. Se encontraba fuera de peligro; eso sí, con varios huesos fracturados. La colisión sucedió después de que dejó a Fernanda en su casa. Él alegó que por un instante cerró los párpados y cuando los abrió se le hizo demasiado tarde para evitar el accidente. Al instante de abrir los ojos, maniobró del tal forma que el otro automóvil, donde iba una familia entera, solo sostuvo una abolladura; sin embargo, él se fue a estrellar contra un paredón.

En el hospital ya se encontraban Fernanda y Haroldo, cuando me asomé a preguntar cuál era su estado.

—Se encuentra bien —contestó Haroldo; haciendo una cara de bulldog por mi presencia, temiendo que hiciese algún pase con la susodicha.

—¡Ay! ¡gracias por venir, no sabés la alegría que me da ver a otro amigo de Zaid! Con tu visita lo vas a animar bastante —dijo Fernanda.

A pesar de sentirme rechazado por Haroldo y algún otro de los presentes, a quienes, a lo mejor Haroldo ya les había ido con el chisme, me fue fácil ingresar al cuarto donde Zaid yacía. Estaba enyesado de la pierna y brazo izquierdo por la fractura en el fémur y en el antebrazo. Hice más de algún comentario idiota, para animarlo, y conversamos sobre cosas sin un verdadero fin. Saliendo del cuarto, me puse a las órdenes de sus padres, por si necesitaban de mi ayuda.

Finalizadas las horas de visita, Fernanda logró alcanzarme, y solicitó que conversáramos por un rato y aunque me sentía bastante reacio a aceptar su invitación, igual accedí y propuse que nos reuniésemos en el Bar Granada.

A la hora fijada, esa noche, llegamos en autos separados y luego de sentarnos ordenamos una cerveza.

—Me gustás mucho, Arnulfo, pero no puedo continuar con esta aventura —confesó Fernanda—. En un momento dado, Zaid nos puede cachar juntos, y se va a armar un gran problema.

Al escuchar sus palabras aduje que Haroldo pudo haberle dicho algo al respecto.

—Muy bien —contesté—. Acepto tu decisión.

—Pero... ¿sabés qué? —dijo Fernanda titubeando. Se notaba que no sabía si continuar con su pensamiento o quedarse callada.

—¿Qué? —pregunté para que expulsara lo que deseaba decir.

—Quiero hacer el amor contigo ahorita —afirmó ella.

Sin pensarlo más, nos metimos a un hotelucho de mala muerte localizado en el centro de la ciudad. Dentro del cuarto, con las luces prendidas, contemplé su rostro y pasé mis dedos entre su cabellera por un buen rato. Ella sonreía, yo también; pero sentía una pesadez en mi pecho. Entrelazamos nuestros desnudos cuerpos hasta el punto en que sentí mis piernas dormidas. Cumplidos nuestros deseos, nos despedimos. Ella agarró su rumbo, yo el mío. Conduje sin parar hacia la ciudad de Mixco, pero antes pasé a una gasolinera a llenar el tanque y de paso compré un *six-pack* de cervezas en la pequeña tienda de la estación. Las calles de la ciudad estaban casi desiertas, sólo vi pocos carros durante mi recorrido. Mientras conducía, noté que el mirador estaba solitario; por tanto, di un pequeño giro de retorno, y estacioné allí, bajé del carro y me senté en el *capot*. Mi cabeza era un torbellino de memorias y anécdotas. La sonrisa de Fernanda invadía mi quietud. Perdí noción de cuánto tiempo estuve bajo el sereno observando las estrellas y las luces de la ciudad, mientras degustaba las cervezas. Todo era hermoso, luego me inundó el alma una tranquilidad magnífica. Al punto, un grisáceo carro deportivo llegó al mirador, a interrumpir esa paz interior que emanaba desde lo más profundo de mi ser. Era una pareja de entre dieciocho y veinte años, besuqueándose y jurándose amor eterno. Por ello, opté por apresurarme a ingerir la última cerveza, para luego colocarme detrás del volante y largarme de ahí.

IX

En los meses subsiguientes todo siguió igual, aunque la amistad con Haroldo se deterioró, al igual que con Zaid; pero fui yo quien empezó a evitarlo más, ya no podía verlo a los ojos. En lo que respecta a Fernanda, por momentos pienso en ella, fueron tiempos muy buenos los que disfruté a su lado, pero cada uno debemos continuar nuestro propio camino, al fin y al cabo, imagino que ella sigue al lado de Zaid. No he vuelto a verla desde esa noche.

Qué sensación más placentera siento al fumar un cigarro mentolado; mientras tanto voy husmeando con antipatía entre las páginas de la prensa del día 5 de septiembre de 1996, en cuya portada aparece la foto de un chavo que participó en un autosecuestro. De pronto me engancho con otra noticia que me llama la atención; es sobre un cadáver que fue encontrado en la colonia El Naranjo, en un estado avanzado de putrefacción y con una mano amputada. Las autoridades no logran identificar a la víctima, quien es de sexo femenino. Entonces me vuelvo a enfocar en la razón primordial, me puse a escudriñarlo. Aún estoy en búsqueda de un empleo, solo he tenido un par de entrevistas, aunque he realizado ciertos trabajos de *freelance*, así que por el momento no me ha ido del todo mal. Y mientras tanto, también sigo ayudando a mis padres con el negocio. Luego me distraigo al observar a varias hormigas rojas con sus alimentos, entran en un agujero cerca de la orilla de la banqueta. A lo lejos, logro divisar a Adela. Doy un chiflido escandaloso para llamar su atención, entonces, le hago señas para que se acerque a mí. Con timidez lo hace, y noto que está mejor vestida, con su pelo bien arreglado y usando maquillaje.

—Hola, Arnulfo —saluda muy sonriente.

—Hola, Adela, ¿qué tal estás?

—Aquí, un poco apresurada, ya que debo asistir a clases. ¿Hay algo en que pueda ayudarte? —pregunta con nerviosismo y haciéndose la desinteresada.

—¿Te gustaría salir conmigo mañana por la noche, a ver una película al cine? —propongo sin pensarlo mucho.

Al instante, sus grandes ojos cafés chispan de júbilo y con excelsa emoción, acepta la invitación.

El retrato de
un matrimonio perfecto

En el despertar de una nueva aurora, se dan un beso de
buenos días.

En el ocaso, se proporcionan un beso de buenas noches.

¿Entre beso y beso?

Ajenjo y amargura.

Mentiras verdaderas.

Uno de esos días cuando las aves se pierden en lo rojo

—¡Preparen! ¡Apunten! ¡¡¡Fuego!!!

—¡Sucumben los infames! ¡No vale la pena recordar sus nombres! ¡Santa Madre de Dios, que sus almas ardan en el infierno! —profiere más de alguna madre.

Miles de ojos hipnotizados por las imágenes transmitidas desde el Centro Penitenciario Granja Canadá, como si fuese una película calificada R, edición especial por televisión, cápsula informativa de último momento, el gran morbo nacional. Grupos abolicionistas de la pena de muerte dando el grito al cielo. Justicia divina, predican los justicieros, alabando a la señora Justicia quien se quitó la venda de los ojos para hacer cumplir la ley y dar su merecido a quienes tomaron la vida de la menor de cuatro años, Sonia Marisol. Su madre jamás podrá disfrutar de su sonrisa, jamás la verá crecer, jamás la verá realizarse como mujer; toda una vida por delante, robada por unos infames. Ahora, junto a esa madre en pena lloran miles de madres más, cuyos hijos han partido hacia la eternidad. Silencio profundo, con los ojos clavados en el televisor. Los reporteros hacen más de algún comentario que se esfuma en el olvido, pero las imágenes quedan tatuadas en mi memoria y en la memoria colectiva. En tanto, paladeo una comida china, arroz frito con camarones que sobró del día anterior. Doy un buen sorbo al *whiskey* en las rocas. ¡Hoy Guatemala hace historia! 13 de septiembre de 1996, a dos del día de la Independencia de la República, el infame dio el tiro de gracia a los que pronto fueron difuntos. Se termina la función. Se cierra el telón. Apago el televisor, mañana será otro día mejor en el país primavera del bello Quetzal. Verde pájaro serpiente con pecho rojo carmesí que disipa sus penas al caer la oscurana, emborrachándose por las corroídas calles del centro de la ciudad, donde luego un jiotoso perro callejero lamerá su rostro desencajado, cuando yazca tirado en la orilla de una banqueta frente a un bar de mala muerte con sus aburridas prostitutas danzando cumbias y satisfaciendo ansias; desapercibido del pasear de las sirenas apagadas en la clandestinidad, donde en las esquinas de las calles transexuales hacen la parada a carros con placas particulares y más de alguno con placas diplomáticas.

Estoy con mi sombra, mi única acompañante; no hay nadie en casa, mi madre salió a verse con unas amigas y la muchacha se tomó una semana de vacaciones para visitar a su familia en el departamento de Santa Rosa. Invento una manera de pasarla bien conmigo mismo, pero las imágenes perturbadoras regresan como un fantasma inquieto a divagar por mi psique. No quiero pensar más en ello, por lo que termino mi comida china y con un nuevo trago en mano, me dirijo al pequeño cuarto de estudio donde mi padre alimentaba su mente. La máquina del tiempo continúa su retorcida senda, ahora él es solo un hermoso recuerdo, una resplandeciente estrella fugaz en mi existir. Imagino su espectro en este cuartito de paredes blancas repleto de empolvadas y coloridas portadas de libros en una vieja estantería de madera barata, donde incluso algunos compartimientos se han vencido por el peso de varios tomos de una arcaica *Gran Enciclopedia Larousse*. La mayoría de los libros pertenecían a mi abuelo; cuando falleció, mi padre se quedó con todos estos. No tengo conocimiento de si leyó alguno porque él estaba concentrado en sus asuntos. Todos los libros, con variedad de autores europeos, latinoamericanos, estadounidenses y locales; están organizados dependiendo de la patria del autor. Mi madre ha querido mantener el cuarto tal y como está; tal vez por pereza o porque tenga un sentimiento de culpa (sin que ella se diese cuenta en dos oportunidades la encontré con su amante; mi padre creo que nunca lo supo) y con su alma en tormento, mantener viva la imagen de mi padre, recordar sus dorados tiempos cuando él se ponía a teclear informes de importancia para sus clientes.

Contrastando con la estantería, una pequeña mesa de caoba, y en su centro, una vieja y grisácea máquina de escribir marca Olivetti. Estaba tan vieja que recordé la repugnante máquina de escribir con forma de escarabajo inmundo de la película *Almuerzo al desnudo* de por David Cronenberg, basada en el libro de William Burroughs. Podría jurar que si hubiese estado drogado jamás me atrevería a acercármele, mucho menos tocarla, debido a que podría cercenar con su ano los dedos de mi mano y darse tremenda merienda con ellos. En fin, me di cuenta de que al colocar la hoja en blanco y teclear la letra «a» tiene un defecto, porque al plasmarse en el papel está tres cuartos fuera sobre el renglón por escribir. Siendo ésta una de las más repetitivas letras en todo escrito, es muy normal que, al llenar toda una página, ya sea con garabatos o un escrito cualquiera, estéticamente se vea muy mal. Como si fuese la imagen estática del mar picado, por causa del enojo de Poseidón. Por un momento me senté a la mesa, sin despegar los ojos de esa máquina de escribir. Se me ocurrió la descabellada idea de ejecutar lo mismo que hizo Jack Kerouac al escribir *En el camino*: pegó varias hojas de papel *bond* con *tape* para convertirlo en un gran rollo con tal de no perder la fluidez del escrito. Hace un par de noches comí tanto que posiblemente originó que tuviese una especie de pesadilla. Confieso que fue un sueño bastante peculiar, aún lo recuerdo con cierto detalle. Pareciese como si estuviese viendo una película *steampunk*, donde se vive en un pasado lejano, por la época de los nazis, pero con tecnología bastante avanzada. Como si estuviésemos viviendo en una época alterna donde toda Centroamérica y México son aliados de los alemanes, no existe la *United Fruit Company* en el país y el presidente Jorge Ubico alaba la labor alemana, entablando lazos de amistad con el *Führer*, además de poner a disposición a todos los prisioneros políticos para que el doctor Josef Mengele continuase con su efectiva labor de experimentos científicos. Pequeños duendes se paseaban por las orillas de las cristalinas serpientes de agua que se arrastran entre paradisíacos verdes, verdes bosques donde algún día dejaron tirado el pellejo miles y miles de individuos, tanto indígenas como ladinos, buscando una utopía. La trama del sueño: indagando una realidad aterradora para seguir con la exhausta búsqueda del paradero de quienes lograron subsistir el sonoro retumbar de las balas en las montañas, en un país acechado por el poder corrompido de entes que parecen hienas practicando el cleptoparasitismo. Hienas que roban y consumen sueños y anhelos de quienes tienen el alma casi muerta por la desesperanza. No sé por qué, pero no es la primera vez que tengo una pesadilla donde estén involucradas las hienas, estos peculiares mamíferos me dan pavor, puede ser por esa maquiavélica risa. La misma risa de los tiranos. Lo irónico, es que por estas bestias se originó el nombre de nuestra banda de *rock* alternativo que formé con unos amigos del colegio antes de graduarnos de bachilleres. Es nuestra forma de protestar contra las injusticias que se viven en el país y de burlarnos de las nuevas posturas políticas. Como parte de mi creatividad se me ocurría agregar espías conformados por seres que trasmutan en fantásticas criaturas inimaginables en la mente de cualquier individuo cuerdo. Realzar la labor del gran héroe, un Tecún Umán moderno, un líder indígena sin igual, guerrero tenaz, con una historia un tanto romántica de revolución a lo Che Guevara, donde todo un pueblo lo sigue al pie del cañón para derrocar al gran tirano rey Carmesí... Pierdo el enfoque. Dirijo la mirada al colorido muro de libros del cuarto, luego distraigo mi vista hacia un lado de la pared donde cuelgan varias fotografías familiares, retratos del matrimonio perfecto, la familia perfecta. Me ahondo en la imagen donde está mi bella musa, Amanda, quien posa frente a una erguida torre Eiffel. Extraigo de la bolsa de mi pantalón un paupérrimo pedazo de papel con unas letras que impregné ayer con lapicero rojo.

La radiante luna se desdibujó entre las nubes
un sórdido trueno se escuchó
seguido del chillido de las sirenas
los grillos cantores permanecieron en silencio
adormitados, soñando quimeras
bajo el sereno de la clandestinidad de la oscurana.

Radiantes ojos resurgieron entre las sombras
mi corazón dilataba de incertidumbre
musa desnuda danzaba junto con las luciérnagas
bajo el ala del ojo del contemplador
pulpo devorador de las buenas conciencias
agitador de los siete pecados capitales.
Su efímera imagen en mi memoria
impregnada como tatuaje en el alma
nuestras indiferentes miradas colapsaron
inventamos la encrucijada nocturna
deambulamos en los más remotos escondrijos
de un inframundo citadino.

En el umbral de mi locura y el deseo
entrelacé mis brazos alrededor de los suyos
besos atrevidos, piel contra piel
improvisando un desmesurado idilio a lo Trópico de Cáncer
creyéndome un Henry Miller bajo el hechizo
de una hermosa joven francesa de piernas largas.

Enfoco mi atención de nuevo a la blancura del papel, me encuentro listo frente a la máquina de escribir para plasmar toda esa ensalada de ideas, pero mis manos se quedan estáticas. Mi locura se volvía cordura, mientras meditaba que sería la más estúpida historia fantástica que escribiría en toda mi existencia: Plasmar letras como si fuese un paupérrimo guion de película a lo Ed Wood, considerado el peor director de cine de la historia, quien mezclaba ataques extraterrestres con seres de terror como Drácula, Vampirela y muertos vivientes. Entonces tomo un gran sorbo de *whiskey* en las rocas y recapacito en voz alta «¿cuál es la verdadera voz que canta en mi interior? ¡Pues la música, la poesía!» manifiesto, dando un leve suspiro junto al último sorbo del preciado líquido. Varado por dos horas, sin dar un empujoncito a alguna tecla. ¿Cómo verbalizar ese torrente de ideas?, me cuestiono. Entonces mis ojos perdidos quedan clavados en el estante de libros, pero en particular uno: *A través del Pantano*, el cual leí hace un par de años.

Me levanto de la silla para cogerlo y como si fueran ráfagas de imágenes de una película en blanco y negro, visualizo la ejecución del gran villano; y, por ende, en mi mente repaso una y otra vez el fusilamiento matutino de los malhechores, haciendo énfasis en el tiro de gracia. Esa imagen aún me perturba. Vuelvo al asiento, hojeo el libro y leo la gentil dedicatoria que el autor le escribió a mi padre: «A Hernán Urquel, con todo mi aprecio. Ángel Roca. Guatemala, diciembre 1986». De pronto veo de nuevo la fotografía que cuelga en la pared reinventando pasarla bien conmigo mismo y sueño despierto: Concibo cuando mi francófila musa de piernas largas en silencio ingresa al estudio. Por detrás siento sus delicados brazos atraparme, inclino un tanto mi cabeza para recibir su beso al lado de mi boca, para luego escuchar proferir de sus labios, cerca de mi oído: «*Viens chérie qu'on fasse l'amour*».

Me dirijo a mi habitación, me tiro a la cama y cierro los ojos para rememorar el fin de semana que estuve junto a mi musa, antes de que se fuese a tierras parisinas. Ya son trece meses desde que se fue y por instantes me mortifico sin saber cuándo será su regreso.

Partimos un viernes por la noche en un Nissan Sentra azul marino, modelo 87 de dos puertas. Los embotellamientos generados por el tráfico vehicular eran de esperarse. Después de conducir por la ciudad capital por horas y pasar el puente Belice, sentimos la gloria, el tráfico se tornó más fluido a pesar de encontrarnos con transporte pesado. Llevábamos un garrafón con agua, pan rodajeado para preparar sándwiches, papalinas, una hielera repleta con gaseosas, cervezas, jamones, queso, huevos duros que preparamos la noche anterior, naranjas, bananos y galletitas; y aparte, la casita de campaña y dos mochilas con ropa e implementos de higiene personal. Conduje con el ojo al Cristo porque la falta de iluminación en la carretera al Atlántico CA-09 Norte es propicia a los accidentes. Durante el recorrido por Sanarate, El Progreso, presenciamos como un bus urbano pasaba a un camión con mercadería, provocando que un vehículo pequeño se saliera del carril de la carretera; me imagino el tremendo susto que se dieron, pero ahí quedo todo, sin fatalidad alguna. Amanda y yo proferimos que el conductor del bus urbano era un infeliz y maldito, que ojalá se fuese a hacer pedazos, pero él solo, por irresponsable. Mientras continuábamos el recorrido hubo un silencio grácil, hasta que ella enfatizó sobre su decisión de ir a Francia, para alejarse de mí, porque le era muy difícil continuar con nuestro idilio clandestino, no era pertinente que nuestra relación saliera a la luz; y si la amaba debía dejarla ir. Se consideraba un pájaro cantor enjaulado y era su deseo de extender las alas para volar a otros lares y poner en orden su mente. Yo también debía organizar mis pensamientos, estaba perdido en un laberinto de desasosiego, a pesar de mi noble proceder y sentimientos hacia ella. Además, uno de los mayores deseos en la vida de Amanda era viajar a Francia; una aspiración muy cliché, pero era lo que más añoraba hacer.

Prendió el estéreo de auto, que recién adquirí en una de las ventas clandestinas del Mercado La Terminal, la música era el catalizador para que no la cuestionase. No cruzamos palabra alguna, solo escuchábamos las melodías. Pasando El Rancho y continuando por la carretera CA-14, Baja Verapaz, noté que Amanda dormía como un angelito, pero me deleitaba al observar cómo sobresalían de su ajustada blusa sus pulcros senos. Para mantenerme despierto, masticaba chicle, coloqué un disco compacto de los grandes éxitos de The Doors en el estéreo. En algunos tramos del camino me sentí parpadear más de lo debido; por lo que decidí parar en una gasolinera en el municipio de Santa Cruz Verapaz, donde me estacioné para dormir. Al despertar, ella me miraba con sus grandes ojos pardos mientras sus delicados dedos se entrecruzaban con mi pelo, luego sonrió y me dio un beso en la frente. A la postre fuimos a meternos a un sencillo comedor, para luego continuar nuestro rumbo pasando por la cabecera departamental de Cobán. El Nissan Sentra se desarmaba al aventurarnos por los planos y empinados caminos de terracería, para impedir eso debí conducir evitando que las llantas siguieran en su totalidad las marcas de otros vehículos, porque en la parte del centro se formaba un pequeño montículo de tierra y grama donde rozaba bruscamente la parte baja del chasis del carro. Arribando al Parque Nacional Grutas de Lanquín, nos zambullimos por un buen rato en las aguas del río del mismo nombre, luego nos unimos a un pequeño grupo de extranjeros alemanes con un español bastante dificultoso de entender, para internarnos en las profundidades de la cueva. La claustrofobia no me permitió explorar más allá, Amanda sí lo hizo y continuó con ellos. Retorné al carro para sacar una cerveza de la hielera y un paquete de cigarros. El humo se desvanecía en el fresco ambiente, mientras observaba a un grupo de niños con sus padres divirtiéndose en la orilla del río.

Las agujas del reloj avanzaron, una tercera cerveza tenía en mi haber, cuando por fin la silueta de Amanda resurgió de la cueva, emocionada por la inolvidable experiencia. Le convidé una cerveza, dio un sorbo al cigarro que estaba por desaparecer de mis dedos. Ingresamos al carro y continuamos el rumbo disfrutando de la vista del verdor de exuberantes bosques hacia Semuc Champey. Nuestras pupilas se maravillaron al ver las diversas piletas naturales de agua color turquesa, que se forman del río Chahabón; por curiosidad caminamos hacia donde el flujo de sus aguas se interna en una caverna de piedra caliza, punto de demasiado peligro. Luego armamos la casa de campaña, comimos, bebimos, conversamos sobre amigos mutuos, familiares, en fin, chismes para matar el rato. Caída la noche, exploramos el área para cerciorarnos de que no hubiese otras personas, parecía que ella y yo estábamos solos en Semuc Champey. Nos despojamos de toda ropa y nos sumergimos en una de las piletas naturales. Detrás de la caída de agua, ella me abrió su boca, nuestras lenguas se entrelazaron, mis manos enloquecían sobre sus pechos. Con una mano ella acariciaba mi hombría y con la otra mi espalda. Luego, con mi lengua serpentina jugueteaba con sus areolas erguidas como asta de bandera que vuela con libertad. La cascada del río era música para nuestros oídos. Teníamos temor al pensar que miles de ojos titilaban con morbo en la oscuridad de la montaña, pero al final ese temor no prevaleció, no nos detuvo de proseguir con nuestro secreto amor. Perpetuamos un nuevo beso con sus piernas alrededor de las mías y mi virilidad acariciando la rosa del deseo, y luego como un colibrí bebiendo de su néctar, ella profanaba el nombre de Dios en vano. Dibujé en mi mente cada movimiento que hicimos, hasta alcanzar el éxtasis; de pronto toda emoción se tornó como una hoja en blanco sin escribir, todo era vacío, todo era silencio; quedé postrado en mi cama por un buen tiempo.

Las agujas del reloj continuaban su andar, hasta que salí de mi habitación para dirigirme al balcón de la casa y sentarme en una de las sillas que tenemos ahí. Prendí un cigarro, dejé pasar el tiempo, disfrutaba de la vista del cielo, el agraciado viento mimaba mi rostro. Encendí otro cigarro, permanecí sentado hasta el punto en que la luz del omnipresente sol se desvanecía y las aves que volaban a lo lejos se perdieron en lo rojo.

Un *voyeur* en vacaciones

I

La luz del sol se cuela por las persianas de la ventana del cuarto que me proporcionó mi madre la noche anterior. Vine a este país a catar unas vacaciones bien merecidas. Con los ojos un tanto abiertos, tras una noche agotadora, después de que mis maletas fueron las últimas en aparecer en la banda transportadora de equipaje del Aeropuerto La Aurora; una noche un tanto peculiar y cansada, pueda ser también por el tedio que me ocasionó traer unos regalos para mis señores padres y un buen amigo mío, por los cuales me tocó pagar un impuesto ridículo para ingresarlos al país. En fin, así es como hacen su agosto las personas que trabajan en el Gobierno y empresas relacionadas con el mismo.

Me levanto y salgo al patio trasero, con su grama verde recién cortada por un señor que pasa por el vecindario ofreciendo sus servicios de jardinería, como mencionó mi padre. Me gusta el olor de la grama recién cortada, es un aroma característico; pueda ser porque no estoy pensando en mis responsabilidades por cumplir ya que vivo en la Gran Manzana. Pienso en disfrutar al máximo mi corta estadía en este hermoso país, en donde, a pesar de la inseguridad económica y social, existen paisajes y lugares deleitantes que recrean la vista de cualquier individuo. Casi toda la nación es lo contrario al centro de la ciudad, con su hedor a heces y orina de perros callejeros y de borrachos; algo muy parecido al olor que se respira en Manhattan, en donde los pasillos y gradas de edificios huelen a excremento y orines de ratas. Y donde en el interior del apartamento huele a madera podrida y enmohecida. Ya no digamos el olor a *smog*, que se respira todos los días, en el inmenso laberinto de rascacielos. Aunque tampoco puedo poner tan en mal estas dos ciudades, también tienen sus cosas bellas. Pero en el caso de la enigmática Gran Manzana, nos maravilla la capacidad del ser humano de crear tan hermosos rascacielos. Tampoco puedo menospreciar la belleza de la señora Libertad, un regalito de Francia. Por ende, es una de las ciudades más visitadas alrededor del mundo. Woody Allen, en la primera escena de la película *Manhattan*, compara a Nueva York con un personaje que él está inventando, o posiblemente el mismo director se compare a esta ciudad por su rudeza y romanticismo. Le doy la razón, porque a pesar de su salvajismo, descortesía e incluso dificultad para soportar, te enamoras de ella. Respecto a mi vida personal, todavía no he encontrado el amor en esa ciudad.

Mi vista se recrea en este bello jardín donde mi mamá tiene sembrados rosales, buganvilias y una monja blanca, que es su favorita, aparte de ser considerada la flor representativa de la patria. Vivimos en un lugar exclusivo, magníficamente ubicado en la ciudad capital. Debo hacer mención que mi padre es un exitoso cirujano cardiovascular; mientras que mi madre se ha desarrollado en el área de pediatría de un prestigioso hospital de la ciudad capitalina. La naturaleza del ramo en que mis padres se desenvuelven no causó en mí una atracción por continuar en el área de la medicina. Por el contrario, siento pasión por la pintura, aunque tal vez no me considere un pintor espectacular, por ello he ingresado a una institución a tomar unos cuantos cursos para mejorar mi técnica al pintar. Por caprichos de mi señor padre es que inicié mi carrera universitaria en la Facultad de Medicina de la Universidad Cornell, una de las más prestigiosas en Manhattan. Pero no me he atrevido a confesarles que estoy por abandonar los estudios.

El día pinta hermoso, el cielo despejado, el clima está perfecto, ni mucho calor ni mucho frío, un aire agradable palpa mi cuerpo. Tomo un cuaderno nuevo en el cual hago *sketches* de personas, animales u objetos que dejen una gran impresión en mí. Por el momento, con mi lápiz finalizo el trazo de líneas que se transformaron en un pequeño querubín que mi mamá tiene en el jardín. Luego mi pupila capta la imagen de doña Marta (Ñañita como le digo de cariño, una empleada de mis padres, quien les ha servido por años; incluso cuando mis padres no estaban en casa, o llegaban a altas horas de la noche, cuidaba de mí), con rapidez trazo líneas que capturen el momento cuando ella coloca los trastos sobre la mesa del patio trasero, para luego servir el desayuno, que consiste en un poco de avena, dos huevos estrellados con la yema un tanto cruda, con bastante salsa de tomate, frijoles y plátanos con queso y crema.

Después de un suculento desayuno, recorro todos los cuartos y pasillos de la casa de mis padres. Primero, paso a la librería, que para mí es el lugar más interesante de todos, no solo por la cantidad de libros que tiene mi padre, en su mayoría libros relacionados con el corazón y la medicina, y más de alguna obra literaria, entre las que menciono a *Don Quijote de la Mancha*, *El Señor Presidente*, *Cien Años de Soledad*, *Don Segundo Sombra*, *Frankenstein* o *el Moderno Prometeo*, entre otros. La cantidad de fotos familiares es inmensa, adornan todo el cuarto. Al centro de todas las fotos sobresale una en blanco y negro, donde mi abuelo está sentado en una silla bastante elegante, mientras que mi abuela se encuentra parada a su lado izquierdo. En mis años de la pubertad, le pregunté a mi padre por qué no contaba mucho sobre la procedencia de nuestro abuelo; él aducía que ese era un tema de conversación que no le gustaba abordar a mi abuelo. Mi padre me confesó alguna vez que a él le daba la impresión de que su padre estuviese escondiendo algo turbio de su pasado. Tenemos pleno conocimiento que es de ascendencia alemana. Era una persona bastante bien parecida, bueno… y el resto de la familia también. Yo fui el único que no tomé todos los buenos genes. He oído ciertos rumores que dicen que, en el ocaso del servicio militar, él todavía sirvió bajo el régimen de Adolph Hitler. Cuentan que su padre era amigo de Jorge Ubico, quien simpatizaba con muchos alemanes nazis radicados en el país; pero, por presión de los Estados Unidos, expropiaron tierras donde cultivaban café, de los cuales muchos ya eran dueños absolutos, en Verapaz y Quetzaltenango. La versión que conozco de la hermana menor de mi abuela es que ella aduce que mi abuelo no pertenecía a las altas jerarquías del partido Nazi, pero sí como soldado, aunque piensa que desertó de las filas del ejército, para venirse a Guatemala. A su vez, mi padre comentó hace muchos años que era un comerciante con dinero que colaboró con los Nazis, pero que cuando estuvo de visita en Guatemala, le gustó mucho, así que antes de estallar la guerra retornó para quedarse.

Mientras tanto, continúo viendo el resto de las fotos, hay una donde estamos mis padres, mi hermano, tíos, el resto de familia y yo. Luego camino rumbo a los dormitorios, en los cuales aún quedan vestigios de la lámpara con figuras de payasos, que tenía mi hermano mayor, sobre la vieja mesa de noche hecha de caoba. Él siguió los pasos de mi padre y ahora también es un exitoso médico, con especialidad en neurocirugía; casado y con dos hijos.

Entonces, desempaco mi maleta de viaje, para colocar la ropa en un viejo mueble de caoba. Desde la ventana del segundo piso del dormitorio, observo a los nuevos vecinos de mis padres. No les veo ningún semblante que sea de estos rumbos; más bien pienso que son europeos. Unos muchachos les ayudan a trasladar los muebles dentro de la casa, asumo que son empleados de una mueblería. De pronto veo uno con un cuerpo espléndido, con el pelo rubio, piel blanca, utilizando zapatos tenis y una pantaloneta un tanto ajustada. Mientras carga una caja veo su espalda bien definida. Mi curiosidad es tanta que sigo con mis ojos clavados hacia la casa de enfrente. Luego de diez minutos lo veo salir un tanto cansado, quitándose el sudor de la frente con el antebrazo, mientras que las gotas resbalaban en su tórax y el *six-pack* en su estómago. Puedo afirmar que es unos diez años más joven que yo. Su hermosura es astral, jamás admiré tanta perfección en la belleza humana. Su rostro es angelical, aunque, por la distancia, no soy capaz de ver el color de sus ojos. Ingresa a su casa con las manos ocupadas y sale listo para continuar la faena. Al observar tanta hermosura, interrumpo lo que elaboraba y tomo mi lápiz y cuaderno para captar su imagen de pies a cabeza. Pierdo la noción del tiempo de estar viéndole, hasta que llega el momento en que ya no sale nunca más. Continúo desempacando las cosas de la maleta, para, al último, bajar las gradas e irme en el Volvo de mi padre porque debía realizar unas diligencias cerca de la municipalidad capitalina.

Transita la tarde, y luego la noche transcurre sin ninguna emoción extra.

II

A la mañana siguiente, tomé una ducha y me dirigí a la cocina.

—Joven Adolfito, desea que le prepare algo diferente de ayer para desayunar —dijo Ñañita.

Ella me ha llamado Adolfito, así como ella, los hay otros más. Esto se debe a mi baja estatura y mi condición delgada, un tanto frágil. Bromeo que fui adoptado, porque no tengo ningún semblante al resto de mi familia.

—No, Ñañita, gracias, tengo que irme ya. Solo la molesto con una taza de café con leche descremada. Comeré afuera, después de visitar al dentista y divagar por ahí, visitaré a la tía Camila y por la noche, estaré aquí —informé.

—Está bien, joven, le estaré preparando un rico salmón —replicó.

—Gracias —respondí.

Cuando salí a la calle en el Volvo de mi padre, lo vi de nuevo, mientras conversaba con un vecino. No pude evitar quedármele mirando de pies a cabeza. Estaba vestido con el uniforme del colegio, peinado a la moda. Esperaba el bus o que alguien lo fuera a recoger, qué sé yo. Pero mis ojos ratificaron esa belleza incomparable, y más aún cuando pude distinguir que sus ojos eran azulados, azulados como el agua cristalina y profunda que hay en el Lago del Cráter, el cual conocí el año anterior, durante un viaje que realizamos ocho compañeros de la universidad, tres de ellos ciudadanos estadounidenses; el resto éramos extranjeros. Contando con varios días aptos para ir a vacacionar, en un principio pensé que todo era una broma, porque quien sugirió ese viaje fue Arthur, originario de Nueva Jersey, de ascendencia italiana, conocido por ser demasiado bromista. Pero el asunto se tornó más serio, y empezamos todos por dar una lluvia de ideas de los lugares turísticos en territorio gringo, entre estas estaban el Parque Nacional de las Secuoyas, en California, que es donde se encuentran los árboles gigantes, ir al Gran Cañón o a Sedona, y de paso también parar en las Vegas, Nevada, y en el Parque Nacional del Lago del Cráter, localizado en Oregón. Al final elegimos este último. Fue una decisión excelente, porque todos la pasamos de maravilla. Jamás antes tuve la oportunidad de ir a acampar en las montañas. Fue una aventura inigualable. Estando en dicho lugar, y quedando maravillado de tanta belleza, me puse a analizar el hecho de que los chapines no apreciamos lo que tenemos en nuestro país. Hay tanto lugar bello para visitar. Es más factible que un paisano guatemalteco conozca Disneylandia, que los templos mayas en Tikal. Claro, me refiero a las personas con un ingreso económico apto para realizar este tipo de viajes, ya que, lamentablemente, el resto de la población vive al margen tratando de sobrevivir día con día.

Durante el viaje, se nos unió una pareja amiga de Arthur. Según las referencias que nos proporcionó el muchacho que se nos acopló al grupo, ese lago era un volcán; pero, tras una erupción, se derrumbó creando el lago con sus escarpados acantilados e islas. Además, cabe recalcar que el agua del lago proviene netamente de la lluvia y nieve derretida, no existen ríos, ni corrientes que lo alimenten.

En ese *flashback* de recuerdos, con mi vista acariciaba sus hermosos ojos, entonces, él me miró e hizo un hermoso gesto, una sonrisa tímida. Luego aceleré el auto porque debía atender a una cita con el dentista, que reservó mi madre desde hacía dos meses. Estando en suelo norteño, he escuchado a muchos individuos decir que el sistema médico es tan vilmente burocrático, que muchos prefieren ir a otros países a realizarse ciertas cirugías a un menor costo. Sin embargo, hay que tomar en consideración que la desventaja podría radicar en que no se cuenta con la tecnología adecuada. Bueno, esto solo son comentarios que han pasado por mis oídos, pero en mi caso, lo hago aquí, porque ya los médicos me conocen y tengo pleno conocimiento de su ética, y, sobre todo, de su gran capacidad. En tanto, durante mi recorrido por la avenida Las Américas iba meditando sobre mi vida, y la alegría que emergía en mi corazón porque me sentía de nuevo vivo, plenamente ilusionado, con una nueva razón para vivir.

Era el preciso momento para ir al dentista. Justo necesitaba que me arreglara un diente que me astillé hacía un par de semanas, durante una caída montando bicicleta en el Parque Central en Manhattan; y que hiciera una limpieza. Así podría sonreírle sin ningún complejo a ese hermoso muchacho. Prontamente, de haber estado escuchando el zumbido escalofriante que genera el equipo que recorría por cada una de mis perlas bucales, me dirigí al área financiera de la Zona 9, en donde visité a un amigo que trabaja en un banco del sistema. Al punto, merodeé por dicha área, pero me puse a admirar la arquitectura de los edificios, así como más de algún monumento que se encuentra ubicado en la avenida Reforma. Esculturas que llegaron de Francia, siendo el objetivo primordial de estos regalos de bronce que imitasen los Campos Elíseos de dicha nación. Me detuve y tomé la oportunidad de realizar algunos *sketches* a los transeúntes que pasaban por el área, así como a la vegetación mezclada con la arquitectura. De allí me fui a almorzar a la casa de la tía Camila, y conversamos tendidamente sobre muchos asuntos, tanto de mi persona, como de su estado de salud, ya que era una sobreviviente del cáncer.

Cuando llegó el momento de regresar a casa, conduje despacio esa última cuadra, pues tenía la esperanza de verle de nuevo, pero no lo encontré afuera. Así transcurrieron las horas. De pronto, estando en la casa, escuché el eco que produce la pelota de básquetbol contra el asfalto. Me apresuré hacia la ventana de mi dormitorio para volverlo a ver, jugaba con una pelota de básquetbol y realizaba tiros en una canasta que tenían frente a su casa. Yo simplemente lo observaba, mis ojos se empalagaban de placer, sentía una gran excitación y por mi mente recorría todo pensamiento netamente impuro que pueda existir.

III

Al día siguiente todo ocurrió sin mayor ofuscación, pero cabe reiterar que, desde la ventana de mi cuarto, lo volví a ver, cuando salía rumbo al colegio. Es increíble, pero en mi mente tengo claramente impregnado su rostro. Sencillamente tomé mi cuadernillo de *sketches* y me puse a revisar todo lo dibujado durante los dos días de mi estadía. Me dije que, si seguía en ese ritmo, me vería en la necesidad de salir a comprar un nuevo cuadernillo.

Era también el onomástico de mi buen amigo Joseph Valverde. En nuestra última llamada telefónica, noté su extenso entusiasmo por celebrarlo, posiblemente porque desde que me fui a estudiar, no pisaba suelo guatemalteco. Entonces recordé su intento de suicidio dos años antes de graduarse del colegio, se le veía enajenado, con mucha ansiedad y confundido. Su primer intento no funcionó, porque sus padres lo encontraron en el dormitorio tirado sobre el piso y lo llevaron al hospital donde ejecutaron un lavado gástrico porque había ingerido unas veinte pastillas de barbitúricos, las cuales empezaban a hacer su efecto. Creo que ese no fue el día idóneo para ejecutar su último deseo porque ellos llegaron imprevistamente de un viaje. Luego, recuerdo que me informaron que se le observó velando el fin del abismo, sobre el puente del Incienso. Por último, terminó visitando a un psicólogo. En esos momentos duros contó con mi sincera amistad. Ahora, esa etapa ha quedado atrás, ya no piensa en ejecutar una acción en contra de su propia vida. Según comentarios de otras personas, él se ha convertido en un dandi, y optado por tener un estilo de vida hedonista. Me dio una dirección diferente a la que yo conocía. Al parecer hace un par de años compró una casa para alquilarla, y obtener alguna ganancia mientras seguía viviendo con sus padres. Sin embargo, sus inquilinos se marcharon unas semanas antes y consideró factible celebrarlo ahí el siguiente fin de semana.

Llegada la noche, arribé a casa y degusté un café con leche junto a mis padres, con quienes conversé respecto a los miembros de la familia, sus logros, sus tristezas, en fin, cosas comunes de la vida diaria. Por último, me preguntaron si quería acompañarlos a Santa Cruz del Quiché por cuatro días porque debían realizar unas actividades concernientes a su profesión y me dijeron que podría ser una buena oportunidad para que observase y aprendiese de ellos, además de disfrutar del paisaje.

El ofrecimiento era muy bueno, pero dado mi poco interés en la medicina, decliné la invitación sin que ellos se diesen cuenta de mis verdaderos motivos. Por el contrario, ir a ese lugar implicaba que mi cabeza dejara de pensar en la gran urbe y me diese la oportunidad de exponerme a la naturaleza misma. Gozar de esa flora y fauna, aprovechar ir a las ruinas de la antigua capital maya Quiché, Gumarcaaj o ruinas de Utatlán, como más le conocemos, ubicadas a dos kilómetros de Santa Cruz del Quiché. No hay momento más hermoso que cuando el alma está expuesta a los vestigios arquitectónicos de nuestros antepasados y la naturaleza misma, respirar aire puro y no esa contaminación que se inhala en la Gran Manzana, y posiblemente en menos proporción el ambiente contaminado que se respira en la ciudad de Guatemala de la Asunción. Y qué más alegría diese, escuchar el sonoro canto del viento. Pero en el fondo de mi alma, la verdadera razón para quedarme era mi profundo interés en ver al muchacho de enfrente, así que me negué rotundamente a irme con ellos aduciendo que quería juntarme con mis amigos de la ciudad capital, a

quienes tenía mucho tiempo de no verlos. Aunque realmente soy un individuo muy selectivo y entablé amistad
con pocos de ellos. Con esta excusa, mi mamá me dio
la razón y me dio un beso en la frente; me dijo que me
la pasara bien, que con Ñañita estaba en buenas manos,
pero que tuviese cuidado al salir a altas horas de la noche.

IV

A la mañana siguiente, logré escuchar cuando mis
padres se preparaban a salir, mientras tanto yo quedaba
cubierto entre las sábanas y continuaba recostado
sobre mi colchón, esperando a que las agujas del reloj
se posicionaran en el momento preciso para luego ir a
observar detrás de la persiana todos los movimientos
de los ocupantes de la casa de enfrente.

Durante los siguientes tres días consecutivos merodeé cerca de la casa de enfrente tratando de ser como un
hombre invisible. Cuando tenía la oportunidad, seguía
a los vecinos por varios lados de la ciudad capital, ya
sea en los supermercados, en los centros comerciales,
o caminatas que ejecutaban los fines de semana en el
mismo vecindario. Era en esos precisos momentos que
sentía a todo mi ser caminando sobre las nubes, creando
castillos de cristales y realizando viajes hacia la luna,
para alcanzarle a ese chico todas las hermosas estrellas. Vivía recreando imaginarios cuentos imposibles de
amores eternos. Todo esto brotaba de mi imaginación,
y mi corazón palpitaba de emoción. Parecía un lince

merodeando entre los árboles y buscando a su presa para devorarlo. Sin embargo, no tuve éxito en cuanto a tener la ocasión de cruzar unas palabras con él, y esto se debió a que salía a la calle junto con su madre o padre; si hubiese estado con la hermana, creo que hubiese sido más fácil. El colmo fue cuando, un día por la tarde, en lugar de llevar a que lavaran el auto de mi padre al *carwash*, hice algo que nunca hago. Toda mi vida he detestado lavar autos, sin embargo, en un acto de locura lo realicé. Esa tarde, salió él a ejecutar unos cuantos tiros hacia la canasta de básquetbol en la parte de afuera de su casa. Estaba vestido con una playera blanca, una pantaloneta corta y zapatos tenis, pero no logré hacer contacto. Él se encontraba netamente concentrado en el juego. Luego solamente volteó a verme, e hizo un saludo un poco tímido. Yo tenía conciencia de que todo lo que estaba haciendo era un absurdo. Cómo iba a ser posible que un chiquillo se fijara en mí... un pobre iluso de apariencia no tan bella.

Horas más tarde, vi que toda la familia vestía elegantemente (supuse que asistirían a algún evento) y la hermana lo llamó para que se apurase, en ese momento supe que su nombre era Gustav.

V

El fin de semana estaba hermoso, con su cielo despejado. Al arribar a la casa de Joseph, estaban presentes como una veintena de personas. Nos dimos un gran abrazo y aproveché para darle su regalo. En tanto, adulaba lo bella que estaba su casa. Le veía bien acompañado de dos señoritas muy hermosas. Anticipadamente se disculpó si no me atendía del todo, debido al resto de invitados. Pero con toda confianza, me invitó a que recorriese la casa, que me sirviese cualquier bebida o comida, y que hiciese lo que me viniese en gana. Husmeé en la cocina, donde estaba toda la comida que adquirió en un servicio de banquetes; se me hizo agua la boca al ver el *carpaccio* de res, *filet mignon*, espárragos, papas rojas; y de postre, tartaritos de manjar. Cuando los invitados se servían, noté que los platos estaban pintados a mano, y que mostraban diseños de vegetales y flora, y también vi que los cubiertos eran de plata. Principié a intercambiar palabras con los otros invitados, la mayoría de los cuales no conocía. Sin embargo, vi a Liliana Toledo, quien me observó de reojo mientras se besuqueaba con otro invitado.

Liliana era una mujer hermosa, bastante sofisticada, a punto de graduarse de Administración de Empresas. Fuimos novios por ocho meses. En un principio todo marchaba normal; sin embargo, me sentía completamente vacío, estaba desgastando las agujas del reloj al convivir con Liliana. No sentía amor por ella. Aunque socialmente me sentía en mi zona confortable. Me veía bien junto con ella, decían los demás. Personalmente, prefería estar más tiempo a solas que irla a visitar a su casa. Con ella me sentía fuera de lugar, no teníamos nada en común. Mi accionar indiferente hacia ella, conllevó a que nuestra relación fracasara; y por lo visto aún me odiaba por eso.

El tiempo transcurrió sin que nos diésemos cuenta de que la luna estaba en su máximo apogeo para dar un toque más místico a la noche. Sin embargo, algunos de los presentes se empezaron a despedir y marchar. Los pocos que quedábamos entablamos conversaciones de diversa índole, pero la más importante fue sobre la tragedia ocurrida el miércoles anterior en el Estadio Mateo Flores, donde ochenta y cuatro personas perecieron en los minutos previos a disputarse el partido eliminatorio para Francia 98 entre Guatemala y Costa Rica.

Los efectos del vino empezaron a sentirse en todo mi cuerpo, cuando...

—Antes de que te vayas quiero darte una sorpresa —mencionó Joseph.

—¿¡Sorpresa!? ¿¡A mí!? —exclamé.

—¡Por supuesto! A pesar de que hoy... yo soy el cumpleañero —dijo—. Has sido un buen amigo —agregó con una sonrisa pícara.

—¡Seguime! —exigió.

Subí las gradas y él me indicó que abriera la última puerta de la izquierda. Al ingresar, la vi de espaldas, aun logré escuchar que se despedía de alguien y colgó el teléfono de manera abrupta. Repentinamente volteó a verme, noté que sus ojos estaban un tanto aguanosos, pero sus lágrimas no eran de tristeza, mi corazón me decía que esas lágrimas eran de esperanza. Era hermosa, con el pelo negro, ojos verdes como el Amazonas, piel blanca como la espuma que se forma en la orilla de la mar cuando las olas revientan violentamente. El vestido rojo hacía relucir más su belleza, le encontraba un semblante a lo Vivien

Leigh, era hermosa. Delicadamente dejó caer sus prendas mirándome fijamente a los ojos. Un lienzo posaba
frente a la cama, con sus respectivos tubitos de pintura
acrílica de diversos colores; y una pequeña nota, escrita
por Joseph, donde me indicó que la retratara. Nunca pasó
por mi cabeza que Joseph haría una cosa de esta índole.
Desde hace tiempo, él tiene conocimiento de que no estoy
estudiando medicina, sino que me mantengo pintando, y
viviendo a merced de lo que me envían mis padres para
sustentar mis gustos en la corta estadía en el extranjero.

Fue al día siguiente cuando me enteré de que contrató
los servicios de esa chica, a quien conoció en un club
nocturno. Joseph la consideró tan bella, que era preciso
que la retratara en un lienzo. Indiqué a la chica que se
recostara sobre la cama, se posicionara de tal manera que
la luz tenue de la habitación formara una sombra que
se entrelazara con su monte de Venus, así como uno de
sus redondos senos, mientras que el otro estuviese más
expuesto. Pero lo primordial era que hubiese claridad
total para plasmar su rostro, resaltando sus bellos ojos.
Tomé el pincel y comencé mi labor por hacer un boceto
de la silueta de su escultural cuerpo, aunque obvié algunos
detalles de la habitación los cuales no me parecían perti-
nentes exponer en el lienzo. Parsimoniosamente las cerdas
del pincel acariciaban la tela de lino. Colores negros, ocre
con amarillo, ocre con naranja, siena natural, marrón
rojizo, marrón verdoso, carmesí, azul cobalto, blanco zinc,
verde esmeralda con carmín, tantas mezclas de colores;
tonalidades que transmutaban ese blanco y vacío lienzo
en una obra digna de apreciar. Cada vez que finalizo un

cuadro artístico del cual me siento orgulloso de haber plasmado, mi corazón retumba de regocijo. Terminado el retrato, ella halagó mi labor. Juro haber visto que hasta una lágrima de alegría brotó de sus verdes ojos. Luego, con gentileza lujuriosa, ella acarició mi cabello. En aquel momento, repentinamente tomé su mano para que no lo hiciera.

—¿Qué te pasa? ¿He hecho algo malo, algo que te haga sentir incomodo? —preguntó.

—No has hecho nada malo, pero esto no es lo que quiero —respondí.

—Acaso, ¿no te parezco bonita? —preguntó.

—Eres hermosísima, de eso no hay duda alguna, es por ello que estás aquí; mi amigo pensó que eras lo suficientemente hermosa para inmortalizarte —contesté. En ese preciso momento pensé que yo ya no podía vivir con aquella farsa de vida que llevaba. ¿Acaso debo seguir mintiéndole a todo el mundo y vivir de apariencias?

—No te gustan las mujeres —afirmó noblemente.

No pude controlar mis lágrimas y la abracé, empecé a llorar como un chiquillo al que le han robado su caramelo. Necesitaba que ella me abrazara, para sentir un poco de consuelo, porque no quería pensar en el rechazo de toda mi familia, el rechazo de todos mis amigos, de la gente que me quería; quienes viven en un país que no tolera ese tipo de comportamientos, un país donde se rechaza a toda persona que no sigue los lineamientos de la sociedad. Me imaginaba todos los apelativos que podrían decirme: hueco, marica, maricón, besa almohadas, etcétera, etcétera. Todo el desprecio del mundo.

—No llores —dijo la chica consolándome— ¿Se puede saber por qué estás así? Sé que soy una total desconocida para ti, pero a lo mejor te puedo aconsejar en algo. No soy, tal vez, la mejor consejera del mundo. Aunque si no lo deseas hacer, también lo comprendo —exteriorizó.

Por un momento me quedé callado, abrazándola sin soltarla. Mis lágrimas no paraban de caer. De pronto comencé por contarle todo con respecto a mi actitud.

—Siendo el consentido, el hijo menor, mi padre tiene altas expectativas. Ha soñado que sea un profesional exitoso, y que en un futuro no muy lejano me case y tenga hijos. Tanto en el colegio, como en la universidad, me he dejado llevar por la corriente y no he realizado algo diferente que conlleve a que me convierta en la comidilla de los gusanos y el hazmerreír de toda la gente. He vivido siempre con un torbellino en mi alma, sin saber qué hacer de mi vida sentimental, pero todo se volvió aún más enmarañado desde que observé desde la ventana a esa familia proveniente del extranjero, más por el muchacho de pelo rubio. Hoy por la mañana mi curiosidad me hizo ir a husmear y preguntar a la vecina de la casa de al lado, mientras regaba las flores de su jardín, que quiénes eran ellos. Me dijo que no estaba segura, que creía que eran belgas o franceses, porque les escuchó decir unas palabras en francés. En fin, la información recibida no me llevaba a nada. Debo confesar que cuando estaba tomando un café en el patio trasero de la casa de mi mamá, y me encontraba solo, en mi mente dibujaba su rostro, su esbelto cuerpo. Luego esperé el resto del día para ver si volvía a verlo. Estuve un buen rato frente a la ventana, mientras terminaba de pintar varios detalles del bosquejo de su figura, que plasmé en mi cuaderno desde que subí a la habitación —confesé.

Luego de haber revelado a la chica (quien dijo llamarse Irlanda) mis sentimientos clandestinos respecto a mi vecino de enfrente, ella me tomó de la mano y me regaló una sonrisa sincera.

—En el momento que lo veas, acercate a él e introducite —aconsejó ella—. Al menos así empiezan a platicar, quién quita, si él también pueda encontrar un interés por ti.

Luego se vistió, arregló el cabello y pintó los labios. Antes de salir del cuarto, aduló mis habilidades como pintor, y se sintió satisfecha con la precisión con la que retraté su desnudo y hermoso cuerpo. Al salir de la habitación, solo se escuchaba la música de fondo. Joseph y dos señoritas permanecían en el lugar, bebiendo lo restante de una botella de Cabernet Sauvignon. Irlanda bajó las gradas, se acomodó en el sofá, y se sirvió el último trago. Al ver que ella había regresado, Joseph inmediatamente subió para que ingresáramos a la habitación y le mostrase el resultado final de la pintura; y al verla insistió en que la dejase con él, como el verdadero regalo de cumpleaños que quería de mí. Confieso que en esa extraña y peculiar noche me sentí un tanto utilizado, contrariado, no sé cómo describir ese momento. Como individuos tendemos a cambiar, dependiendo de nuestras prioridades en la vida y círculos sociales en donde nos desenvolvemos. Accedí a su petición, me abrazó e invito a que tomase otro trago, y participase de su compañía en la sala, pero me negué a su invitación. Podía percibir un tanto sus intenciones hedonistas, y no quería caer en ese juego. Estábamos arribando a las dos de la madrugada, cuando me retiré de su casa.

Durante mi recorrido de regreso medité acerca de las palabras que la chica me dijo. Ingresé a la casa de mis padres, todo estaba oscuro y silencioso, subí a la habitación, me recosté en la cama, por un buen tiempo no despegué mis ojos del cielo de la habitación, hasta que fenecí de extenuación.

VI

El domingo pasó casi desapercibido; eso sí, en un principio con cierto malestar por la cantidad de vino que bebí la noche anterior. Pero eso no me impidió que observase a través de la ventana del dormitorio hacia la casa de enfrente. Infructuosamente dejé pasar el tiempo porque no hubo actividad alguna; debía eliminar el hastío de estar encerrado entre cuatro paredes. Motivado por la pintura que realicé la noche anterior, salí a la calle a comprar un lienzo y unas pinturas de oleo. Sin importarme la pesadez de haber conducido en las calles de la ciudad, regresé a la casa de mis padres en un tiempo prudente. Me dirigí a la habitación donde coloqué todos los materiales para alistarme a pintar. Con ansias, volví a ver si acaecía alguna actividad en la casa de enfrente, pero nada. Entonces, exhalé e inhalé, exhalé e inhalé, para relajarme un poco. Observé por un breve instante el lienzo vacío. Organicé mis ideas para tener plena claridad de lo que ejecutaría.

Tomé un disco de vinilo, de los tantos que mi padre aún resguarda en un viejo mueble; lo coloqué en el tocadiscos y con gentileza puse la aguja sobre éste. La hermosa música clásica, la Sinfonía No. 2, Óp. 27 de Sergei Rachmaninoff, comenzó a endulzar mis oídos. De pronto, imágenes clandestinas se apoderaron de mi mente, unos dientes blancos relucían en una bella sonrisa, unos brazos fuertes abrazándome, unos labios acariciando los míos, el holograma de su cuerpo robusto flotando por la habitación. Entonces los vellos de mis brazos se erizaron, por mi espina dorsal recorría un extraño escalofrío, juraba que podía escuchar el latir de mi corazón, ¡pum, pum, pum, pum!, cada instante acelerándose más por la emoción. Era como si un ente supremo se hubiera apoderado de mi ser, o mi habitación se hubiese convertido en el monte del Olimpo, donde me inspiraban sus dioses. Me sentía encauzado, con la visión de cómo sería el producto final, con todos mis sentidos compenetrados en el lienzo. Con delicadeza tomé el pincel y humecté sus cerdas con colores claroscuros. Los melódicos sonidos instrumentales zumbaban en mis oídos y mis contorsionados movimientos se dejaban llevar por el ritmo. Un trazo perpendicular, un trazo transversal. Humectaba de nuevo el pincel para luego ejecutar un sublime trazo aquí y otro por allá. El proceso lo seguía una y otra vez, dejándome llevar por la sutileza de la melodía. Cada instrumento musical era responsable de esos movimientos, por momentos abruptos, por momentos delicados, por momentos inocentes, por momentos sugerentes. Luego una tonalidad carmesí impactaba salvajemente la visual, exponiendo mis más profundos sentimientos recónditos. La melodía no paraba de sonar, yo continuaba ejecutando trazos artísticos. El proceso continuaba y continuaba, hasta que arribé a ese punto, donde el pincel cumplió con su cometido. Excitación profunda exaltaba en todo mi ser, una alegría complaciente se apoderaba de esa habitación. Con lujo de detalle admiraba mi reciente creación.

VII

Era ese un día asoleado, un día muy peculiar, porque la lluvia caía lentamente, y divisaba un hermoso arcoíris brillando sobre todo el firmamento. Muchos alegan que la Virgen se está bañando cuando este fenómeno ocurre. La situación en el país sigue igual o peor, que cuando me fui a estudiar; por los medios televisivos se escuchan noticias horríficas, todos los días hay muertos, todos los días hay tragedias. Incluso en una oportunidad observé que dos motocicletas le hacían la parada a un carro último modelo y lo asaltaban, me da pavor vagabundear por ciertas zonas del país. Sé que los días de mi estadía comienzan a desvanecerse, pero me gustaría realmente conocer a ese chico que me atrae mucho. Aunque no he encontrado el momento oportuno para hacer conexión con él. Ingresé a la clínica del oftalmólogo, con el cual mi madre también reservó una cita desde hace dos meses.

Este es netamente un examen de chequeo. Debo recalcar, que a pesar de que la naturaleza no fue tan benévola con mi cuerpo, al no otorgarme un cuerpo corpulento y rostro de revista, sí puedo manifestar que tengo ojo de águila. Se dice teóricamente que desde la cima del Monte Everest se puede observar casi cuatrocientos kilómetros de distancia, pero en la realidad las nubes obstaculizan la línea de visión. Aunque tampoco puedo exagerar, que puedo ver en detalle imágenes las cuales solo con lupa o binoculares se pueden ver. La secretaria me saludó con mucha amabilidad y me dijo que esperase un poco porque otras personas esperaban su turno. Tomé la prensa y me causó asco al leer el encabezado del día. Entonces escogí una revista de moda para leer lo último en el mundo de la farándula, las telenovelas del momento, sus actores y actrices. Todos los chismes en general. El tiempo pasaba lentamente, hasta que llegó mi turno. Me sobrecoge un fuerte nerviosismo cada vez que el oftalmólogo acerca su dedo a mis ojos, esa sensación de que me los va a extirpar. Durante el procedimiento, en lo único que pienso es en Gustav. Medito qué es lo que haré para cumplir ese sueño, ¿pero después qué pasará? ¿Volveré de nuevo a verlo, si regreso a los Estados Unidos, y vuelvo de nuevo a este país?

A las horas, arribando a casa, noté que está jugando con una pelota de básquetbol. Salí del auto y lo aplaudí cuando acertó el último tiro. Sonriente me miró, le pregunté si jugaba con algún equipo y me confesó que es parte del equipo en su colegio. Le pregunté si podía jugar con él por un momento y no tuvo objeción alguna.

Empezamos el partido de a dos y aunque yo no soy un buen jugador, al menos tengo el pleno conocimiento de cómo jugar. Su rapidez era buena, y acertaba sus tiros, pero yo no era muy eficiente. El juego se acaloró un poco y él se quitó la playera. No niego que sentí una tremenda excitación al ver su pecho musculoso y sudado. Continuamos el juego por unos minutos más, hasta que él terminó por ganarme la partida, entonces me preguntó qué hacía y le detallé donde estudiaba y cuales eran mis planes a corto plazo. Tenía miedo de asustarlo si le insinuaba algo más allá, por lo que me comporté un tanto frío con él. La verdad es que quería estar seguro y averiguar si existía algo más detrás de esos últimos cruces de miradas y sonrisas tímidas. Entonces escuché el grito de la mamá:

—*¡Gustav…Gustav votre chambre est un gachis, venez vite!*
—Mi mamá me llama, debo retirarme —dijo, y con una sonrisa nerviosa añadió— ella quiere que arregle mi cuarto porque es un desastre… adiós.

Nos dimos la mano, no tuve más opción que regresar a casa. Le pedí algo de comer a Ñañita, quien preparó un delicioso bistec con arroz y verduras; más un refresco de tamarindo. Luego subí al balcón del segundo piso. Esperanzado, observaba sentado en una silla, deseando con ansias su aparición, pero el cansancio fue tal que terminé durmiéndome.

VIII

La alborada transcurrió sin novedad alguna. A seis días de mi retorno y dos días en que crucé palabras con Gustav, mi corazón se encontraba contrariado. Desde hace muchos años no me sentía de esta manera, y presentía que la oportunidad se deslizaba como arena entre mis dedos. Mi modo de escaparme era sumergirme haciendo *sketches* de cosas mínimas, pero a la vez, volteaba a ver esas páginas, en donde tracé su bello rostro. Me encontraba fascinado por sus características faciales, tan perfectas y hermosas. Concentrado en mi proyecto personal, las agujas del reloj marcharon de prisa. En la hora del almuerzo, a duras penas, comí un sándwich de jamón con queso. Continué esbozando detalladas ilustraciones sin prestar atención a las horas, hasta que escuché un eco de voces. Era Gustav, quien platicaba con otros muchachos de su misma edad. Uno de ellos iba conduciendo un auto Volkswagen. Les observaba curiosamente desde la ventana, entonces noté que empezaron a ingresar al carro. En dicho instante, como un correcaminos, me dirigí hacia el garaje de la casa, subí a mi auto y saliendo al momento en que se marchaban, empecé a perseguirlos cautelosamente, para que no sospecharan algo inapropiado de mi parte. Respecto a mi forma de actuar, sé que lo que hago no es normal; pero no puedo evitarlo. No tengo palabras para explicarlo. Tras un tortuoso recorrido por el elevado tráfico, ingresaron a un centro comercial, y yo también lo hice. Dos vehículos estaban de por medio. El estacionamiento estaba lleno, los espacios vacíos eran imposibles de visualizar, aunque ellos inmediatamente encontraron uno. Me sentía desesperado porque los otros vehículos no avanzaban de prisa. De pronto, en un movimiento fugaz, me colé en un espacio que desocupaba un vehículo. Bajé con ligereza, sólo para notar a la distancia que Gustav se abrazaba con una chiquilla, quien vestía un uniforme de colegiala, se abrazaban y se daban besitos tiernos. En ese momento supe que toda la locura que realicé, y todo pensamiento irracional que tuve, fue en vano. En tanto, un bocinazo ensordecedor, que provenía de un BMW, estremeció la poca paz que sentía en ese instante. Noté que de ese vehículo bajó un hombre con una barba un tanto desalineada y solicitó colérico:

—¡Quitate de ahí, que vine antes que vos, y es mi turno para estacionarme en ese lugar!

Hice caso omiso a ese rabioso individuo porque mis ojos observaban con desconsuelo los afectos de cariño que Gustav ofrecía a la muchachita. De pronto, un sonido estruendoso provocó el pánico de muchas personas. Imperaba intensa zozobra en el lugar. El griterío de hombres y mujeres, el llanto de niños hacía eco en mis oídos. Volteé a ver y observé que ese irritable tipo, con pistola en mano, se montaba rápidamente en su BMW para realizar la huida. Lo aceleró a toda velocidad, dejando hasta la marca del hule de las llantas en el suelo. En un instante, como si nada, desapareció de mi vista. Un tremendo escalofrió sentí en mi cuerpo. Sudaba frío. Me sentí desubicado. No pude resistir más y me desplomé. En un abrir y cerrar de ojos yacía en el suelo, boca arriba. Vi el conglomerado de gente rodeándome. Observándome atónitos. Entre ellos uno vociferó:

—¡Que alguien llame a los bomberos, aquí hay un baleado!

Luego, entre la muchedumbre, irrumpió esa cara angelical, que tantas veces tracé en mi cuadernillo para sketches; ahora con su rostro un tanto desencajado. Era Gustav; diciendo con su acento pronunciado:

—¡Yo a él lo conozco, es mi vecino!

Inmediatamente sus fuertes manos tomaron mi mano derecha. Sus penetrantes ojos azules se zambulleron en mis ojos.

—¡Resiste, que la ayuda vendrá! —prometió.

En aquel segundo le sonreí a la belleza humana. Le sonreí a la vida. Le sonreí al amor.

Soltando la sopa

«De todos los dioses, solo la muerte
no desea regalos».
—Esquilo

—Cuéntenos con lujo de detalle ¿Qué fue lo que sucedió? ¿De quién fue la idea? ¿Quiénes ejecutaron el plan? Queremos escuchar todo.

—Snif, snif… Le-les juro por Dios que no tenía la menor idea que las cosas se fueran a sa-salir de su curso.

—Pero cálmese un poco. Tranquilícese.

—E-e-está bien… Snif, snif.

—Respire profundo. Hable relajado.

—¿Será que me-me puede servir un vaso con agua? Tengo sed… po-por favor.

—Por supuesto… ¡Compañero!, ¿me hace el favor de traerme un vaso con agua para este patojo?

—Ahorita se lo llevo, jefe.

—Prosiga joven.

—To-todo empezó como una especie de broma, porque en una de las tantas reuniones que tuvimos, no-no teníamos suficiente dinero para comprar más licor. E-Emmanuel le dijo a Claudio que no fuera tacaño, porque de todos los que estábamos reunidos, él era te-te-terrate-niente. Se echo a reír, y contestó que-que su padre, era un viejo avariento, re-recolector de billetes de alta deno-minación. No lo que-quería ver ni en pintura, porque estaba resentido, al no-no quererle comprar un carro nuevo. A pesar de que su madre era querendona con él, por momentos le disgustaba la idea de que ella si-siempre apoyaba al viejo en sus decisiones. Fue entonces cuando a Emmanuel se le ocurrió la-la idea de que, si hacíamos un autosecuestro, los problemas de licor se iban a so-so-lucionar. Todos nos echamos a reír, porque nos pareció bastante ocurrente la idea. Sin embargo, Cla-claudio tomó en serio el comentario y dijo que a él le parecía estupe-pe-penda la idea, para darle una buena lección a su padre, pa-para que cambiara su forma de tratarlo. A lo-lo mejor al estar secuestrado, y luego regresar a su casa conllevaría a que tenga un mejor trato y más ca-cariño de su parte. Aunque le preocuparía que-que a su madre le diese un ataque cardíaco, po-porque ella ha sido una persona demasiado nerviosa y se preocupa de-demasiado por cualquier detalle.

—Prosiga joven. Aquí está su agua.

—Gracias.

—¿Y qué más?

—Glup…glup…glup…glup… Ahhhh. Bueno, entonces mientras continuábamos be-bebiendo, hicimos una serie de bromas. Pero entre cuento y cu-cu-cuento, Emmanuel le preguntó a Claudio que, si pidieran un rescate, cuánto sería capaz de dar su padrastro. La-la verdad que yo no me imaginé que Claudio estuviera co-considerando en serio esa plática. Él respondió que entre unos veinticinco a treinta mil dó-dólares. Luego Emmanuel se paró, les juro que su rostro cambió. Nos dijo que tomáramos en serio el asunto y que fuésemos participes. Qué-qué más podíamos perder, sino por el contrario íbamos a ganar plata, y le estaríamos haciendo un gran favor a Claudio, mencionó. La idea me pa-parecía descabellada, a la vez me parecía excitante porque la adrenalina subía. Para ser sincero, como usted se habrá dado cuenta, no-no-nosotros provenimos de familias de clase media alta, y por lo tanto no-no necesitábamos estar inmiscuidos en situaciones de esta índole. Porque, primero que na-nada, nuestros padres nos apoyan con los pagos de la universidad, ninguno de nosotros e-estamos trabajando. Pero tener suficiente tiempo entre nuestras manos nos conllevó a te-tener la oportunidad de disfrutar la vida desde muchos aspectos, como ir a discotecas, ba-bares, prostíbulos, salir a pasear a distintos puntos del país, así como al extranjero.

—Pero por favor acláreme quiénes estaban durante esa conversación.

—En esa co-conversación estábamos los hermanos Jacobo y Fernando Jiménez, Claudio, Emmanuel y yo.

—Muy bien… Prosiga con el relato por favor.

—Bueno… entonces… uhmm… Emmanuel preguntó a los hermanos Ji-Jiménez, si po-podían esconder a Claudio, en su casa de descanso localizado a orillas del la-lago de Amatitlán. Déjeme decirle que en diversas ocasiones yo tuve la oportunidad de-de ir con ellos a esa casa; la pasábamos genial, al disfrutar la vida en época vacacional e inclusive du-durante algún fin de semana. Emmanuel consideró que era el lugar ideal para esconder a Claudio, en lo que se pe-pedía el rescate y entregaran la plata. A to-todos les pareció muy certera la idea, incluso le indicaron a Claudio que ahí tendría tiempo pa-para pasarla bien viendo televisión por cable, disfrutando del jacuzzi cuando le di-diera la gana. Con respecto a la comida, él no-no tendría ningún clavo, la alacena estaba repleta de latas de frijol, maíz, alverjas; ya-ya no digamos con latas de gaseosas y un par de botellas de ron aún sin abrir. Lo único era que iba a te-tener que abstenerse de realizar llamadas te-telefónicas, e interactuar con otras amistades. Las únicas personas que de-debían de verlo éramos nosotros. Además, no nos proveerían del telé-fono de la casa de Amatitlán, porque podían ra-rastrear las llamadas, y levantar sospechas; esto me parecía acer-tado. Lu-luego Claudio se puso más contento, con su voz socarrona se vanagloriaba de que con él, no-nosotros nos haríamos grandiosos. Íbamos a tener plata por su ayuda. Estaba muy po-positivo de que todo saldría excelente porque era el plan perfecto. Luego empezó a servirnos *shots* de te-tequila. Sin embargo, la plática fina-lizó así no más, porque llego un mo-momento en que ya no estábamos coordinando nada, con la gran borrachera que nos cargábamos. Di-disculpe, ¿será que me permite fumar un cigarro?

—¡No! ¿Y qué piensa usted? ¿Que aquí los interroga-torios son como en las películas? ¡No señor!, y agradezca que de buena gente solicité le trajeran agua… Seguimos escuchando, pero hable más tranquilo.

—A los dos días, Claudio nos llamó y nos dijo que llegáramos a su casa. La ve-ve-verdad que me pareció que todo lo que estuvimos conversando fue pura fregadera, palabras al viento, con tal de pa-pasar el rato. Cuando llegué a su casa, ya estaban los hermanos Jiménez; y Emmanuel me pasó adelante y me hizo me-mención de que sus papás no estaban en casa. De pronto Emmanuel explicó cuáles iban a ser nuestras fu-fu-funciones en el proceso del auto-secuestro. Incluso todavía les dije si era en serio de-de lo que estaban hablando. Al unísono to-todos me confirmaron que sí. Me puse a titubear. Emmanuel fue enérgico conmigo, por poco y se le-le salían los ojos cuando se me quedó viendo y preguntó si estaba o no en la jugada. Yo-yo contesté que me parecía arriesgado el asunto. Claudio me dijo, que no fu-fuera mula y me aventara a la jugada. Que la parte final del plan era que sus padres al instante de pa-pagar por el rescate, que debíamos dejarle por la noche en cualquier lugar, ya sea en Amatitlán o un lu-lugar más cercano a la ciudad capital, luego les llamaría por algún teléfono que hubiese cerca, o si hubiese alguien le haría saber que fue secues-trado, y por supuesto que cu-cualquier persona jamás le negaría una ayudadita. Puso su mano sobre mi hombro, prometió que todo iba a salir bien, que no me asustara; y agregó que-que meditara sobre el tema en cuestión; que imaginara todas las cosas que podría realizar al tener unos centavos extras. Por la co-co-convicción con que me habló, fue que entonces acepté a unirme a la causa. Tres días después, el plan se lle-llevó a cabo. Claudio debía despedirse de sus padres, haciéndoles creer que saldría a comprar unos za-zapatos de vestir en el Centro Comercial Peri-Roosevelt; y que regresaría a su casa, después de una fiesta que se llevaría a cabo en la mía. Le hice mención que asistirían los hermanos Jiménez, Emmanuel, Claudio y otras chavas, que-que él no conocía. El fin de esto era que tu-tuviésemos más testigos que confirmaran que to-todos nosotros estuvi-vi-vi-vimos en la casa.

—Sé que tiene problema en el habla, pero le pido: enfóquese un poco más joven. Dígame entonces, quién llevó al señorito Claudio a esa casa en Amatitlán.

—Fue Emmanuel; después que Claudio fuera al Peri-Roosevelt, comprara los zapatos con su tar-tar-jeta de crédito, caminara hacia el otro centro comercial Megacentro, donde compró un he-helado y pagó con la misma tarjeta de crédito, para dar la impresión de que fue secuestrado al re-re-regresar caminando hacia donde dejó el vehículo, en ese tramo por la calzada Roosevelt. Pero la realidad es que E-Emmanuel pasó por ahí y en seguida se dirigieron hacia la casa en Amatitlán, donde los hermanos Jiménez le proporcionaron las llaves de la puerta de entrada. A cierta hora lle-llegó Emmanuel a mi casa con cuatro pizzas que ordenó y recogió en el camino. Frente a toda la muchedumbre, le-le pregunté a Emmanuel que llamara a Claudio por el celular, y éste, un tanto escandaloso, hizo notar a to-todos los presentes que Claudio no contestaba la llamada. Más tarde, una de las chicas solicitó bo-boquitas, Emmanuel cumplió sus deseos. En aquel instante aprovechó para ir a un ce-ce-centro de conveniencia a comprar las boqui-tas con la idea de usar esa salida al Súper 24 para realizar la llamada de-desde un teléfono público que hay por ahí. Fue el padre de Claudio quien contestó el teléfono, di-dijo él.

—Vayamos un poco al grano joven, porque no tengo todo el tiempo del mundo. ¿Qué sucedió después de que se entregó la recompensa?

—Esa noche, no-noté que el señor, al llegar al lugar acordado, venía acompañado por otras personas; pe-pero intentaron esconderse. Esta situación incomodó a Emmanuel, por lo que, con un ce-celular robado, le llamó, cambiando los planes del lugar acordado. Al final, con tal de-de no ir con tanto rodeo, Emmanuel y yo fuimos a recoger la plata en otro lugar. Ambos usamos máscaras pasamontañas pa-para que el padre de Claudio no nos reconociera. Yo temblaba del miedo, se lo juro que sentía que me-me orinaba en el pa-pa-pantalón. Emmanuel fue quien habló, tratando de cambiar su voz, hacerla como más ronca. Aunque el se-señor pidió por la presencia de Claudio. Emmanuel hizo la pantomima de realizar una llamada a los otros supuestos integrantes, y fre-frente al señor dijo «Suelten al chavo». El padre, no muy convencido, solicitó que di-diéramos una prueba real de que su vida no corría peligro. En ese instante, le ju-juro que Emmanuel me asustó, sacó un arma, que no sé de dónde diablos la consiguió y apuntándole directo en la frente del señor, explicó: «Lo están soltando ahorita, ya nosotros tenemos lo que queremos; su hijo está sano y salvo». El señor se puso de ro-rodillas, nada podía consolarlo, en ese instante comprendí que el padre de Claudio sí amaba a su hijo, aunque es posible que fuese de-demasiado estricto con él. Luego con prisa corrimos hacia donde te-teníamos escondido el carro de Emmanuel, y nos dirigimos a la casa en Amatitlán donde nos esperaban los hermanos

Jiménez y Claudio. Durante el camino, le-le recriminé a Emmanuel por lo sucedido, pero él me dijo que jamás fue su intención usar el arma. Al lle-llegar al lugar estábamos los cinco de nosotros y empezó el conflicto con la repartición del di-dinero. Claudio hizo mención de que, según lo acordado, él debería recibir más, porque al fin y al cabo era el dinero de sus pa-padres. Los hermanos Jiménez y yo no tuvimos ningún inconveniente al respecto, pe-pe-pero la avaricia de Emmanuel puso de cabeza todo el plan, provocando el desastroso desenlace. En un impulso Claudio se-se abalanzó hacia él, Emmanuel sacó el arma y sin pestañear, haló el gatillo. En ese instante vi lo-los ojos del mismo de-demonio. Claudio quedó tendido en la sala. Los hermanos Ji-Jiménez se arrojaron hacia Emmanuel, halando una vez más el gatillo. Fernando se desplomó, estaba desangrándose a mares, a la par de Claudio. Mi-mientras tanto, su hermano Jacobo forcejeó con Emmanuel; fue una ba-batalla a muerte. Dos balazos extras se dejaron ir, uno fue a dar al televisor, el otro a la pu-pu-puerta de vidrio del área donde se salvaguardan la-las motos de agua. El sonido de la alarma se activó. No sabía qué hacer, les juro que estuve a pu-punto de salir huyendo de la casa. Corrí hacia la cocina y tomé un cuchillo, pa-para irlo a ensartar en la espalda de Emmanuel. Al retorcerse del dolor dejó caer el arma al suelo, con mi-mi pie la aparté del agresor. . De su boca salía espuma, co-como si fuese un perro ra-ra-rabioso. Sentimientos encontrados me embargaban. Con lentitud vi cómo E-E-Emmanuel daba sus últimos alientos en este mundo terrenal. Claudio, ya no daba señales de vida;

mucho menos Fernando. Jacobo abrazaba desconsolado a su caído hermano. No-no tuve fuerzas para consolar a Jacobo; estaba petrificado, con los pies anclados en el piso. Snif... Snif... y eso es todo lo que pu-pu-puedo decir al respecto.

Ojos de jade

*«Tristes somos aquellos
que no hemos nacido de los dioses».*
—Teresa Wilms Montt

I

Soy la muñeca de trapo que rueda en cada rincón de una fría habitación, soy la rosa que ha quedado marchita en el jardín del Edén. Soy la Eva entristecida, sin Adán y sin esperanza, soy la ceniza que se va con el viento primaveral. Con 1.72 metros de altura, medidas 90-58-92, soy la modelo de diez estrellas ante los ojos varoniles, la escultura perfecta, la modelito de valla publicitaria, el maniquí apetecido por esas miradas lujuriosas, soy la corrompida, soy la diva con encantos inigualables. Mi linda sonrisa es mi carta de presentación, es mi máscara de seducción, soy la más bella musa, soy una sirena que enloquece las mentes de los hombres. Ya no creo en los príncipes azules, solo en serpientes vanidosas que galantean por el portal de mi alma. Doy de beber a los zahorís inescrupulosos que laceran mis anhelos. Quisiera ser la estrella en el firmamento, la luna en cuarto menguante; el ave que vuela libre, más alto que el cóndor y el águila real. Quisiera ser agua de río que recorre por las praderas, montañas, por los verdes pastizales. Se nublan mis ojos cuando me veo al espejo y únicamente distingo esa niña asustada que hay dentro de mí. Esa niña que se ha adentrado a un alucinante y tenebroso inframundo de las maravillas donde rondan policías, narcos, drogadictos, y chicas como yo. Cada noche, cuando me tiraba a la grama viendo las miles y miles de estrellas, rezaba para que todos esos demonios que vagabundeaban en casa desapareciesen; pero no se puede tapar el sol con un dedo. Soy una chica común y corriente, aún tengo poquita fe para salir de las fauces de la ciudad, como el Pegaso de la mitología griega, salir volando con libertad hacia donde ya no existe el dolor.

Repaso todo como si fuese ayer. Desde la ventana de un dormitorio de una vivienda de un cliente veo el vaivén de las frondosas ramas de los árboles que se hamaquean con el lozano viento. Evoco esa época en que yo era apenas una niña que vivía con mis padres en la colonia Monte Real. Durante el penúltimo año de bachillerato en la escuela para señoritas donde estudiaba, cuatro meses después del llamado «Serranazo», una amiga y yo caminábamos juntas hacia nuestras respectivas casas, uniformadas de falda azul con algunas líneas verdes, suéter azul, blusa blanca, medias blancas y zapatillas negras. Gloria vivía a cuatro cuadras de donde yo residía. Bajamos del bus urbano, pasamos frente a la tienda María Bonita, y vimos a un grupo de muchachos bebiendo cerveza. Cuando pasábamos, nos silbaban, nos decían piropos; nosotras nos hacíamos las difíciles, actuábamos como si fuésemos la última Coca Cola en el desierto, y los ignorábamos. Ellos estaban en la etapa en que se creían los dueños del mundo, en lugar de estar en la universidad recibiendo clases, ahí se les encontraba. Pero un día todo cambió, él era hermoso, fornido, piel blanca, pelo café; no el típico muchacho que se encuentra en ese vecindario. Le vi directo a sus ojos avellanados, y él únicamente sonrió. Esa sonrisa me derritió el corazón y me enchinó la piel.

En casa, mi madre me hacía asistirla en los quehaceres diarios. Con ella aprendí a cocinar diversos platillos, y decía que me estaba preparando para el futuro, para que cuando tuviese marido al menos pudiese cocinarle, porque no hay nada peor a que en una familia la esposa no sepa cocinarle a su marido, porque la mujer está hecha para la casa y cuidar a los hijos. Por momentos me trillaba oírla; pero soñaba despierta con tener un príncipe azul, pensaba en ese corpulento muchacho de la tienda. Pero me fastidiaba también la idea de pensar que las mujeres solo estábamos hechas para dar hijos y servir a nuestros maridos. Otros sueños surgían en mí, como el de ser actriz de cine. A mí me fascinaba ver el cine hollywoodense de la época de oro, de las películas en blanco y negro, donde actrices de la talla de Audrey Hepburn, Grace Kelly, Rita Hayworth, Katherine Hepburn e Ingrid Bergman sobresalieron, y hacían relucir refinados trajes de noche; me imaginaba vestida con elegantes vestidos de esa época. Pero entrada la noche esos sueños se desvanecían cuando mi señor padre ingresaba a casa pasado de copas y empezaba a gritarnos, hubo instantes en que solo llegaba a la casa y se iba directo a la cama, era un fantasma para mí;

pero cuando el monstruo salía a relucir era algo espeluznante. Como hija única, yo saltaba a defender a mi madre. Perdí la cuenta de cuántas veces mi padre la agarró como si fuese una muñeca de trapo, dándole manotazos y patadas, dejando su rostro amoratado, e incluso en una ocasión le quebró dos costillas. Muchas veces sufrí en carne propia esos golpes. En diversas ocasiones le dije a mi madre, que por qué no lo dejaba, me decía que comprendiera a mi padre, que ella se merecía eso por desobediente, que lo amaba y no podía abandonarlo. Incontables veces juré y perjuré irme de la casa. Muchas veces me escapé por unos días y terminaba huyendo hacia la casa de Gloria, no contaba con algún tío o tía, dado que la relación de mi padre era muy mala con ellos, y mi madre era la única sobreviviente de sus hermanos y mis abuelos también fallecidos. No podía evitar también pasar más tiempo en la calle, con tal de evadir esas escenas, y esas salidas también provocaron que mi padre me tildara de puta, por estar en la calle en altas horas de la noche.

En otra oportunidad, que caminaba solita, pasé frente a la tienda María Bonita y vi a ese muchacho apuesto del que desconocía su nombre. Vestía *jeans*, camisa roja y lentes oscuros, parecía modelo de revista. Recostado sobre la pared dijo:

—Adiós, guapa.

Continué mi camino como si estuviese ignorándolo, así que él dijo:

—Está bien, entonces adiós, fea.

En lugar de enojarme con él, lo que me provocó fue risa. Dadas las circunstancias, me vi obligada a preguntarle a Gloria si conocía a ese muchacho. Ella ratificó que vivía a tres cuadras de la suya; y, al igual que yo, no ocultó su admiración por su belleza.

II

Todos los días, a excepción del domingo, era el mismo trajín. Mi madre se levantaba temprano por las mañanas para ir al mercado a comprar verduras, pollo, carne y huevos. Luego correteaba para preparar los almuerzos que ella vendía frente a una maquila localizada en Mixco. La verdad es que la función que ejercía mi madre en mi familia era muy valiosa, porque ella era quien obtenía el mayor ingreso para el sustento del hogar. Cuando tenía la oportunidad, la ayudaba en lo que pudiese. En muchas ocasiones incluso fui a repartir comida, o me enviaba a comprar las tortillas para complementar los almuerzos; por las tardes me encargaba de limpiar las verduras, cortar la carne, lo que fuese, con tal de dejar todo preparado. Ella me inculcó que debía estudiar, porque no quería ese estilo de vida para mí, que mi futuro tenía que ser otro, por eso iba a educarme. Por su parte, mi señor padre se encargaba de realizar trámites para algunos abogados, ocasionalmente no le pagaban a tiempo. De su bolsillo salía el pago de viáticos y otro tipo de gastos de papeleo. Pero muchas veces lo poco que recibía, se lo bebía.

Recién finalizada la época estudiantil, una mañana mi madre se quejó de no sentirse del todo bien, y me pidió que la acompañase a un consultorio. Al llegar al lugar le hicieron los estudios respectivos, mientras yo hojeaba una revista de modas, viendo las bellas chicas modelando hermosos trajes, lo ultimo en la moda, al igual que las diversas líneas de cosméticos que promocionaban en ella. Los resultados fueron desfavorables, porque le fue detectado cáncer, el cual estaba en un estado avanzado. A raíz de la situación de mi madre principié a percibir cambios en mi señor padre: empezó a beber menos y a dedicarle más tiempo a mi mamá, comenzamos a tener una mejor relación con él, a pesar de las circunstancias.

—Dichosos los ojos que te ven —dijo el galán, cuando lo encontré en el Metamercado mientras realizaba las compras que mi mamá me encomendó.

Siendo bastante tímida repliqué con un simple:

—Hola. —Creía haberme sonrojado al ver su hermosa sonrisa y su forma de mirarme.
—¿Cómo te llamas? —preguntó.
—Sandra —contesté—. ¿Y tú?
—Julián —respondió, y nos dimos un tierno apretón de manos.

Me estaba quedando idiotizada mirándolo, cuando preguntó:

—¿En dónde vives?
—Vivo en la manzana E.
—Entonces vivimos cerca, yo vivo en la manzana C. Para conocernos un poco más, ¿aceptas que te invite a un helado?

—No —respondí—. Me gustaría, pero debo regresar a casa con las encomiendas de mi mamá.

—Está bien. Pero dime qué haces el domingo por la tarde, podemos ir al cine a ver una película —insistió.

—En verdad no tengo nada planeado este domingo por la tarde —respondí emocionada.

—Excelente, entonces quedamos el domingo a eso de las 4 de la tarde —dijo.

—Sí —Agarré un lapicero que tenía en mi cartera y escribí mi dirección en la palma de su mano—. Espero que no se te borre —bromeé.

—No se borrará, te lo juro —respondió con una sonrisa tan bella, que creo que me hizo sonrojarme de nuevo.

Luego terminé de hacer las últimas compras y regresé a casa.

Durante cuatro días espere con ansias al domingo, y me preguntaba cómo vestirme para impresionarlo más, no sabía cómo hacerlo. Salí con un pantalón de lona azul y una blusa horrorosa porque no tenía un bonito vestido, ni nada por el estilo, me sentía apenada.

Cuando él me fue a recoger me dijo:

—Te ves muy bonita.

—Gracias —respondí. Aunque en el fondo sabía que no le gustó mi atuendo, y solo me dijo eso para hacerme sentir bien. Él me abrió la puerta para que subiese a su carro Mitsubishi 87, y nos dirigimos a ver el estreno de la película *Extremadamente Peligrosa*, donde actúa Kim Basinger; luego Julián me confesó que le fascinaba ver a esa actriz.

Mientras veíamos la película, él me mimaba la mano gentilmente y eso me complacía. Terminada la película, caminamos por el área del cine y conversamos un poco para conocernos más. En el estacionamiento, esperando que me abriera la puerta, con galanura me tomó de la mano y, sin mediar palabra, me besó.

A partir de esa noche empecé a salir más frecuentemente con Julián, con el consentimiento de mi madre, aunque a mi papá no le caía muy bien. Me decía que era bastante presumido y estaba muy mayor para mí. Pero no me importaban sus comentarios, lo único que quería era pasarla bien con él. Tuve la oportunidad de conocer a sus padres durante un sábado por la tarde, cuando Julián me invitó a comer. Por unas fotos que estaban colgadas en la sala, tuve la dicha de conocer a su hermano David, quien era ocho años mayor que él y vivía en Chicago junto a su esposa e hijos.

—Cuéntame Sandra, ¿cuántos años tienes? —preguntó doña Gudelia.

—Diecisiete —revelé.

—Mi hijo te lleva siete años, entonces —afirmó ella. Julián y yo nos miramos, sonreímos a la vez.

—¿En qué grado estás? —inquirió.

—El otro año curso el último de bachillerato, aunque aún no estoy segura de qué estudiar después.

—Me gustaría conocer a tus papás, y más porque todavía eres menor de edad. Quiero tener la seguridad de que no hay ningún problema con que mi hijo salga contigo —expresó doña Gudelia—. Te imaginarás que es por el bien de mi hijo —añadió.

—Mamá, ya conocí a los papás de Sandra. Ellos no tienen problema alguno con que salga con ella —explicó Julián mientras me tomaba de la mano, que estaba sudorosa por los nervios.

Don Severino, el papá de Julián, no era una persona de muchas palabras, él comía y observaba. Hasta que se atrevió a preguntar:

—¿A qué se dedican tus papás?

—Mi papá trabaja ayudando a realizar trámites en una firma de abogados y mi mamá es ama de casa, pero vende comida a los empleados de una maquila, para hacer unos centavos extras —respondí.

—Ah… entonces tu papá es abogado —aseveró. Con esa respuesta corroboré que no le importaba mi presencia ahí, o que no puso atención a mi respuesta. Luego me quedé callada y el silencio reinó mientras terminábamos los alimentos.

Al cabo de unos minutos de ayudar a doña Gudelia a lavar los trastos, y conversar de otros asuntos, como el caso de mi madre que se encontraba con cáncer, ella se solidarizó con mi situación. Ahí también me enteré de que don Severino era el dueño de un local donde vendían repuestos de autos, así como neumáticos, y ejecutaban balanceos de vehículos, cambios de aceite y otras cosas de mecánicos.

Una tarde fui a la casa de Julián y sus padres no estaban ahí porque se fueron al casamiento del hijo de unos amigos. Me preguntó si quería ver una película con él. Ordenó pizza hawaiana, tal y como a mí me gusta. Comimos y, ya terminada la película, aún recostados en el sofá, me tiró el cojín en la cara, yo lo tomé y se lo devolví de la misma manera, y empezamos a juguetear dándonos con los cojines de la sala. De pronto todo sucedió, nos empezamos a besar; cuando me di cuenta, él me tenía completamente desnuda y pasaba sus labios por mi monte de Venus, luego empecé a sentir su lengua. Él se desnudó y me llevó cargada hacia su dormitorio. Yo temblaba de miedo, un miedo excitante, tendida en la cama me dio besitos en todo el cuerpo. Se colocó el preservativo, y entre mis piernas empecé a sentir la gloria. Toda la noche hicimos el amor. Con Julián era feliz.

III

Fue a mediados de octubre, acaecida la noche, cuando la tragedia sucedió. Unos mareros pidieron a don Severino que les diera un impuesto de guerra, pero él rotundamente se negó. Mientras él y otro empleado realizaban el cierre del día, los ejecutaron a balazos, incluso les propinaron el tiro de gracia. A los desconsolados Julián y doña Gudelia los acompañé en todo momento, desde la funeraria hasta el sepelio en el Cementerio Los Cipreses.

Luego, por momentos, él estuvo esquivo conmigo, y lo sentía lejano cuando lo tenía cerca; lo entendía, necesitaba tener su espacio. Una tragedia de esa índole es un golpe abrupto difícil de asimilar. En esta ciudad todos los días hay más de algún asesinato. La seguridad está por la calle de la amargura. Tal vez sea egoísta, pero lloraba de ansias de no tenerlo conmigo como sucedía antes de la tragedia.

A los días, cuando menos lo esperaba, sonó salvajemente el timbre y abrí la puerta.

—Vente conmigo a los Estados Unidos — imploró.

—¿Qué? ¿Estás loco? —argumenté—. ¿Y quién cuidará de mi mamá? Está enferma, necesita de mi ayuda. Además, todavía no soy mayor de edad. No podría irme así nomás.

—Nos casamos y, como soy nacido en Los Ángeles, no puede haber ningún problema —dijo.

—No puedo, Julián. Yo te amo demasiado, pero no puedo.

Mi padre salió a la puerta.

—Buenas noches, joven, mis sinceras condolencias.

—Gracias, don Gilberto —replicó. Con lágrimas en los ojos me miró y no oculté las mías tampoco.

—Sé que no es el momento adecuado para decir esto, pero considero que usted debería dejar de ver a mi hija. Es usted un hombre hecho y derecho, y mi hija apenas una colegiala que no sabe qué quiere en la vida —abusivamente dijo mi padre.

—Con todo respeto, don Gilberto, pero a su hija la amo —respondió Julián.

—¡Ay, patojo! —dijo mi padre, dando tremenda carcajada—. Pero usted no sabe ni dónde tiene la nariz. ¿Qué sabe usted de amor? El amor es pasajero. Además, mi hija es menor de edad y yo soy el que decide con quién ella debe juntarse o no.

—Pero, don Gilberto, yo estoy dispuesto a....

—Usted está dispuesto a nada —interrumpió mi padre— Así que, joven, me hace usted el favor de retirarse —exigió.

—¡Pero, papá! —supliqué.

—¡Mija, usted cállese, y entre para la casa! —exigió.

—Pero...

—¡Pero nada!... ¡Joven! por segunda vez le suplico, hágame el favor, que es hora de que se retire. Vaya mejor a hacerle compañía a su señora madre, que bien lo necesita —irónicamente expresó mi padre.

Con esas palabras dichas por mi padre, Julián furiosamente se esfumó como humo de incienso, sin dejarme siquiera un número telefónico a donde llamarle cuando estuviera en el extranjero.

A pesar de que le marqué a su casa en los últimos dos días de su estadía en Guatemala, nadie jamás contestó mis llamadas. Vivía con el temor de que algo les sucediese, ya que debían regresar al negocio, posiblemente a realizar algún papeleo para dejar todo en orden antes de irse; y los mareros podrían estar acechándolos. Posteriormente, él y doña Gudelia se fueron rumbo a Chicago. Y lo que fue del negocio, se lo encargaron a un familiar para que lo pusiera en venta o lo diese en alquiler. Una parte de mí murió en ese instante, me encontraba locamente enamorada y no podía ir con Julián, el destino me deparaba otro rumbo en mi vida.

Concluida la temporada de clases, continué ayudando a mi madre en sus ventas de comida fuera de la maquila, hasta que su salud decayó a tal grado que ya no pudo sustentar más el negocio; los dolores se acrecentaban y las esperanzas se desvanecían. Los ingresos económicos eran mínimos y los gastos exorbitantes. Justo en la época cuando la música navideña se empezó a escuchar por la radio, mi padre y yo contemplábamos al enterrador poniendo unos ladrillos en el lugar asignado, allí donde mi madre descansa, en el sombrío Cementerio General, con un viento frío que petrificaba la piel de manos y orejas. Solo nos acompañaron un par de vecinas que mi madre visitaba con frecuencia, y mi amiga Gloria. Luego, todo en la casa lucía desolado, y la poca armonía que existía entre esa desolación se quebrantó cuando resurgió de nuevo el monstruo. Las noches se hacían pesadas y aterradoras, hasta que ya no soporté más. Sin que mi padre se diera cuenta, en dos mochilas guardé varias de mis prendas de vestir, zapatos y maquillaje; para luego huir de casa.

IV

Sin dinero y sin tener a dónde ir, terminé alojándome, por unos días, en un cuarto de dormitorio en la casa de doña Maricela, quien conoció a mi señora madre en la maquila, lugar donde ella labora. Doña Maricela me aceptó que viviese en su casa por unos días únicamente por el gran cariño que sentía por mi madre. En mi corta estancia conocí a una inquilina, Rita; una hermosa trigueña, bastante coqueta y sonriente, quien me confesó ser diagnosticada HIV positivo, y justo haber dejado de laborar en un club nocturno para entretención adulta, donde se hacía llamar Jazmín. Dada mi total desesperación por no encontrar empleo, Rita sugirió que trabajase en el oficio más viejo de la historia de la humanidad. La idea no me parecía nada agradable, y menos proviniendo de ella que estaba infectada; pero, dadas las circunstancias, era mi única manera de subsistir. Sin ir con muchos detalles, me presenté donde Rita laboró. Entonces, fui entrevistada por una señora de unos cincuenta años.

—¿Qué edad tenés? —preguntó la madame.

—Dieciocho —contesté destilando ansiedad.

—Uhhhm… dieciocho —repitió mi edad con sarcasmo; frunciendo el ceño, ella se quedó un rato pensativa, dando un sorbo al cigarro y expirando el humo por todo el cuartito con su luz tenue—. Sabés qué, chicas tan bellas como tú, no son tan fáciles de conseguir. En su mayoría son chicas con bonitos rostros, o cuerpos majestuosos, pero no con el paquete completo, con facciones finas y hermoso cuerpo.

No niego que me sentí halagada, por su comentario.

—¿Has trabajado en esto? —indagó.

—No —respondí.

—¿Eres virgen? ¿Ya lo hiciste? —preguntó.

—No soy virgen —afirmé—. He tenido cuatro novios, y he tenido sexo con cada uno de ellos en varias ocasiones —mentí sin titubear. Deduje que, con esta respuesta, esa señora escucharía lo que deseaba escuchar para que me tomara. Posiblemente no creyó del todo mis palabras. Mi falta de experiencia en este mundo, y mi inseguridad, me hizo comentar una frase bastante tonta, pero al final a ella no le importaba si lo había hecho una infinidad de veces o no. Ella solo deseaba tener chicas atractivas que ayudasen a generar ingreso y punto. Se quedó un poco meditabunda, luego se paró, y me dio un pequeño paseo por todo el lugar. Durante el recorrido me explicó qué debería y qué no debería hacer en mi estadía, y cómo debía tratar a los clientes. También me dijo cuánto me iba pagar por prestar mis servicios. No pude objetar sobre el porcentaje que iba a recibir, me parecía injusto porque yo haría el trabajo arduo. Pero no tenía otra opción, por lo que acepte seguir todo al pie de la letra. Al ingresar a un cuarto donde otras chicas haraganeaban, estas me vieron de pies a cabeza, ninguna de ellas fue amable conmigo, entre ellas se hacían comentarios y no despegaron sus ojos de mi persona. Esa primera noche me cobijé con los ojos pelados, me sentía sola y no confiaba para nada en las otras chicas, quienes dormían en el mismo dormitorio. Pensaba en que la nueva temporada de clases iniciaba, y la escuela era un dulce recuerdo.

A la mañana siguiente, extraje de una mochila un par de zapatos negros de tacón alto, y como no tenía vestidos apretados y cortos, tuve que emplear algunos pantalones de lona, los que recorté para lucir mis piernas y el contorno donde empiezan mis nalgas. Igualmente recorté unas blusas, para exponer mi ombligo y parte de mis senos. Me sentía nerviosa y el tiempo transcurrió lentamente, hasta que llegó el momento de la verdad, cuando Sandra, esa chica tímida, con sueños por realizar, se convirtió en la que ahora es: Irlanda, por el color de mis ojos verdosos. Mientras me encontraba en posición de perrita, sentía en mi cintura las manos asquerosas de un hombre regordete, tosco, sin modales y con mostachón, yo cerraba los ojos, quería tratar de imaginar cosas hermosas de mi niñez, pero nada surgía. Luego me halaba bruscamente mi pelo negro azabache, me apretujaba los senos; y una y otra vez me penetraba. El tiempo para mí era una eternidad, hasta que al fin sucumbió de placer, tras sodomizarme, y un sonido orgásmico se escuchó detrás de mi oído. Luego de darme una palmadita en mi trasero, se paró, tomó su ropa, empezó a vestirse, y me pidió que posara frente a él, totalmente desnuda. Por último, mientras él orinaba en el retrete, yo me vestí. Entré al baño a asearme, pinté mis labios, me terminé de arreglar para verme presentable. Enseguida salí de la guarida de los leones y estaba de vuelta en la arena del coliseo, donde algunas chicas bailaban y se desnudaban al ritmo de la música; otras tomaban y conversaban con los clientes; y yo me senté a la par de las que estaban a la espera de que alguien les dirigiera la palabra. El mesero volvió a susurrarme al oído que un joven muchacho requería de mis servicios. Su padre lo llevaba para su iniciación, era tímido como yo. Aunque yo aún era torpe para desvestirme, él lo era aún más. Mi timidez era un samurái difícil de vencer, pero la única manera de lograr derrotarlo era armarme de más valor y controlar la situación. Durante la semana tuve engorrosos sucesos, pero también los hubo buenos. Fui adquiriendo experiencia. Hubo clientes que me dieron ideas de cómo mejorar y satisfacerlos mejor. Aunque, en su mayoría, iban como perritos, sólo a vaciar sus ansias. La semana pasó y noté que logré sacar cuatro veces más dinero, que lo que ganaba en el negocio que mi pobre madre se fajó durante tantos años. ¡Cómo la extrañaba!, sentía que todo sería distinto si ella viviese todavía. Por momentos, mientras me encontraba recostada, pensaba en Julián y cómo todo sería tan diferente si él estuviese a mi lado.

V

Aparte de vencer mi timidez, adquirí habilidades especiales sobre el escenario con la idea de complacer a un público sediento de lujuria y sueños falsos. Mi reputación se hizo sentir, ya que muchos clientes volvían a frecuentarme. Siendo la chica más apetecida del establecimiento, me ocasionaba roces con algunas de las chicas. No fue fácil relacionarse con algunas de ellas, discutíamos por cosas insignificantes. Aunque esas fricciones empezaron a disminuir, y logré entablar amistad con algunas, quienes me contaban sus historias, la de sus hijos, cómo fueron a terminar ahí; al igual que yo les comentaba muchas cosas que sucedieron mientras vivía con mis padres. En nuestras horas libres salíamos a comprar ropa más provocativa, a hacernos el pelo, manicura, pedicura e inclusive al gimnasio, para mantenernos en forma. Después del cierre, también salíamos a divertirnos para romper con la monotonía de nuestro trabajo. Aunque todo el tiempo hacíamos lo mismo, nuestra simple función era bailar desnudas apoyadas de un tubo en el escenario, intimar con los clientes, abrir las piernas, fingir orgasmos, velar que´ se la pasen bien, hasta incluso actuar en calidad de psicólogas porque en su mayoría los clientes son hombres casados con problemas en sus hogares o muchachos que les cuesta conseguir novia y necesitan de chicas como nosotras para sentirse amados.

El tiempo voló, pudiese haber sido año y medio desde que empecé en ese oficio, cuando en una noche cualquiera reconocí a un muchacho que fue mi vecino. En un principio me puse nerviosa. Me encontraba sentada en las piernas de otro cliente, cuando pasó a la par y no me quitó los ojos de encima, se fue a sentar frente al escenario, por momentos volteaba a verme mientras sorbía su cerveza. Como chica de vida, busco pretender estar interesada en las conversaciones de la clientela, en dicho instante estábamos tres clientes, otra chica y yo ejecutando sonrisas falsas e incitando a los hombres a que nos invitasen un trago, y que ellos consumiesen, para que la casa captase más dinero. Al terminar de tomar el Gin Tonic, que me invitó el cliente, y sintiendo en mis nalgas que su órgano viril estaba en su máxima expresión, le susurré al oído todas las cosas que le haría en la cama. Sin mayor reparo, el cliente llamó al mesero, le dio su tarjeta de crédito y pagó para que fuéramos a tener sexo. Rumbo hacia el cuarto íbamos, cuando hice contacto visual con mi exvecino. Al finalizar la faena yo sentía que llevaba en mi piel el olor a tabaco y Paco Rabanne del hombre con el que acababa de estar.

Acababa de pedir un trago de agua en el bar, cuando lo vi aproximarse.

—Hola, soy Arturo —dijo.
—Hola, Arturo, soy Irlanda —respondí; y nos dimos un beso en la mejilla.

Le di vueltas por un instante a la idea de si él me reconoció. Estuvimos conversando por unos momentos, nada de mayor transcendencia, pero fue entretenido. Esa duda de si me conocía o no se esfumó porque de su boca jamás salió una pregunta indagando acerca de mi pasado. Me di cuenta de algo importante: el haber crecido le caló muy bien, porque recuerdo que él era gordito, incluso le costaba regresar al poste cuando jugábamos al escondite. Poseíamos nuestras propias reglas en el juego. La persona designada a buscar a los demás, al localizar a alguien tenía que correr de vuelta hacia el poste donde contaba hasta cien, y pronunciaba su nombre. Entonces a esta otra le tocaba su turno de hacer dicho conteo y buscar a los demás. En caso contrario, si la otra persona llegaba primero al poste decía: ¡Salvo! y en el próximo juego tenía la oportunidad de seguirse escondiendo.

Sin más, me invitó un trago, y a los minutos entramos al cuarto. A partir de ahí, Arturo se convirtió en un cliente frecuente en el establecimiento, y no niego que en diversas ocasiones salí con él después de la hora del cierre. Íbamos a bailar en algún club nocturno, luego al motel donde cogíamos y nos drogábamos. Incluso tuvo la oportunidad de conocer a mi amiga Rita (bueno más bien a Jazmín, su nombre por bandera), una vez que fuimos juntos a un club y ella se encontraba también ahí. No está de más agregar que me llevó en un par de ocasiones a una casa cerca de la playa, ubicada por el Puerto Quetzal, que, según él me dijo, es de su padrastro. En dos oportunidades, presencié, junto con Arturo, carreras ilegales cerca del Aeropuerto La Aurora. La verdad es que me fascinó el ambiente que se generaba entre los espectadores. Debo agregar que en diversas ocasiones me regaló prendas de vestir, prácticamente me convertí en su amante por alquiler. Aunque ese romance falso sucumbió a raíz de que, en una oportunidad, él y dos de sus amigos salieron conmigo y Alondra y Daisy, dos chicas del establecimiento. Pensé que no estábamos expuestas a que algo malo nos sucediese, ya que conocía un poco a Arturo. Debo admitir que me sentía segura junto con él, y no como en otras ocasiones cuando el establecimiento ofrece un servicio VIP, donde brindamos a los clientes servicio fuera del local; y aunque tengan conocimiento de con quienes nos hemos ido, no nos garantizan nuestra seguridad. Hay clientes que se comportan de maravilla, pero los hay otros que no, y con ellos las situaciones se pueden ir fuera de su curso. Pues en esa ocasión, Alondra, Daisy y yo, fuimos junto con Arturo a una casa ubicada por la avenida Vista Hermosa. Al ingresar vimos que se encontraban un joven, quien parecía estar recién llegando a la mayoría de edad, y un individuo que estaba por sus cincuentas. La mesa del comedor estaba repleta de cervezas, y nos convidaron varias. Había música, empezamos a bailar, hasta llegar al punto en que estábamos desnudas. Nos besaban y acariciaban nuestros senos, sus dedos jugueteaban con nuestras nalgas y nuestras vaginas. Entre nosotras hacíamos travesuras, para mantenerlos entretenidos. Sobre la mesa de vidrio, las líneas blancas se desvanecían al aspirarlas con vehemencia. La fiesta tenía la fórmula mágica para mi utopía, donde los problemas desaparecen, donde puedo ver las estrellas y soñar con ser esa actriz famosa de cine. Todo iba perfecto, estábamos en plena acción en un cuarto, Daisy y yo, con Arturo y el otro muchacho; los cuales nos los intercambiábamos. De pronto, un grito y el sonido de las sillas de la sala al estrellarse contra el suelo, interrumpieron la armonía lujuriosa. Todos salimos corriendo del cuarto, y vimos que el tipejo, el rabo verde, le había pegado un puñetazo a Alondra, rompiéndole la nariz, haciéndola sangrar a chorros, y aflojándole un diente. Alondra también se quejaba de dolor en las costillas, de cuando la agarró a patadas ese maldito.

　　—¿Qué te pasa imbécil? —grité.

　　—¡Miren lo que esta puta maldita me hizo! ¡Miren mi cachete! —reclamó el tipejo, quien lucía un tremendo rasguño, y era contenido por los otros dos, para evitar que le hiciese más daño a Alondra. Nosotras nos pusimos frente a ella para protegerla.

　　—Mira, Arturo: nosotras nos vamos. Llévanos de regreso por favor —supliqué, pero no dijo palabra alguna.

　　—Váyanse ustedes a la reverenda mierda —profirió el otro de ellos—. Llévense sus prenditas y fuera de la casa, putas serotas y malnacidas. Pídanle a su madre que se las lleve.

—Arturo, por favor, ten un poco de compasión por nosotras —supliqué.

—Lo siento Irlanda, pero tu amiga empezó este relajo —expresó Arturo, quien antes de cerrar la puerta de la calle, tiró unos billetes al suelo.

Recogimos los billetes y, semidesnudas, nos terminamos de vestir en plena calle. Nuestros cuerpos temblaban no solo por el viento de la noche, sino por el engorroso momento, el enojo y además, porque a cómo estaba la situación delictiva en el país, íbamos aterradas, suplicando a Dios que no nos sucediese otra mala experiencia, al caminar rumbo a la carretera principal, con la esperanza de que pasara un taxi por el camino. Alondra se quejaba una y otra vez del dolor, Daisy y yo la auxiliamos en todo momento, hasta que de pronto nuestras súplicas se hicieron realidad y un taxi se detuvo.

VI

Un hombre es como un microondas, se calienta con rapidez y necesita desfogar esa necesidad de estar con una mujer; y aquí está nuestra vagina de desagüe para la lujuria de los machos, pero también es el inicio de la historia de la humanidad. No es una forma de vivir fascinante, pero es una manera. Y todo esto bajo el mando de una jefa autoritaria, que nos indica lo que debemos o no hacer, tenemos que seguir sus requerimientos como si fuésemos ovejas. Además, he estado a merced de muchos clientes involucrados en negocios turbios. Reconozco que entre más grande sea el tiburón, más grande será la carnada que recibiré de recompensa, y a pesar de que debo abrirles mis piernas para satisfacerlos, debo ser paciente y ser astuta al tratar con estos hombres, ya que los hay algunos demasiado agresivos; que piensan que, al tener poder, pueden hacer lo que les venga en gana. Por suerte, únicamente dos personas me han abofeteado y han terminado comportándose como si fuesen animales salvajes, fueron situaciones que no provocaron placer alguno. También pienso en aquellos hombres que me han bajado el cielo y las estrellas, no solo me quieren de trofeíto, o porque me necesitan para satisfacerlos, sino porque su intención es que me convierta en su ama de casa, para que viva con ellos, prometiéndome felicidad y una vida plena. Lo inverosímil es que ellos no pueden siquiera mantenerse a sí mismos, o lidiar con sus propios problemas, e inclusive algunos siguen sumergidos en un matrimonio falso mientras juran que dejarán a sus mujeres por mí. No niego que de estos he tomado muchas ventajas, son como niños bobos que quieren su caramelo y yo se los proveo. He sacado provecho de mi cuerpo para obtener lo que quiero. Mientras doy un sorbito a un cigarrillo que disfruto con calma, medito mis aventuras desde que me inicié en el mundo de la prostitución. Esta vida me ha dado altibajos, porque no todo es color de rosa. En diversas ocasiones he tenido que acostarme con hombres asquerosos, pero también lo he hecho con hombres hermosos. Sin embargo, el mayor problema son las enfermedades venéreas. He sido una suertuda, pero me he sabido cuidar y cerciorado de que usen preservativo cuando tienen sexo conmigo.

Bebí un sorbo de un vino mientras esperaba a que saliera del baño de un restaurante de clase Tim Cáceres, si es que así realmente se llama, un individuo de mediana edad, latino, pero con un acento bastante marcado, venido de los Estados Unidos a realizar unos negocios en Guatemala. Unos amigos del dueño del local me solicitaron que fuese su dama de compañía. Esa noche lucí un vestido negro hermoso. Como una viuda negra estuve dispuesta a devorármelo, a pesar de que es un hombre no tan guapo. Por ese servicio me ofrecieron pagar un monto bastante cuantioso. Luego nos dirigimos a una discoteca de la Zona Viva a bailar y seguir bebiendo un poco más. Por último, terminamos el tour en una habitación de un lujoso hotel en el corazón de esta misma área.

Mientras yo me preparaba, él sacó de una maleta una bolsa repleta de cocaína, tomó el cuchillo y la abrió, me convidó un poco y él también aspiró. Las relaciones sexuales con él fueron excelentes, tenía tiempo de no coger de esa manera. Así fueron las dos noches de su estancia, las más locas que he pasado junto con alguien. Después de esa experiencia, todo volvió a su curso normal. Admito que estas situaciones me traen tensiones con algunas compañeras de trabajo porque son unas envidiosas que venderían su alma al diablo por tener mi cuerpo y mi cara.

VII

La luz rompió la oscuridad, dando la bienvenida a un hermoso amanecer, sin embargo, una mariposa negra en la puerta de entrada de la casa de citas anunciaba la muerte. Rita acarreaba noticias acerca de mi padre: me dijo que estaba a altas horas de la noche, muy borracho y caminando en la calzada Roosevelt; y que al atravesar la calle fue embestido por un camión cisterna que pasaba por allí. Seguro que estaba tan borracho que posiblemente al momento del impacto murió sin dolor. Mis lágrimas eran amargas, porque a pesar de que él me engendró y contadas veces me demostró su cariño, no puedo olvidar todo lo que le hizo a mi madre en vida. Esas palizas que tanto aguantó.

Inmediatamente me dirigí hacia la funeraria, donde se encontraban los vecinos junto con algunas amistades y los hermanos de mi padre, a quienes yo vagamente reconocía. Eran tantos años en que mi padre se distanció de ellos. Sus miradas se sentían frías y hacían que mi corazón se suspendiera de un hilo de ansia. Uno de ellos se dirigió a mí, diciendo que todos los gastos fueron sufragados por ellos, ya que mi padre no tenía suficiente dinero para su propio entierro. Todo se lo bebió y gastó en mujeres. Yo no sabía qué decir, tenía un nudo en la garganta, estaba agradecida por el gesto; sin embargo, los notaba distantes, como que no hubiesen realmente querido dirigirme la palabra. Esa misma mañana fue el entierro y mis agrias lágrimas desaguaron toda la ira que sentía dentro de mi alma. Quería liberarme de ese malestar que carcomía mi corazón; elevé mentalmente una oración al cielo, invocando que Dios juzgara a mi padre por todo lo malo que realizó en vida. Terminada la labor de los enterradores, el tío que sufragó los gastos se despidió de mí, algunos otros familiares ni lo hicieron; pero sus murmuraciones no dejaban de sonar en mis oídos, posiblemente eran imaginarios, ¡qué sé yo! Entre estos: «Vaya oveja negra que tenemos en la familia». «Ahora qué irá a hacer esta puta, ¿será que dejará las andadas?». «La que nace puta, muere puta». «No hay solución para ella, ha de gustarle demasiado la verga». «Ésta inútil ¿de qué más podría vivir?, ya que no sabe hacer otra cosa que abrir las piernas y mamar verga».

El sol brillaba con fuerza cuando arribé a la casa de mis difuntos padres. Después de cerrar la puerta de entrada, la recorrí con cierta tristeza. Necesitaba encargarme de todos los papeleos de la casa que me heredaron. Al final no me dejaron desprotegida. Vi unas viejas fotos en una caja de zapatos que encontré en el clóset y recordé esos bellos instantes de la niñez y parte de mi juventud. Entonces vino a mi mente ese joven apuesto que un día me ofreció que me fuera con él hacia el Norte. No era el tiempo propicio para hacerlo, caso contrario, lo hubiese hecho; posiblemente ya estuviese formando un hogar con él, terminando de estudiar allá. Pero por la decisión que tomé no culpo a mi madre. Por ella hubiera hecho muchas cosas más.

De pronto sonó el timbre de la puerta. Era Gloria.

—Mis ojos no lo pueden creer, seguís igual de preciosa —dijo Gloria.

—Gracias —contesté huraña. También estaba sorprendida de ver a mi vieja amiga de la escuela. Me abrazó con fuerza—. Pasá, adelante —dije—. ¿Se te ofrece algo de tomar?

—Con agua es suficiente —replicó Gloria—. ¡Cómo te he extrañado! Quería saber dónde te escondías, por momentos me preocupaba que te mataran o te hicieran daño. ¿Qué te hizo irte de la casa así? ¿Por qué lo hiciste? Hubieses ido a la mía, a lo mejor mi mamá te hubiese ayudado. ¿Dónde estuviste estos años?

Me sentí totalmente atosigada con tanta pregunta, pero Gloria era mi amiga y necesitaba desahogarme en ese momento, empecé a llorar. Ella me abrazó. Al final fue ella quien me sirvió el vaso con agua. Tomé un sorbo.

—Te comento, Sandra, que a mis oídos llegó la noticia de que te vieron trabajando en una casa de citas, no sé si será verdad. Pero, si es cierto, eso no cambia el cariño que te tuve y te sigo teniendo. Lo único que puedo decirte es que si necesitás de mi ayuda, te la doy con gusto.

Con ese comentario me sentí más tranquila, porque todos en el vecindario sabían de mi paradero, el mundo es muy pequeño; y no hay que tener una bola mágica para tener idea de quién habló al respecto.

—Es cierto —afirmé a secas—. Antes del funeral y el entierro, nadie me había llamado Sandra en todo este tiempo que estuve alejada de aquí. Irlanda es mi nombre de guerra. Debo confesarte algo. Debo confesarte que Sandra no murió en esa casa de citas. Sandra verdaderamente murió en su cuarto de habitación, cuando dormía plácidamente en su cama. Esa cama donde desembocó un chorro de lágrimas por el deceso de su madre. Esa cama por donde muchas noches, recibió las buenas noches. Esa cama, en donde muchas ocasiones descansó para recuperarse cuando estuvo enferma. Esa cama que la vio crecer llena de ilusiones. —No pude contener el llanto y me eché a llorar, mientras Gloria me trataba de calmar, entendiendo lo que realmente sucedió y las razones por las que me fui de casa.

—Sabés, Sandra, te he estado buscando todos estos días —dijo quedamente; y con su mano derecha secó mis lágrimas

—¿En verdad? ¿Por qué? —inquirí.

—¿Quién crees vino a buscarte? —preguntó.

—No sé —afirmé.

—Pensá un poquito más —sugirió.

Quedé pensativa, quién pudo buscarme. Mis ojos posiblemente chisparon de júbilo al pensar que Julián era la persona.

—¡Julián! —pronuncié su nombre con júbilo.

—Sí —afirmó Gloria—. ¡Julián vino a buscarte! Vino aquí conmigo a preguntar si te encontrabas en estos rumbos, pero le dije que te fuiste a vivir a Xela. Ya en ese tiempo escuchaba rumores acerca de a que te dedicabas, aunque no sabía dónde te encontrabas, pero no quería regarla, por lo que le mentí a tu príncipe azul. Aquí está su número telefónico en Chicago. Llámalo.

Tomé el papel y lo resguardé en mi sujetador. Era la noticia más alegre que recibía desde hacía mucho tiempo. Mariposas cosquilleaban dentro de mi vientre. Me lo imaginaba de nuevo entre mis brazos, besándonos. Su noticia dio un poco de luz a mi existir. Un poco más animada, con el espíritu fogoso, cambié el rumbo de la conversación. Entonces Gloria mencionó cuáles fueron sus logros tanto en el ámbito académico como profesional, además de hablar sobre sus novios y otras cosas.

VIII

Aún el sol daba sus rayos de luz cuando fui a casa de doña Maricela. Sentada en la banqueta se encontraba Rita fumando un cigarro, me informó que doña Maricela no se encontraba allí. Se puso de pie y nos abrazamos, luego ingresamos a su habitación y me invitó a cenar. Sin dejarme que le ayudase siquiera un poco preparó unas berenjenas asadas y arroz con verduras, mientras yo bebía un refresco de horchata.

—Mirá, mamita, te digo que si volviera a renacer, no me hubiera dedicado a esta perra vida, pero no tuve otra opción. Sabés que por veces envidio a esas mujeres que andan con sus maridos y sus hijos paseando. Sé que los hombres son unos cerdos, pero cómo sería mi vida si hubiese conocido un buen hombre, porque creo que los hay.

—Sí, los hay —afirmé.

—No me vayas a decir que te conseguiste casero —sonrió.

—Antes de venir aquí a pedir posada con doña Maricela, tuve un novio que me quería mucho. Incluso me suplicó que me fuera con él al Norte. Pero mi mamá estaba enferma, y tomé la decisión de no ir con él. Esa es mi justificación. A mis oídos llegó la noticia de que él me fue a buscar a la casa cuando vino a Guate. No me encontró, pero fue a buscar a una amiga y le dejó su número de teléfono de los United.

—Y ¿ya lo llamaste? —preguntó Rita.

—Aún no —aseveré—. Tengo temor de que se haya enterado de las cosas a las que me dedico ahora.

—Como sos de mula, mamita —criticó—. Yo que vos, ya hubiera llamado a ese chavo. Deberías irte de aquí, al fin y al cabo, en este país cuesta subsistir, todo está en la mierda. Andate de aquí. Rehacé tu vida. O ¿acaso te gustaría estar mamando verga y cogiendo cuanto cabrón pida de tus servicios para siempre? Yo que vos, lo llamaría ya. Te vas con él. Al menos vas a abrirle las piernas y chuparle el miembro a un hombre que te haga feliz. —Fue tanta la excitación que de pronto la voz de Rita se quebrantó—. No querrás un día terminar como yo, sin casero, sin esperanza. Yo no tengo otra alternativa que elegir, tengo los días contados. Pero tú tienes una vida por delante. Eres joven y hermosa. Aunque mensa.

Tras esas palabras, ella sonrió agridulcemente, y nos abrazamos para consolarnos.

—Gracias por tus consejos —repliqué.

Después de haber conversado por una hora más con Rita, un asunto pendiente invadía mi cabeza, y más aún cuando la *madame* del establecimiento nocturno me otorgó esos momentos de libertad. Quería pagarle a ella con la misma moneda, además de ganarme más su confianza. Del mismo modo ofrecieron bastante dinero por ese asunto, así que no podía dejarlo ir. Confieso que también no quería regresarme a la casa, porque temía que fuese a volverme loca con el silencio inquieto que se respiraba ahí. Llegué al lugar donde varios muchachos celebraban posiblemente el cumpleaños del anfitrión de la casa, porque logré ver restos de pastel. Ellos se comportaron respetuosamente, ingresé a una habitación y me preparé. Mientras esperaba, desde la ventana noté el hamaqueo de los frondosos árboles, y por instantes me quedaba viendo el teléfono. Quería tomarlo, pero no me atrevía. De tanto pensar y pensar, me armé de valor y marqué esos dígitos. Esperé por unos segundos.

—*Hello* —contestó.
—¿Hablo con Julián? —inquirí.
—Sí, con él habla —confirmó—. ¿Quién habla?
—No sé si te acuerdas de mí….
—¡Sandra! —exclamó—. En ese instante mi corazón rebosó de alegría. Escuchar su voz provocó que resurgiera dentro de mí una leve y nueva esperanza para estar de nuevo con Julián. Volver a esos tiempos en que éramos novios, sentir sus abrazos, sus besos, sentirme de nuevo querida por mi amado Julián, por lo que realmente soy. Y finalmente, al irme con él, salir de las garras de esta ciudad.

Nico

*«Rara vez ocurre lo que anticipamos,
suele ocurrir lo que menos esperamos».*
—Benjamín Disraeli

Un nuevo muchacho llegó a vivir al vecindario, su nombre era Joel Palacios. Tenía cara de bulldog, casi igual a la de su perro. He oído muchas veces decir que los animales se parecen a sus dueños, este era un claro ejemplo. El perro se llamaba Nico, era un bulldog negro. Mirarlo a los ojos era como ver a las mascotas del mismo Satanás, un guardián del Hades. Cada vez que pasábamos por su casa oíamos sus ladridos, todos le teníamos pavor. En más de una ocasión, cuando alguno de los adultos nos quería meter miedo, nos decían: «¡Patojos!, cuando regresen a su casa tengan cuidado, porque hace un rato vi a Nico rondando por el vecindario». Meditábamos hasta *zapotocientas* veces si volver o no a nuestras respectivas casas; y cuando lo hacíamos, regresábamos corriendo a mil por hora, sin mirar atrás, con tal de no perder micro-segundos, porque Nico nos podría alcanzar y ensartar sus filosos colmillos en cualquier parte de nuestro cuerpecito. A pesar de los grandes inconvenientes que

Nico nos ocasionaba, y que Joel nos cayera a todos muy mal, sus padres eran muy cariñosos. Al pasar por las calles nos saludaban o nos hacían un gesto de amabilidad. Pero a Joel ni en pintura podíamos verlo.

Para colmo de males, el campo donde jugábamos fútbol estaba atrás de su casa. Un fin de semana recuerdo que estábamos jugando, cuando Pelo Lindo le pegó tan fuerte al balón, que lo metió en el patio trasero; exactamente donde Nico tenía su casita. Celestino quiso intentar meterse a sacar la pelota sin ningún permiso de los dueños, pero Nico le quitó el impulso, ladraba y se abalanzaba con tanta furia que hasta espuma le salía de la boca, parecía perro rabioso, el condenado. Tomamos la decisión de tocar el timbre, así que Pelo Lindo se fue comandando al grupo.

—¿Qué quieren mucha? —dijo el malhumorado de Joel.

—¡Vos, será que nos podés pasar la pelota de *fut*! —suplicó Pelo Lindo.

Joel se nos quedó viendo. Tenía esa mirada pesada que sentíamos que nos estrangulaba.

—Todo lo que entra en esta casa es mío, por lo tanto, se jodieron mucha —respondió con voz imponente.

—No seas mala onda —imploramos con todo fervor; pero nuestros ruegos se los llevó el viento.

Al regresar al campo, observamos al resto de los que se quedaron, empotrados en la pared trasera de la casa, contemplando con ojos tristes el balón a la par de Nico. La arena del tiempo se diluía, hasta que el conglomerado nos empezamos a desintegrar y sólo quedamos tres: Celestino, Pelo Lindo y yo. Dejamos pasar las horas hasta que vimos a los padres de Joel y les comentamos que nuestro balón de fútbol se coló por la parte trasera de su casa. A los minutos, sin mayor problema, el señor nos estaba retornando la pelota. Pero esa ocasión no fue la única, hubo otras, y la mayoría de las veces tuvimos que dar por perdidos los balones; Joel se quedaba con ellos. Incluso en varias ocasiones, le tuvimos que dar dinero para que nos los retornara. Realmente todos le teníamos tirria a Joel, pero él era una mole, comparado con nuestros cuerpecitos aún en proceso de crecimiento. Jamás alguien se atrevió a retarlo para darle una lección. Él se salía con la suya.

Un día soleado escuché el sonido de una campanita, y a continuación una voz a lo lejos vociferando: «¡Helados! ¡Helados!».

Corrí hacia la casa y le pedí a mi padre unos centavos. Con el dinero en mano y con una sonrisa de oreja a oreja, corrí lo más rápido que pude, quería ser el primero en escoger el sabor de helado que más me gustaba y así evitar que algún otro se quedase con mi favorito, el cual era de ron con pasas. En esa ocasión, Pelo Lindo iba acompañado de su mamá, doña Ruth, y de su hermana Isaura. Tenían un perrito chihuahua llamado Rambo. Cada vez que oía su nombre me mataba de la risa, no solo por ser pequeño, sino por llevárselas de enojón, regalado para estar ladrando, pero era miedoso. Isaura tenía a Rambo entre los brazos y debido a la amontonadera que se formó alrededor de la carretilla de helados, lo puso en el suelo. Todos felices estábamos saboreando nuestros respectivos helados, cuando Isaura se puso toda histérica porque no veía a Rambo. El perrito desapareció, como barco perdido en el Triángulo de las Bermudas. Nadie realmente puso atención hacia dónde se marchó, pero eso no nos importaba en ese instante, lo único que queríamos era disfrutar nuestro helado. Al rato Pelo Lindo e Isaura se fueron a buscar al animalito. Mientras tanto, saboreando mi helado, retorné a la casa para ver televisión.

Dos horas más tarde, el timbre no logró hacerme perder mi atención hacia mi predilecto programa televisivo, pero sí el grito de mi madre:

—¡Aquí te busca un amiguito!

No me quedó otra que apagar el televisor, y cuando salí era Pelo Lindo; notaba sus ojos bastante aguanosos.

—Fíjate que mi mamá me mandó a buscar a Rambo y no lo encontramos en la colonia —dijo con voz entrecortada.

No me andaba con ganas de salir, pero, en fin, me solidaricé con Pelo Lindo y fuimos a buscar al perrito. Recorrimos cada rincón del vecindario y no lo encontramos. Pasaron las horas y pasamos a una tienda a tomarnos una Pepsi, estuvimos ahí por un buen rato e incluso estuvimos conversando de otras cosas, que la verdad no recuerdo para nada. La oscuridad se apoderó de las calles del vecindario. Al retornar a la casa de Pelo Lindo, doña Ruth nos abrió la puerta y le dio un fuerte abrazo a su hijo para consolarlo. Luego regresé a mi casa a dormir.

A la mañana siguiente, en un sábado bastante soleado, mi mamá me informó que encontraron muerto a Rambo dentro de la casa de Joel. Que pudo meterse entre las rejas de la puerta de entrada, y Nico lo sorprendió. A lo mejor, con tal de huir, corrió hasta la parte trasera de la casa, donde quedó sin salida y ahí lo terminó por asesinar el bulldog. En ese instante dije pestes de Nico, que le iba a dar bocado, que era el mismo perro del infierno y debía ser sacrificado; estaba listo para ponerme a toda disposición de destruir al malévolo. Sin embargo, mi mamá, en un tono de enojo, me ordenó que me callase y la escuchase:

—Mirá, mijo, vos no vas a hacer nada en contra de ese animal, ya son los señores Palacios quienes tomarán cartas en el asunto. ¿Entendiste?

—Pero, mamá…

—¿Entendiste? —insistió.

—Sí —respondí dócil, aunque me hervía la sangre de furor.

Quedando a la expectativa de lo que iba a acontecer, fui a indagar a la casa de Joel. Todo estaba calmado. No vi absolutamente nada, así que me aburrí y regresé a la casa a ver televisión. Por la tarde, nos reunimos en el campo a jugar fútbol; y notando la tristeza en los ojos de

Pelo Lindo, éste nos informó que practicaron la eutanasia a Nico, porque, dada su agresividad, temían que fuese a morder a alguien. Todos respirábamos un aire de calma. Solo de pensar que ya no debíamos temer por nuestro bienestar al salir por las calles del vecindario, me sentía inmensamente feliz.

Los días pasaron, y notamos que Joel ya no tenía esa cara de mala gente. Ahora era una mirada tristona, obviamente extrañaba a su perro, le hacía falta su fiel amigo, Nico.

Una tarde, después de regresar de clases, Pelo Lindo, Celestino y yo estábamos sentados en la orilla de la banqueta de mi casa, cuando lo vimos pasar. Ni siquiera nos dio la mirada. Mucho menos decir palabra alguna.

—No sé, pero a pesar de todo lo sucedido, no le guardo ningún rencor a Joel, porque ahora él está triste por Nico, al igual que yo por Rambo —indicó Pelo Lindo.
—Igual yo, ahora me da pena su dolor —expuse.

Una gran carcajada soltó Celestino.

—Ustedes sí que son unos hipócritas, mucha —dijo fastidiado—. Después de todo lo que nos hizo ese hijueputa, no sé por qué le tienen lástima. Por todas las pelotas que perdimos, lo mejor que sucedió fue que su perro muriera.

Reinó por un instante un silencio incómodo, mientras musicalmente se escuchaba el vaivén de las copas de los cuatro pinos, firmes en una esquina del campo donde jugábamos fútbol. De nuevo el silencio se quebrantó por la sonrisa pérfida de Celestino.

—Les comento una cosa, mucha. Pero juran por su madre que no van a decírselo a nadie —insistió Celestino.

—Sí —dijimos al unísono.

—Pues les comento, mucha, que el día en que Rambo se perdió, no tenía sueño, y posiblemente era la medianoche cuando salí de la casa. La luna estaba llena, por lo que fue fácil rondar por el vecindario. Pensaba que Rambo a lo mejor andaba con alguna perra en brama y por eso se desapareció. Sin embargo, por la preocupación de Pelo Lindo, me dispuse a irlo a buscar. Ya regresando a casa tomé otro camino, y me asombré con mi hallazgo, a siete cuadras de aquí. En la orilla de la banqueta vi el cuerpo sin movimiento de un animalito; al irme aproximando noté que era un perrito, me le quedé viendo luctuosamente, y me cercioré de que era Rambo.

—¿Cómo? —expresamos sorprendidos.

—Tengo la impresión de que un carro pudo haberlo atropellado —adujo Celestino.

—A lo macho, vos —reaccionó Pelo Lindo.

—Sí, vos. Eso creo —afirmó Celestino—. Fíjate que observé sangre en su cabecita, posiblemente la consecuencia de un fuerte golpe. Entonces lo recogí, lo cargué todas esas cuadras, hasta irlo a tirar al patio trasero de la casa de Joel. Al instante de caer al suelo, la reacción de Nico fue ir a morderlo con ira. A esas horas, corrí para avisar a doña Ruth; ella y su esposo, don Nilo, me siguieron cuando nos dirigimos a la parte trasera de la casa de los Palacios.

Don Nilo, cargando una linterna, trepó la pared, y verificó que efectivamente Rambo estaba ahí. Luego doña Ruth fue a tocar el timbre de la casa de los Palacios, y lo demás es historia… ¡Ja, ja, ja! Ya ven que mi plan improvisado funcionó.

El Corcovado de Nueva Montserrat

«El recuerdo es el diario que todos cargamos con nosotros».
—Oscar Wilde

Le conocí desde mi niñez, vivía a pocas calles de un instituto escolar por la colonia Nueva Montserrat, casi a una cuadra de mi casa. Al Corcovado le tildaban de loco, chiflado, de ser un pirómano desequilibrado, un sádico, un energúmeno de la sociedad. Se hizo de mala fama por su manera de actuar en esos años hostiles de dictadura militar. Se quejaba todo el tiempo porque él vivía otra verdadera dictadura militar, pero en su propio hogar. En una de las tantas veces que íbamos a clases, me expresó que, desde el despertar hasta la brillantez del satélite lunar, sus primos y él debían seguir reglamentos impuestos por sus abuelos. Ahh… y ay de aquel que no siguiera las reglas, porque era una paliza asegurada, indicó. Confesó que desde su primer hálito de aliento ha tenido repulsión o pavor a las personas. Dios y la naturaleza no fueron benevolentes con él. En un principio sollozaba cuando era objeto de burlas por parte de compañeros de estudios, «giboso, giboso… giboso asqueroso, giboso, giboso… giboso bien baboso, giboso, giboso… giboso asqueroso» le cantaban algunos de ellos; además, vecinos y primos lo trataban como una sanguijuela. A pesar de que no fue tanta la amistad entre nosotros, durante los primeros años de la primaria, podía sentir que él me tenía confianza. Le consideraba una persona bastante noble, pero con el corazón resquebrajado y muy resentido, por los embates de su perra vida. Manifestó que su madre, cuando él nació, le dio la espalda en lugar del pecho. Hoy en día muchos aseguran que ella aún está encerrada en un manicomio; afirman que su cuerpo deambula por los pasillos del Asilo Federico Mora, que su mente viaja por el espacio sideral, o a lo mejor y ya aterrizó en Marte, o quién sabe, es posible que en Júpiter. El Corcovado jamás se preocupó por irle a visitar, es posible que tuviese un escalofriante temor de ver cómo lucía su madre; o, quién quita, que no le importara un bledo su existencia, ¡qué sé yo! Su padre era como un ave migratoria, viajando por todas partes, aterrizando por donde la suerte lo llevase; muchos testificaban que era un hombre vividor, un aventurero, un charlatán, un bueno para nada.

En otra de las tantas pláticas, hizo mención de que recordó haberlo conocido cuando cumplió sus primeras siete primaveras. Esa tarde jugaron fútbol, pero no tuvo paciencia porque era un pésimo jugador, era obvio por su defecto en la columna vertebral. Dijo que su padre esa tarde se marchó sin decirle adiós. Es factible que fuese la última vez que lo vio. A veces pensaba que por piedad sus abuelos lo adoptaron, por ser de su propia sangre, pero lo trataban como a un perro jiotoso, olvidando que él era un ser humano. En el colegio era muy introvertido, no conversaba con los compañeros de clase, excepto conmigo y con Pocaluz; quien estaba casi ciego; ¡vaya si éramos crueles con los apodos! Usaba unos anteojos que parecían sacados del fondo de dos envases de Pepsi. Los compañeros de clase les hacían bromas pesadas a ambos, pero más al Corcovado. Yo me abstuve de hacerles nada feo.

La gota que derramó el vaso sucedió el día que cumplía once años. Como era costumbre, a los cumpleañeros se les daba una camorra, que consistía en que, al unísono, varios individuos le daban con las palmas de las manos en la cabeza al sujeto en cuestión, pero otros abusaron agarrándole a patadas. Meme Brajones, quien era el líder de la clase, era el que le molestaba en todo instante. Alzó el pie hasta su nariz, los grandes chorros de sangre se derramaron por todo el pasillo. Ahora, para ajuste de penas de su aspecto, su nariz estaba torcida. Jorobado, con acné en el rostro, voz chillona, y ahora con su nariz torcida; vaya suerte la de él.

Su fascinación por el fútbol lo llevó a muchas situaciones embarazosas. Nunca le daban la oportunidad de jugar por su condición física. Lo mismo sucedía en el vecindario, se ponían a elegir a los jugadores y era el último en ser escogido para algún equipo. Para su mala suerte, la mayoría de las veces llegaba cuando estábamos presentes un número impar de niños participantes, y no deseaban que en el equipo hubiese un jugador de menos o más, por tanto, se quedaba sin jugar. Fue en la época de México 1986, cuando lo vi entusiasmado coleccionando estampitas para el álbum del mundial de fútbol, no oculto que yo también logré llenar mi propio álbum, gracias a que él me regaló las faltantes tres estampitas. El día en que el verdadero Señor Hyde, el lado oscuro del Dr. Jekyll, salió a relucir fue en la cancha de fútbol de un vecindario aledaño al que vivíamos. A pesar de que se presentó en la cancha un número par de participantes, no le permitieron jugar. Su ira lo llevó a que le prendiese fuego al pasto seco que estaba en toda la cancha de fútbol, provocando que detuviésemos el juego. Pero él nunca se imaginó que las casas colindantes a la cancha estuviesen en peligro de ser arrolladas por las candentes llamaradas. Para su buena fortuna, los bomberos llegaron al rescate, de lo contrario se quemaba todo el vecindario. El incidente llegó a oídos de sus abuelos, quienes le propinaron una paliza hasta por debajo de la lengua. Fue tanta la violencia, que no fue capaz de sentarse en una silla por varias horas, según comentó su primo. A raíz de tal evento y a pesar de su arrepentimiento, él ya no era muy bienvenido por los vecinos de colonias aledañas e incluso los que le conocían en la Colonia Nueva Montserrat le empezaron a tener miedo, no solo por su aspecto, sino por su comportamiento amorfo.

Justo la semana posterior, el Señor Hyde volvió de nuevo a relucir, en el salón de clases. Mientras esperábamos que el maestro de matemáticas se presentara, le tiraron una bolsa con agua gaseosa que explotó en su cabeza. Todos los niños se reían por lo acontecido. Al dar la vuelta, sospechaba que quien lo hizo fue Meme Brajones. Lo observó con ira, notó su mirada maliciosa. Meme se paró y lo retó. Al preciso instante el Corcovado sacó fuerzas que ni él mismo imaginó poseer: levantó un escritorio y se lo lanzó con un arranque de furia tal, que dio en la cabeza del contrincante. La sangre resbalaba por toda la frente; Meme se reincorporó llorando. Ninguno de los compañeros concebía lo acaecido, creo que ni él tampoco. Todo fue un revuelo, se asomaron otros maestros, llegó incluso el director de la escuela al salón de clases. Inmediatamente el mismo director se lo llevó a su oficina. A las horas se presentaron sus abuelos en la escuela, donde tuvieron una conversación con el director. Pocaluz mencionó haber observado cuando los abuelos se llevaban al Corcovado, halándole la oreja derecha, hacia la salida de la escuela. A la semana siguiente supimos que sus abuelos lo inscribieron en otra escuela para que terminase su año escolar.

En los años venideros, Pocaluz, con quien hasta el día de hoy mantengo una buena amistad, dijo que el Corcovado se tornó en un individuo más duro, nadie se burlaba más de él. Después de haber sido el hazmerreír de todos, ahora es el más temido; además de asociarse con un grupo de vándalos. Puedo ratificar que hace cuatro años, cuando me dirigía junto a dos compañeros de trabajo a un restaurante ubicado dentro del Gran Centro Comercial Zona 4, lo vi vagando por sus pasillos, él no dudó en saludarme. Ambos nos teníamos un profundo respeto, cruzamos algunas palabras por un par de minutos, nada relevante; pero noté que su comportamiento era errático, por ello le tildaban de loco.

En los últimos años de su vida, me enteré de que no andaba por buenos pasos. En diversas ocasiones fue a parar a la cárcel por delitos menores, aunque se oían rumores de que estaba incursionando en operativos delictivos de índole mayor, que era un sádico por la manera de despacharse a sus enemigos. Debía tenerle miedo por las historias que me contaban, pero tenía la certeza de que, si me lo volvía a encontrar en el camino, él sería respetuoso y amable conmigo. Me da mucha nostalgia esa época, pienso que el Corcovado vino a este mundo solo a sufrir, en esa última oportunidad que lo vi, percibí que era una persona solitaria y amargada, a pesar de su fingida sonrisa.

Ahora yace aquí, degollado, con sus ojos perdidos y piel azulada, en una zanja donde transita un río de aguas negras, que va desde la calzada San Juan hasta El Naranjo, el cual es un foco de contaminación para los vecinos, quienes esperan con ansias que coloquen la correspondiente tubería, y así evitar respirar todos los días esos olores fétidos y nauseabundos. Para el Corcovado de Nueva Montserrat, hoy todo es oscuridad y silencio. El pulular de la ambulancia atrae a curiosos como moscas. El negocio de las drogas trae muchos enemigos dicen un fulanito y los menganitos que le acompañan, corroboran su afirmación. Entonces extraigo de la chaqueta una cajetilla de cigarros y el encendedor. Prendo un cigarro. El humo se esfuma mientras observo el trabajo que realizan los bomberos para sacar el cuerpo frío y tieso de la zanja. Luego veo mi reloj de pulsera, sus agujas anuncian que se hace tarde para llegar a casa, mi esposa e hijos me esperan para la cena, debo agilizar mi llegada, después de un día de trabajo bastante tranquilo y el regreso en bus urbano sin contratiempos.

El resquebrajar de las ramas

*«No desesperes, ni siquiera por el hecho de que no
desesperas. Cuando todo parece terminado,
surgen nuevas fuerzas. Esto significa que vives».*
—Franz Kafka

Súbitamente, una bocanada de oxígeno ingresa a mi
cuerpo para devolverme la vida. El cuarto está oscuro.
No sé si me encuentro en el sótano de alguna casa, o es
una habitación diseñada para estar casi a ciegas, porque
no tiene ventana alguna. La poca luz que logro detectar
es la que aparece por debajo de la puerta de este cuartu-
cho. Pareciera como si estuviese encerrado en uno de esos
calabozos de la época medieval. Tengo un agudo dolor de
cabeza. Un nauseabundo malestar que estremece todo mi
ser. La humedad en el ambiente penetra mi vestimenta y
mis poros. El aire que respiro es un olor putrefacto, como
si hubiese un animal muerto. Es tan fuerte el olor que me
provoca vomitar. Estoy descalzo, mis pies están completamente helados. Mi tobillo izquierdo está encadenado y
siento que no me circula bien la sangre en la pierna; está
pesadísima, como si tuviese cemento dentro de las venas.
Es tanta la presión, que tengo la sensación de que fuese
a explotar. No aguanto el dolor. Uff… los hombros los

siento adormecidos y es porque he estado mucho tiempo esposado con mis manos a la espalda. Cuánto quisiese que pudiesen colocarme las esposas con mis manos frente a mí; los hombros me dolerían menos.

—¡Sáquenme de aquí, por vida suya! ¡Auxilio! ¡Socorro! ¡Sáquenme de aquí! ¡Tengan piedad de mí! —Por más que grito, mi voz no es escuchada. Todo queda dentro de estas cuatro paredes.

Jamás en mi vida pasó por mi mente que fuese a estar en una situación de esta índole. Me siento como un canario dentro de una jaula, peor que un canario, como un perro enjaulado y encadenado. Un penetrante escalofrío invade cada una de mis células. Mi mayor temor es que me hagan daño y aún no tengo nada arreglado para proteger a mis seres queridos. He sido un despreocupado al no tener todo listo. He considerado ser una persona que ha aportado a la sociedad, he colaborado a fomentar el empleo en el país. La fortuna me la he creado con arduas horas de trabajo para obtener lo que hoy tengo. El tiempo de la pelea entre guerrilla y ejército, ha quedado atrás; sin embargo, ahora la nación está sumergida en el fango de la desesperanza y la violencia común. Las políticas económicas empleadas no favorecen al país; y, como una cadena de dominós, el mismo flagelo de inseguridad no incentiva la inversión. La demanda de empleo es tan alta que conduce a muchas personas desempleadas a buscar otras alternativas para obtener sus ingresos, la desesperación por no tener el pan de cada día, tanto para ellos como para sus hijos, conlleva a algunas personas a realizar actos ilícitos. Pero existen aquellos a los que simplemente les gusta tener la papa pelada, ganarse la vida suavemente, cometiendo los actos más horríficos contra nuestra sociedad; son como roedores destruyendo las cosechas de sueños que ha sembrado la gente honrada y trabajadora. Podré ser una persona chapada a la antigua, pero anhelo aquella época donde se gobernaba con puño de acero, donde la gente salía a las calles a altas horas de la noche y nada malo pasaba. Todo se ha desmejorado, todo ha ido de mal en peor en esta mi bella tierra que tanto adoro, bella tierra con su frondosa y mágica selva, con sus paradisiacos paisajes, con una de las culturas más ricas; y con su gente tan peculiar, con su humor, sus gracias y sus sonrisas.

¡Ay, Dios mío!, por mi mente recorro esos momentos en que conocí y besé a Laura por primera vez. Cuando nació nuestra primera bebé, Natalia. Cuando nació nuestro segundo bebé, Mauricio. De pensar que esa tarde, no quería salir de la casa de mis padres, donde aún vivía; pero si no es por insistencia de Daniel, un amigo del instituto donde estudiamos la primaria y secundaria, jamás la hubiese conocido. Fuimos a comer un domingo, a un restaurante ubicado en la avenida Las Américas, él iba con su novia y una amiga de ésta. Pedimos una botella de ron para acompañar la comida, esa chica se tomó la molestia de preparar y servirme mi trago, y además limpiaba meticulosamente la mesa por si estaba mojada. En un principio noté que le gustaba. La manera en que me sonreía, en que me miraba, y notaba un tanto su nerviosismo por la manera en que se tocaba el pelo, como un tic nervioso donde intentaba con el dedo índice darle vueltas y vueltas a su bella y rizada cabellera café. Sus ojos avellanados y su piel morena clara me atrajeron mucho. Su complexión física era atlética, en esa ocasión comentó que le gustaba jugar voleibol.

Terminado de comer, Daniel la iba a llevar a su casa, pero yo me ofrecí a llevarla. Sin pensarlo mucho, Laura aceptó mi propuesta. Dentro del carro, le pregunté si le gustaría ir a otra parte a pasear. Ella sugirió ir a visitar uno de nuestros mayores orgullos, que es la bella ciudad colonial Antigua Guatemala; me pareció acertada su sugerencia. Conduje por cuarenta y cinco minutos o una hora. Al arribar, caminamos por la Plaza Mayor y sus alrededores; conversamos largo y tendido para conocernos más. En el Tanque La Unión admiramos los viejos carruajes de caballos que se encontraban aledaños. Vimos a una pareja de personas de la tercera edad, que estaban por irse del lugar, como si se hubiesen puesto de acuerdo para dejarnos solitos. Sus lavaderos coloniales brindan una atmosfera romántica, y no dudé en besarla; ella correspondió a mi beso. Por último, fuimos a un restaurante local a degustar para la cena un platillo típico.

Por momentos tengo escalofríos en todo mi cuerpo, y este maldito dolor de pierna y brazos, no me deja al menos tener un poco de serenidad en este inmundo lugar. ¡Maldita sea! No entiendo cómo me está pasando esto a mí, ¡a mí! Por la gran puta. Qué diablos me irán a hacer después estos malditos zánganos, que sólo viven para hacer daño, que sólo viven a costa de los demás. Ahora pienso en cómo se hubiesen sentido mis padres al saber que éste sería mi paradero en la vida. Posiblemente ambos se hubieran muerto de la tristeza; y es que mi relación con ellos fue tan cercana que hasta me dejaron al mando de esta empresa y logré hacerla más fructífera. Sin embargo, me da cierta calma el saber que ellos ya están en los brazos del Señor, viviendo en paz. Pienso en mi familia, que han de estar angustiados sin saber si sigo aún con vida. Pero la imagen de Cindy viene a mí. A pesar de que ella sabe que soy un hombre casado, nunca me ha exigido que deje a mi mujer. Hemos llevado la relación a escondidas, sin que nadie se dé cuenta de lo nuestro. Ahora, con todo lo que sucede en este instante, no sé qué pasará por su mente, ¿me extrañará realmente? Lo que puedo garantizar es que ella ha disfrutado de lujos que le he brindado durante nuestro amorío; los cuales ella, con su bajo salario, jamás hubiese podido disfrutar.

De pronto siento un temor profundo cuando me ciega la luz al abrirse la puerta por uno de mis captores. No logro ver su rostro, el infeliz tiene puesto un gorro pasamontañas.

—Tranquilo, paisa, no te me pongas nervioso, que ahorita te voy a dar agua de beber, porque muerto no nos servís para nada —dice.

—Por favor, quítame las esposas, no aguanto las manos y los hombros por la posición en que estoy, tené piedad de mí —suplico con insistencia—. Quítame la cadena de mi pierna, de todas maneras... ¿cómo me voy a escapar de aquí? si tienen todo con llave... Ahh...

Quitamela, manito, ¡no ves lo hinchada que tengo mi pierna!

—Lo siento compa, pero por tu propia seguridad no lo hago —contesta.

—¿Por qué me hacen esto? ¿Quién sos vos? —Y me interrumpe las preguntas con una patada.

—Mejor hacé sho paisa, porque mientras más calladito estés, mejor van a ir las cosas con vos —advierte.

Ya no dije palabra alguna, y únicamente tomé agua de una botella que él sostenía. Pero por la forma de hablar noté que era una persona que no tenía mucha educación.

—Por si te da hambre, aquí hay un pedazo de pan. —El cual tira al suelo antes de irse y cerrar la puerta.

Entre la oscuridad no me importa rodar y comer ese pedazo de pan mugriento, ya que el estómago resuena por el hambre.

No existe duda alguna de que la privación de mi libertad es por motivos monetarios. Además, de la empresa comercial, que se dedica a la fabricación de *blocks*, pisos, muros prefabricados, casas prefabricadas, así como a la construcción, ampliaciones y remodelaciones; muchas personas saben que cuento con varias propiedades en el país. Trato de rememorar los hechos sucedidos antes de que me ingresaran a esa furgoneta. Pudiese ser que más de algún empleado estuviese involucrado.

Recuerdo que eran las siete de la noche en las oficinas de la casa matriz, me encontraba finalizando un estudio de factibilidad de un nuevo proyecto, en tanto algunos empleados estaban aún realizando las últimas diligencias requeridas, cuando el sonido de una impresora rompió la calma.

—Licenciado, le comento que ya está imprimiéndose el documento que usted me encomendó —dijo Martita.

—Gracias, Martita, usted nunca me defrauda con su eficiencia —respondí—. Déjeme el reporte en mi escritorio, que le estaré dando una hojeada al regresar. Ahorita voy a un restaurante a comer.

—¿No se le ofrece alguna otra cosa más? —con gentileza preguntó.

—No, Martita. Ya es tarde. Vaya a descansar, que sus hijos la han de estar esperando.

—Bueno... entonces nos vemos mañana. Pase feliz noche —y así se despidió.

—Buenas noches, Martita. —Como de cariño todos le dicen, dada su peculiar dulzura para hablar con las demás personas y su baja estatura; es una humilde mujer que está en sus últimos años para obtener su licenciatura en Administración de Empresas. Todos los sábados por las mañanas se levanta para ir a la universidad a recibir sus clases. Es el único día disponible en que se puede dedicar a estudiar, ya que su esposo puede cuidar a sus hijos, uno de ellos con síndrome de Down.

Me sentía agotado, pero tenía que terminar ese asunto en particular antes de regresar a casa.

—¡Sergio Alonso!... ¡Herlindo! —llamé y ambos salieron de sus respectivos cubículos.

—¿Sí, licenciado? —dijeron al unísono.

—¿Ustedes cómo van con sus reportes? ¿Ya mero van a terminar?

—Pues aún andamos verdes, creo que nos tomará unas dos horas más.

—Está bien. Ahorita voy a comer —dije.

Sergio Alonso era un muchacho recién llegado a la empresa, y estaba adquiriendo experiencia; venía de una familia de ingreso económico bajo, actualmente estaba cursando el primer semestre de Economía. Mientras que Herlindo estaba aún a media carrera de Administración; pero había dejado de estudiar; decía él, por el momento, debido a que se le complicó un poco su situación ya que su novia tuvo a su hijo hacía unos cinco meses. Su familia no le daba ningún soporte económico.

Al abrirse la puerta del ascensor, salió el licenciado Martínez, a quien contraté para el puesto de gerente de ventas, cargando un portafolio en su brazo izquierdo.

—¿Qué tal, licenciado?, ¿cómo le va? —dijo, mientras con un paso ligero se dirigía a su respectiva oficina.

—Muy bien —contesté y subí al ascensor.

Bajando desde el séptimo nivel, el ascensor hizo la parada en el nivel cinco. Al abrirse las puertas, un muchacho subió, el cual yo asumí acababa de tener una entrevista de trabajo. Luego apareció, como en cámara lenta, la escultural figura de Cindy, quien trabajaba para una empresa especializada en la venta, distribución y mercadeo de productos agropecuarios, cuyas oficinas abarcan un tercio de la planta.

—Hola, licenciado, ¿cómo le va? —dijo Cindy.

—Buenas noches —se despidió educadamente el desconocido muchacho, quien se bajó en el tercer nivel.

—Y entonces, ¿nos vemos mañana? —preguntó Cindy, al instante de cerrarse la puerta del ascensor, aproximándose sensualmente y luego arreglándome la corbata.

—Por supuesto —afirmé—. Mañana a las siete llego a tu apartamento —le dije dándole un beso sensible.

—*Ciao*, licenciado. —Ella se despidió al abrirse la puerta en el nivel del *lobby*. Con sus carnosos labios me tiró un beso al aire, y se retiró con una sonrisa de oreja a oreja. El taconeo de sus zapatos rompió la apacibilidad del corredor mientras me deleitaba al ver esas piernas bien torneadas, sustancioso entretenimiento visual que se disipó al cerrarse la puerta del elevador rumbo al sótano.

Aquel apartamento en donde nos encontramos lo pago de mi bolsillo, pero lo vale, Cindy es la mejor amante que he tenido. Ella sabe al juego en que se ha metido, y me fascina que sea una chica tan discreta. Recuerdo esa vez que la encontré en el supermercado, por la sección de licores, mientras mi esposa buscaba productos para la limpieza, tuvimos una pequeña conversación, porque solo nos veíamos durante el ingreso o salida al edificio, o en el ascensor. De pronto empezamos a frecuentarnos más, y almorzábamos en los restaurantes aledaños al edificio. Esos fueron los momentos que nos pusieron rumbo a la actual relación sentimental que tenemos. No voy a mentir, tengo una gran confusión en mi mente; y es que sigo amando a mi esposa, pero Cindy es una muchacha más joven, y el sexo es muy bueno. No sé, si será por la cotidianidad con mi mujer oficial, porque ahora con Laura todo es predecible. Ya no hay sorpresas. Debo agregar que ella ya no tiene ese cuerpo monumental que me atraía bastante. Ahora está más llenita, en verdad empezó a engordarse a partir del nacimiento de nuestro segundo hijo, y luego, con el correr de los años, la suma de los kilos la ha redondeado mucho.

Con todos estos pensamientos, me pongo a analizar si alguien sabía que me dirigía hacia el restaurante chino, o si me siguieron; porque fue a una cuadra de llegar a mi destino que fui interceptado por dos motociclistas, los cuales estaban armados; y luego apareció de la nada la furgoneta blanca con vidrios polarizados, y me hicieron subir a la fuerza. Ellos fueron las últimas personas que vi antes de mi captura. También puedo sospechar que algunos empleados de seguridad estuviesen involucrados. Aunque eso sí: de Martita y Cindy no tengo duda alguna, ninguna de las dos tiene nada que ver con lo que estoy pasando.

Sé que me he ganado varios enemigos durante mi vida. ¿Será que más de algunos de ellos estarán detrás de esto? Una lluvia de ideas viene a avivar de nuevo mi mente. ¡Francisco Xiquibij! ¿Será que ese indio resentido estará detrás de todo esto? Ahorita que recuerdo, ese mal nacido me amenazó cuando lo despedí junto con otras dieciocho personas en la planta de operaciones, localizada rumbo al norte de la capital. Como persona de negocios me toca estar evaluando los costos y muchas veces la única manera de reducirlos es despedir a las personas menos productivas, o a las que no ayuden a crear un buen ambiente laboral. Francisco Xiquibij fue una persona conflictiva. En diversas ocasiones escuché algunos comentarios respecto a este individuo, decían que era un agitador, aunque también mucha gente lo estimaba y lo apoyaba; así que me preocupaba que se fuera a convertir en algún líder y me formara un sindicato en la corporación. No hay peor cosa que tener un sindicato en una empresa, porque es un cáncer que se la carcome. Luego de nuestro encontrón jamás olvidaré esos ojos de fuego, esas palabras que tiraban cuchillas filosas, porque juró matarme por haberle privado de continuar trabajando para la empresa luego de nueve años de servicio. Por esas razones tomé tal decisión; y es cierto que lo mandé prácticamente a empujones a que abandonara los recintos de la fábrica, pero debería de comprender que él no era un pilar de iglesia para estar en la planilla laboral de esta empresa para toda la vida. Por otro lado, también pienso en Omar López, esta persona me dijo pestes antes de que también lo expulsara de la fábrica. Y si mal no recuerdo, era muy amigo de este Francisco, según me hizo mención el gerente del área en cuestión. Aunque por la forma de hablar de estos infelices, no pareciese que estén involucrados, y que sus palabras hayan sido de una cólera momentánea por la forma en que los retiré de la empresa. O ¿puede ser que sí?

Ohm... pero... espero que el compadre no tenga nada que ver con esto. Espero que la comadre no haya abierto la boca. ¿Y si se enteró que me estuve enredando con la comadre? La verdad no era mi intención que esto pasara, pero esto empezó el día en que los fui a visitar para ver al ahijado, quien tenía apenas un año. Él tuvo que irse de emergencia a ver a un paciente al hospital. La comadre esa tarde estaba bastante taciturna, me comentaba que, a partir del nacimiento del bebé, casi no se veía con el compadre, porque se mantenía en turno la mayoría del tiempo. Mientras el bebé dormía, y conversábamos en el sillón de la sala, la madre empezó a llorar, la empecé a consolar y no sé por qué terminamos besándonos y hasta teniendo sexo en el sillón. A partir de ahí, me cercioraba de que el compadre estuviera en el hospital para pasar a la casa de la comadre. Estuvimos así, como por año y medio, hasta que Laura resultó embarazada de nuestro segundo retoño. Decidí ponerle fin al asunto, la comadre se lo tomó tranquila y a los cinco, seis meses, resultó embarazada del segundo bebé. Esporádicamente hemos tenido más de algún desliz cuando se nos ha presentado la oportunidad, y sé que nadie se ha enterado del asunto. Aunque creo que el compadre me hubiera mandado a matar de una vez por todas y no mantenerme encerrado en este maldito oscuro y maloliente cuarto. Al final él tiene suficiente plata, y de qué le serviría tenerme vivo, salvo que quisiese darme alguna atroz lección.

No tengo ni la menor idea de cuánto tiempo estos infelices me han retenido. Esa inyección que me aplicaron dentro de la furgoneta me hizo dormir como si un boxeador me hubiese dado un golpe que me mandara a la lona, sin que tuviese reacción alguna para volver en mí. La cabeza me sigue dando vueltas y más vueltas; pienso

¿será ésta la forma de venganza de Darío Falla? Como simpatizante de la derecha, capaz éste tenga la sospecha de que fui yo quien dio información respecto a su hijo, en tiempos de la guerra civil, a las Fuerzas Armadas, para ser específicos a mi primo, siete años mayor que yo, y que era subteniente en esa época. Yo tenía mis sospechas de que su nene estaba ligado con fuerzas rebeldes. Cuando lo veía salir en su carro, escuchando música revolucionaria, portando equipaje pesado, me parecía como nervioso, sospechoso, observando de un lado para otro, como si pensase que lo estaban siguiendo. Inclusive vi en diversas ocasiones a personas ingresar a su casa, dando la impresión de ser estudiantes inmersos en fuerzas rebeldes y ya no digamos a más de algún indio, que venía a romper con el esquema del tipo de persona con la que un citadino de su estatus se juntase. Evité contacto con ellos, en un principio me saludaban y yo respondía a su saludo, pero existía algo que no me parecía, una extraña sensación, algo que me decía que no depositara mi total confianza en ellos. Unas pocas semanas después de la conversación con mi primo, los chismosos del vecindario comentaban que lo detuvieron; y hasta el día de hoy no se ha sabido de su paradero. Pero toda conversación quedó entre mi primo Ignacio— quien en ese tiempo era subteniente de las fuerzas de tierra— y yo. Ni la sirvienta, ni mucho menos fantasmas de otro tipo, merodeaban la casa cuando nos sentamos a beber un whiskey, a conversar sobre cómo la pasamos en mi luna de miel en Miami, esa tarde de domingo, mientras mi mujer, junto con su hermana, realizaban compras en el supermercado. Aunque este señor sí

sabe quién es mi primo, y qué tan seguido nos frecuenta-
mos; pero me pregunto: ¿tendrá sospecha alguna de que
yo hice un comentario a mi primo, sobre el hijo de este
señor? ¿Habrá sido mi primo quien ejecutó la orden para
que lo detuvieran? Este fue un tema que jamás volvimos
a tocar. Aunque, para ser sincero, considero que este señor
no está implicado en mi actual desdicha; porque si fuese
yo, ya no estaría vivo.

Durante mi estadía en este horrendo cuarto oscuro,
he logrado discernir que cuatro personas operan en este
malévolo lugar. Por el timbre de voces de mis captores,
he determinado que son tres hombres y una mujer. Está
el que me trae agua, el muy hijo de puta, que no hay
día que me deje de joder, y que por fastidiarme todavía
más me deja en el suelo un pedazo de pan. Tengo la
impresión de que ha de tener unos veinte años. Otra
persona de corpulencia más grande ha ingresado a este
cuarto a darme un poco de agua, pero no habla mucho.
También me parece que está en sus veintes. Estos dos
sinvergüenzas vienen cubriéndose el rostro con máscaras pasamontañas. Mientras que el otro hombre, quien
es posiblemente el mandamás, y que habla con una voz
ronca y ha de estar entre sus cuarenta o cincuenta años.
Al igual que una señora, que me imagino ha de coci-
narles a estos malnacidos; se la pasa viendo telenovelas,
y de vez en cuando las noticias del día. A pesar de que
el televisor está un tanto alejado de este cuchitril, logro
escuchar claramente. Lamentablemente ellos han sido
demasiado cautelosos en sus conversaciones, y ninguno

de ellos se ha llamado por algún apodo, mucho menos hacer mención de un nombre.

¿Y si mi primo Pedro está detrás de esto? Aquel sí tiene una razón válida para secuestrarme... y es porque el muy estúpido perdió casi todo en un abrir y cerrar de ojos. No he conocido a nadie tan imbécil como él para hacer negocios. Es demasiado precipitado para tomar decisiones, las toma sin analizar y no piensa en los resultados que tendrá la resolución tomada. El colmo es que hasta tuvo que hipotecar la hacienda por un estúpido negocio al cual se metió y no le rindió nada de frutos; por el contrario, terminó perdiendo lo poco que tenía y ahora se encuentra en tremendo lío financiero. Solicitó mi ayuda y yo le aconsejé acerca de lo que debe de hacer e inclusive le di un buen préstamo para que salde esa deuda, y de buena gente no le estoy cobrando un alto interés. Pero más no puedo hacer, yo también debo velar por mi familia, a que nada les falte. Jamás le perdonaría que él fuese el autor intelectual de mi cautiverio. Si así fuese, la familia se vería envuelta en un aparatoso escándalo, en el cual no le gustaría estar. Mi tío se moriría de la vergüenza.

El mismo cansancio de estar encerrado logra vencerme de nuevo. Pero esta vez, algo peculiar me despierta. Es el llanto angustioso de una mujer suplicando que la dejen libre y que no le hagan daño. Mis captores se ríen. Parece tratarse de una mujer joven. De pronto un gemido tortuoso se escucha una y otra vez. Eso me hace pensar que lo peor sería que estuvieran realizando un complot hacia mi persona un grupito de mujerzuelas.

Después de haber visto esa película de Clint Eastwood, donde las compañeras de una prostituta ofrecen una recompensa por la cabeza de dos vaqueros luego de que la golpearon y la dejaron desfigurada. No sé si el estar encerrado me hace pensar este tipo de estupideces, pero aquí, en este país, todo es posible que pase. Tal y como el caso del secuestro de un niño a cambio de un refrigerador, que considero es lo más insólito que he escuchado. Si le habrán pagado a algún miserable para que me secuestre y reciba una recompensa a cambio, por el hecho de propinarle una buena golpiza a una putita, porque le quebré la nariz, un par de dientes, e inclusive la agarré a patadas cuando cayó al suelo. Aunque otra de las putitas que se encontraba con ella, jamás olvido sus ojos verdes, bastante finita la muy desgraciada, salió a la defensa de esa infeliz. Esa noche, que dispuse salir con mi sobrino y uno de sus amigos, acepto haber estado bastante tomado, pero la muy maldita se lo merecía. Con tanta droga se puso imbécil esa noche, que me aruñó la espalda. Me preocupaba el pensar que mi mujer podría descubrir, con tremendo arañazo, que anduve con otra.

Tengo una lluvia de pensamientos. Por poco que he meditado sobre casi toda mi existencia al estar encerrado en esta pocilga. No puedo certificar si algunos de los individuos de los que yo pensé, están envueltos en mi sufrimiento, pero sí puedo dar testimonio de que aquí la situación la estoy viendo bastante fea. Aunque los individuos que me tienen retenido me dijeron que están en contacto con alguien para intercambiar mi persona por un monto, el cual no me especificaron.

Estoy completamente desesperado, los días que parecieran ser únicamente noches son eternos, la arena del reloj transita con parsimonia. Es como estar en el limbo de la incertidumbre, si me liberan será mi paraíso; y si no, no me quiero imaginar lo que estos energúmenos me van a hacer. Si me meten un tiro en la cabeza, tal vez esto me haga feliz, porque será un instante y después ya nada de dolor. Pero si estos malnacidos me van a torturar primero, hacerme sufrir, para luego acabar con mi existencia, eso sí me preocupa. ¡Ay, Dios mío!, ¿qué irá a pasar con mi esposa y mis hijos, si estos me hacen daño? Es posible que estos malditos estén comunicándose con mi hermano, que es mi mano derecha.

Suena el tétrico sonido de la puerta que se abre como el de esas películas de terror en blanco y negro. La intensa luz me ciega por completo. No puedo ver absolutamente nada, solo la difusa silueta de ese bastardo.

—Tenés suerte, serote, que te tengamos vivito y coleando, porque no veo ninguna seriedad de parte de tu familia respecto a nuestra petición, por lo que les enviaré una pequeña prueba de lo que soy capaz de hacer —dice en tono bravucón el que parecía el mandamás de ese grupo.

De pronto la imagen borrosa se empezó a aclarar, cuando entraron los otros dos individuos. El flacucho vuelve a meterme una patada, por el simple hecho de patearme, mientras que ellos se carcajean por mi reacción. Siento que no puedo respirar del miedo. El sudor corre por mi cara a mares. El corpulento me mete una patada en el estómago, me coloca boca abajo, mis brazos los siento adormitados, luego pone su rodilla en mi espalda, y entonces siento como si fuese a fracturármela. Toma mi dedo meñique de la mano izquierda

—Hoy sí, mi rey. Ahora se me aguanta como los machos —dice el flacucho.

—¿Qué hacen? ¿Qué hacen? —pregunto pertinazmente. Mientras ellos, como si fuesen hienas, se ríen de mí. Se ríen con desidia e inhumanidad.

—Calmate, mi rey. Calmate.

—¡Ay, ay, ay, ay!, ¡¡puta madre, hijos de puta!!, ¡¡¡ah, ah!!! ¡malparidos de mierda!

—Calmate mi rey. ¡Ja, ja, ja, ja, ja!

—¡Ay, ay, ayyyyyyyy, putaaaaa! ¡Ayyy, ayy!, ¡mi dedo! ¡Mi dedo! ¡¡¡Hijos de puta!!! ¡Todos ustedes son unos hijos de puta! ¡¡¡Malparidos de mierda!!! —grito con todo furor. Como si gritando se me quitase el intenso dolor, después de que me cercenaron el dedo meñique de mi mano izquierda. No puedo contener las lágrimas.

—A lo mejor esta prueba les hace tomarnos más en serio —dice quien aparenta ser el mandamás.

—¡¡Ayyy, mieeerda, malditos!! —grito mientras me colocan un cuchillo candente para cauterizar la herida. Es un dolor que no puedo describir, es tan agudo, tan fuerte, que me hace desmayar.

No sé cuánto tiempo transcurrió hasta que volví a abrir los ojos. Mínimo, estos ingratos tuvieron un poco de compasión al quitarme las esposas por esa noche; esto fue el único acto humano que hicieron con mi persona desde que me retuvieron en ese andrajoso lugar. Mi mano izquierda estaba envuelta con una gaza para proteger el área donde estuvo mi dedo meñique. La herida me dolía hasta la madre. Pasé toda la noche despierto, con la incertidumbre acerca de qué sucedería al día siguiente.

Escuchaba la conversación de los actores de la telenovela que transmitían en ese instante. En seguida un balbuceo de voces se dejó escuchar. Me encontraba sentado contra la pared y sosteniéndome la mano, cuando ingresaron los tres malditos.

—Tenés suerte manito, que tu familia te quiere mucho. Pagaron el monto que solicité por tu linda cabezota. Soy una persona de honor, y he decidido no matarte, si no devolverte con tu familia —con voz ronca dijo el líder.

Empecé a llorar, no podía contener las lágrimas. Esa angustia mermó por un instante y la esperanza de vivir renació en mí de nuevo. Tenía tantas ganas de abrazar a mi esposa, a mis hijos. Me pusieron una manta negra sobre la cabeza, que no me dejaba ver nada, y encima la apretaron al punto que no me dejaba respirar del todo; me colocaron las esposas, pero esta vez con mis manos adelante. Luego escuché el *clic* que me indicó que me estaban removiendo la cadena del pie. Me levantaron y subieron al vehículo, que por lógica asumí que era una camioneta. De pronto escuché el estruendoso sonido de cuando alguien cierra la maletera. Mi cuerpo tambaleaba de terror, luego me dio la impresión de que conducían sobre terracería, pero en verdad manejaban como maniáticos porque el vehículo saltaba de un lugar a otro. Con rudeza hicieron la parada, abrieron el baúl, me sacaron tirándome al suelo que estaba húmedo.

—Adiós, hijueputa, que pases feliz noche —con voz burlesca se despidieron. Aceleraron el carro y la fricción de la llanta con la tierra hizo que lodo cayera en mi cuerpo. El sonido del motor se fue alejando poco a poco.

No veía nada, me logré sentar. De pronto todo era silencio. El sonido de la noche me acompañaba.

—¡Auxilio! ¡Auxilio! —grité como loco. Los eternos minutos pasaron hasta que por fin el sonido de un vehículo se empezó a acercar lentamente.

—¡Ahí está! —escuché a lo lejos. Los murmullos se hacían más afanosos y luego escuché el sonido del trote de personas. Un oficial de la policía removió la manta negra de mi cabeza y me quitaron las esposas. Me levantaron y ayudaron a ingresar al vehículo. Me pusieron hielo en las manos y me dieron agua, estaba sediento a morir. Luego me llevaron a un hospital, donde vi a mi esposa e hijos y pude abrazarlos; una vez que lo hice ya no los quería dejar ir. Jamás en mi vida me sentí tan feliz como en ese instante.

Transcurrido los meses, después de que tuve la oportunidad de dar un par de entrevistas con los medios, unos agentes me pidieron que identificara a algunos individuos. En mi cautiverio, nunca logré ver rostro alguno. Eran los cadáveres de dos adultos de aproximadamente veinte a veinticinco años, pero yo no tengo ni idea de quiénes son. Los agentes me comentaron que estos dos jóvenes estuvieron involucrados en el asesinato de otro jovencito secuestrado, el cual encontraron a orillas del lago de Amatitlán. El cadáver presentaba un impacto de bala en la cabeza.

Hasta el momento no sé quiénes fueron mis captores, pero ahora tengo la oportunidad de compartir con mi familia de nuevo. Con respecto a Cindy, las cosas posiblemente cambien un poco, no lo sé; o sigan igual, pero debo ser cauteloso para que mi mujer no se entere. Estoy más que consciente de que, aunque mi estilo de vida no vaya a ser el mismo, seguiré sacando avante la empresa de la familia. ¿Se hará justicia? ¡Qué sé yo! A pesar de que la experiencia de estar secuestrado no fue nada grata, me ha llevado a tener un poco de fama. Podrá sonar disparatado mi pensamiento, pero estoy seguro de que ahorita tengo los medios de comunicación a mi disposición, con tal de tener alguna primicia de noticia. Estoy en una postura tal que se me salen las lágrimas de la risa, por lo irónica que es la vida; e, insisto, mi pensamiento podrá ser disparatado, pero puedo tomar ventaja de esta situación. Antes de que se esfume la fama creada, como buen empresario debo empezar a evaluar en dar los primeros pasos para involucrarme en política.

N.I.B.

«Ni la muerte, ni la fatalidad, ni la ansiedad,
pueden producir la insoportable desesperación que resulta
de perder la propia identidad».
—H.P. Lovecraft

¡A la puta! Ahorita no estoy para esta mierda. Solo esto me faltaba para completar mi día. No entiendo por qué estos dos desventurados agentes me hicieron la parada. Voy conduciendo tranquilamente, no ando zigzagueando carros de un carril al otro. Entre menos ejecuto estúpidas maniobras al conducir (cómo muchos otros tontos lo realizan), menos presa fácil seré para la policía; para que me pidan papeles y se pongan a expurgar mi BMW. Sé que los vidrios están completamente polarizados; sin embargo, ando con la ventanilla del conductor baja. No me considero tan feo, una descuidada barba sí, o salvo por la cicatriz en mi párpado derecho, la cual fue por una caída que tuve cuando tenía cinco años. Espero que no se me vaya a complicar mi jornada nocturna. Tengo suerte de que me deshice ya de toda la droga. La plata la guardé en un compartimiento que yo diseñé y lo coloqué debajo del carro, para no andar con todo en mis bolsillos. Esto porque no me preocupa que se vayan a robar mi carro, ya que muchas de las deshuesadoras y talleres mecánicos tienen pleno conocimiento acerca de quién es el dueño. Si algún maldito se lo roba, es muy factible que ya no la cuente después. Salvo que lo dejen intacto y lo estacionen en el mismo lugar donde lo encontraron, como si nada hubiese pasado, tal y como ocurrió en una ocasión. Esto lo logré confirmar cuando fui a que le cambiaran los frenos, los cuales ya estaban bastante desgastados, fue hace un año y medio. Me comentó el dueño del taller que unos patojos le fueron a llevar mi carro para que lo deshuesara y pudieran venderlo por partes. Pero, teniendo pleno conocimiento de las características de mi carro, les advirtió de lo que les podía suceder sino lo regresaban adonde lo encontraron; de lo contrario, podrían tener un encuentro infortunado conmigo, y no querían ni imaginarse cuál sería su destino. La verdad es que, atando cabos, recordé que el asiento del conductor estaba un poco adelantado.

Hace un par de horas fui a cobrar un dinero que un pobre desventurado me debía. El muy idiota, y su maldita adicción a ciertas drogas, así como a las apuestas en peleas de perros, de gallos, jugando cartas, tirando los dados y en cualquier cosa en lo que tenga la oportunidad de apostar. Incontrolablemente busca saciar sus demonios internos, recurriendo ayuda con sus colegas. Antes lo hacía conmigo, hasta que un día pensó verme la cara de idiota. Al visitarlo y pedirle amablemente mi dinero, no quiso pagarme. No logré expurgarle algo. No tuve otra opción que tomar un martillo y pegarle con extrema fuerza en el pie derecho para quebrárselo. De esta manera lo persuadí para que en menos de cuatro horas consiguiese la cantidad estipulada a pagar. Yo no sé cómo le hace, pero proviene de una familia de mucho dinero. No sé si ellos le suplirán con plata, o recurre a otros medios, aunque la verdad no me interesa saber. Hoy no tuve ningún problema con él; y con una cita bíblica, Romanos 13:7-8, me despedí diciendo: «Pagad a todos lo que debéis: al que tributo, tributo; al que impuesto, impuesto; al que honra, honra. No debéis a nadie nada, sino el amaros unos a otros; porque el que ama al prójimo, ha cumplido la ley», y añadí «Entonces mi estimado compa; usted ha cumplido con cancelar sus deudas conmigo, continúe así».

Ingresé a mi BMW, para seguir con mis planes de acción del día, y cavilé del porqué lamentablemente existen personas que hacen caso omiso a lo que uno les advierte. Además, tengo que agregar que, en esta vida, especialmente en negocios, la lealtad es vital en el diario vivir. Hace un mes, durante un encuentro en una cafetería localizada en el corazón de la ciudad capital tuve una amena plática con un compa. Antes de despedirnos le conté una pequeña anécdota que viví cuando era apenas un niño: «Cuando vivía en Santa Lucía Cotzumalguapa, mi abuelo tenía un perro que se llamaba Tutti Frutti. No sé de dónde sacó ese nombre para empezar, pero lo nombró así porque era muy dulce con él. Donde quiera que caminase, el perro le seguía. Para mi abuelo era su eterno compañero, ya que mi abuela había fallecido, y yo jamás la conocí. El abuelo aprovechaba la masa de las tortillas para prepararle los enormes pishtones y le daba el suero de la leche para mantenerlo bien alimentado. Estaba gordo el condenado. Dormía en el mismo cuarto que mi abuelo. Era su guardaespaldas. Lo acompañaba cuando iba a la casa de una señora que vivía cerca, a unos veinte minutos de donde residíamos. Ella tenía cuarenta años, así que era treinta años menor que él. En ese tiempo, siendo yo tan inocente, nunca pasó por mi cabeza que estuviera teniendo una aventura amorosa. Pero por azares del destino, no sé qué paso con el Tutti Frutti. No sé qué le habrá picado, pero una vez le hizo una mala mirada a mi abuelo y lo mordió. Mi abuelo amaba tanto al animal, que le ofreció otra oportunidad. Sin embargo, éste volvió a manifestarle gestos de agresión. Mi abuelo no lo pensó más, agarró su pistola y le metió un tiro en la cabeza. Al perro lo dejó tirado en un potrero de una finca vecina, para que los zopilotes se lo comieran. Vaya que mi abuelo lo lloró. Y aquí queda la moraleja de esta pequeña vivencia mía a través de un refrán que dice: Nunca muerdas la mano de quien te da de comer».

Por lo visto, a las semanas, ese compa quiso amedrentarme, y el tiro le salió por la culata. No sabía lo que le esperaba, por lo que simplemente le llevé su regalito para que se acordara de mí. Pensó que, mandando a dos mareritos, iban a lograr golpearme y asustarme; pobres bastardos. Yo contaba con habilidades adquiridas en combate durante la guerra civil, y debido a que tuve la fortuna de tener a un guía que me enseñó defensa personal, a utilizar armas de fuego y hasta trucos de cómo emplear artefactos explosivos. Aunque este último no he llegado a realizarlo porque emplearlo llama demasiado la atención de los medios de comunicación y prefiero mantener un perfil bajo. Esos pobres bastardos pensaron que con navajas y unos tubos de metal, les iba ser fácil vencerme. He enfrentado a muchos contrincantes, hasta mejores que estos, y he salido avante. Verles los ojos a estos pobres diablos me daba risa y reforzaba la confianza de que me las podría arreglar solo, aparte que tenía conocimiento de lo que las cartas del tarot me auguraban (ya, en varias oportunidades, visité a una señora experta en el tema de la adivinanza y ocultismo, quien luego de tirar las cartas me informó lo que el destino me deparaba). Observaba los ojos asustados de los dos mareritos y cómo el sudor recorría sus mejillas, cómo les temblaban las piernas y sus movimientos mostraban nerviosismo, con un temor tal que es posible que supieran qué tipo de persona soy. Pero por eso pienso que son unos tremendos imbéciles, porque les hubiese sido más fácil de contar con armas de fuego. Cuando tuve a uno de ellos con los dientes acariciando la orilla de la banqueta, comenzó a soltar toda la información, y así supe quién estaba detrás de todo esto. No me tomó demasiado tiempo meditar cuál sería mi proceder. Simplemente borrar a ese compa del mapa era un accionar demasiado fácil. A mí me gustan más los retos, es mi manera sadomasoquista de disfrutar la vida. Sabiendo que está divorciado, con dos hijos y con una nueva noviecita de la que está bien enamorado; le estaría dando una pequeña lección por donde más duele. Asesinarlo psicológica y moralmente, dañando a la persona que más ama. Podrían ser sus hijos; pero la persona ganadora al tirar la moneda fue ella, a quien proporcioné de producto para su consumo, en diversas ocasiones. Una infeliz que ha caído víctima del veneno hipnótico que transita en esta ciudad. Otra infeliz de las tantas infelices que forman parte de las estadísticas. Fue una grotesca obra de arte la que realicé. Mi naturaleza no pudo contener todo lo que ejecuté anoche. El único *souvenir* que dejé hoy por la madrugada para ese maldito bastardo fue esa caja. Para que la recordase mejor, dispuse dejarle puesto el anillo que posiblemente él le regaló o que tal vez ella haya robado, porque tengo pleno conocimiento de que ella no tenía suficiente dinero en su insignificante existencia para comprar algo así. El engendro de cien mil putas sabe que no puede llamar a la policía, sería el primer sospechoso en el final grotesco que tuvo su noviecita, aparte que el haber colocado un pedazo de prenda del traidor junto al cuerpo, ayuda para mis propósitos. Ahora ya sabe con quién se está metiendo.

Me fascina la adrenalina, el estar caminando en la cuerda floja, coqueteando con doña Macabra. En el bajo mundo no existen reglas, es la ley del más fuerte. Mientras hago la parada en la orilla de la calle rumbo a la Zona 18. Apago la radio, que sonaba a un volumen moderado; dejando a medias la canción N.I.B. de la banda británica Black Sabbath. Observo pasar a los apresurados vehículos. A la distancia veo a unos patojos, uno de ellos con un comportamiento errático, queriendo posiblemente llamar la atención de los otros. En tanto, se bajan los dos oficiales de la patrulla y se aproximan a mi BMW.

—Buenas noches —saluda el agente, con cara de pocos amigos, bastante cachetón, bien alimentadito el hijo de su madre, y con un olor a sobaco insoportable, que por momentos me hacía preguntarme cómo su otro compañero lo podía soportar dentro de la radio patrulla. Mientras tanto el otro oficial, de complexión tonificada, como si levantara pesas, se quedó parado detrás del vehículo.

—Buenas noches, señor oficial, ¿en qué puedo ayudarle? —pregunté.

—Hice la parada porque noté que tiene quemada la luz trasera del carro, —afirmó— es vital que todas las luces del vehículo estén funcionando apropiadamente —agregó.

—¡En verdad! No me he percatado al respecto —objeté mientras observaba que sus ojos miraban dentro de mi vehículo, queriendo encontrar alguna razón para mantenerme más tiempo y sacarme algún dinero, malditos cerdos miserables.

—Lo molesto con que salga del vehículo, lo vamos a revisar —solicitó. Luego preguntó— ¿Posee alguna arma de fuego?

—¿Perdón? —exclamé como si no hubiese entendido lo que me estaba preguntando en tanto me revisaban de pies a cabeza. Pero a veces uno se encuentra con agentes que no son totalmente tan idiotas como otros. Luego estos se miraron el uno al otro. Sus miradas eran neurasténicas, noté que el oficial regordete sudaba al estar cerca de mí, el otro me observaba con inquietud, entonces puso su mano sobre su pistola. Entonces actué velozmente.

Di un giro magistral, propinando un fuerte empujón al agente; en tanto que él caía al suelo, yo me robé su arma de fuego de su cinto. El otro agente, que parecía encontrarse listo por si sucediese algo malo, en el momento preciso se congeló al ver mis rápidos movimientos. Sacó su arma de fuego demasiado tarde. Mi accionar fue más vertiginoso. Disparé directamente a su frente, matándolo al instante. Luego volteé y apunté el arma contra el otro oficial. Sus grandes ojos cafés oscuro, se salían de sus orbitas, como si fuesen a salir disparados. Sus cachetes temblaban sin cesar. Él no tenía la menor posibilidad de actuar y defenderse. Me encontraba en total control de la situación. Observarlo indefenso no me producía ninguna lástima. En dicho instante temblaba de excitación, como si sintiese que lava recorría dentro de mis venas. Sin pensarlo más, descargué todas las balas sobre su rostro.

Dejando el pasado a un lado y encapsulándome en el momento. Jijijijiji. Reía en mis adentros, instantes después de haber soñado despierto, haber tenido una especie de súper paja mental de cómo liquidaba a los infelices polizontes, con mis habilidades a lo Chuck Norris. El policía volvió a preguntar si contaba con un arma de fuego, e inmediatamente respondí que no.

—¿Podría abrir la cajuela del carro, por favor? —solicitó el oficial regordete.

—Por supuesto, señor agente —contesté. Entonces abrí la cajuela del carro. Luego se puso a revisarla, aunque estaba completamente vacía. Inspeccionó la llanta de repuesto, sacó algunas herramientas y verificó que todo estaba en orden.

—Aquí todo está limpio —indicó—. ¿Me permite ver la guantera? —solicitó.

—Usted dele, oficial —contesté.

Abrió la guantera y notó que solo estaban los documentos del carro, lo que no exploró fue debajo del asiento del pasajero. Suerte la mía. De lo contrario el asunto se hubiese tornado hostil, por mentirles respecto a que no porto arma de fuego.

—Bueno, vos, aquí todo está bien —explicó un oficial al otro.

Estaban por dirigirse a su radio patrulla. De pronto, el otro oficial, un tanto curioso, volvió a examinar fugazmente el carro. Abrió la puerta del asiento trasero y cuestionó:

—¿Y esa cartera que está en el asiento de atrás?

—¡Híjuela! Mi prima la dejó. Me urge regresar a su casa a dejársela porque mañana la va a necesitar; ahí ha de tener sus documentos de identificación, la chequera y otros papeles de importancia —expresé con sorpresa.

Se tragaron mis palabras. Arreglamos de manera caballerosa el asunto de la luz quemada, al darles el insignificante monto que el oficial regordete estipuló. Asimismo, de jurarles por la vida de mi madre, que arreglaría ese problema.

—Que pase feliz noche —dijeron ambos oficiales.

—Feliz noche, señores oficiales —amablemente me despedí de esos hijos de su mamá.

Se subieron a la radio patrulla y continuaron con su camino. Luego extraje de mi bolsillo el paquete de cigarros, un encendedor Zippo, que por no estar muy cargado con nafta me dificulta prenderle fuego al cigarro. Inhalo. Exhalo. En este instante, ya siento tranquilidad. A la vez pienso: ¡Qué imbécil fui! Debí haberme desecho hoy por la mañana de la cartera de esa infeliz. En fin, todo ha salido bien. Ahorita me deshago de ella, y continúo con mi recorrido nocturno.

Perfidia

Con la montaña de papeles aún por revisar y darles el visto bueno, en un día no tan magnánimo, como algunos otros en los que las ganancias han registrado números bastante generosos, salgo apresurado de la empresa para reencontrarme con el investigador privado a quien contraté hace un par de meses para que siguiera a mi esposa. Debo exponer que no me he percatado de que ella me fuese infiel. Cuando está conmigo es cariñosa, me hace sentir importante, me hace sentir querido. Jamás he dudado de su lealtad. Sin embargo, en una tarde de un agitado jueves, regresé a casa un tanto cansado, con los nervios de punta, un malestar que no sé describir, me sentía sudoroso como si tuviese fiebre. Pero no era nada de eso, era por un problema engorroso que aconteció con unos clientes que llegaron a abordarme en la oficina. No eran el tipo de clientes que uno quisiese tener; pero, en fin, el dinero habla, y hay demasiados tratos bajo la mesa. Como buen ciudadano les proveo un servicio. Debo tener demasiada cautela, en especial porque no considero que sean individuos fiables. Mi angustia del momento fue segada por un hecho un tanto peculiar; cuando noté que el estúpido perro de la vecina estaba orinando sobre el portón de mi casa. Estacioné el auto, e inmediatamente correteé al infeliz para que dejara de orinar. No me quedó otra solución que confrontarme con la vecina, una señora malencarada, con unos sesenta y tantos años en su cuenta; viuda desde que la he visto, no le he notado pretendiente alguno, al contrario de lo que hizo una tía que enviudó a sus setenta y dos años, pero no esperó tanto tiempo para verse con nuevo amante, unos años un tanto menor que ella. Le solicité en el mejor tono posible que cuidase a su perro, porque no me hacía ninguna gracia estar limpiando el portón a cada rato, ya que no era la primera ni segunda vez que sucedía este incidente. Estaba completamente molesto porque ella no quería hacer nada al respecto. Debido a su negativa reacción no me quedó otra que maltratarla, mentándole a su generación completa, porque tanto a ella como a su perro infeliz, no los soporto. Aunque la muy cabrona me profetizó hasta de qué iba a morirme; e incluso mencionó que yo era poco hombre para cuidar debidamente a mi mujer. Si hasta reveló que soy un completo inútil porque ella veía que otros hombres llegaban a mi casa a satisfacer a mi esposa. Con dicho comentario, tan punzante como una daga filuda, sus palabras ponzoñosas fastidiaron mi día entero; sembrando en mí la semilla de la duda de si Roxana era o no infiel.

No he notado nada fuera de lo normal en su actuar. Cada día que me levanto de la cama y me arreglo para salir a mi lugar de labores ella me ayuda a arreglarme el nudo de la corbata, a colocarme el saco, me prepara esa taza de café mañanero. Muchos de los pequeños detalles que ella realiza hacia mi persona, me hacen realmente feliz. De buen humor me dirijo hacia mi lugar de labores; mi propia empresa, que ha crecido formidablemente, y que nos ha brindado todos los lujos posibles, y que ella tanto ha disfrutado. Esos paseos en el bote en el lago de Izabal, en el Río Dulce. Esos cruceros a Belice, a sus bellas playas. Esos viajes a Nueva York, Florida, Washington D.C., San Francisco, Las Vegas. Esas escapadas a Europa; a las islas caribeñas. Todos esos momentos que hemos disfrutado juntos. No sé de qué otra manera puedo demostrar mi amor hacia ella. Le he dado vestidos deslumbrantes, para realzar su belleza y hasta joyas, para que se vea más hermosa. No sé qué más querría de mí. No sé qué querría ella que le diera para satisfacerla, y que se sintiera plena, completamente feliz a mi lado. Si ese fuese el caso, entonces no encuentro las respuestas correctas. Entonces, para quitarme la duda que tanto me ha fastidiado, contraté los servicios de un investigador privado. Bueno, para empezar, es una persona recomendada por otro amigo, al cual le hizo un trabajo que le resultó completamente satisfactorio. No quiso darme los detalles de qué tipo de investigación ejecutó, pero según él, que hizo un buen trabajo, lo hizo. Mientras tanto, en lo que realiza su labor, en estos días de incertidumbre, he actuado como si nada hubiese pasado. He continuado con mi vida común y corriente, trabajando y dando todo mi mayor esfuerzo para captar más clientes, y para que esta empresa crezca aún más, para, obviamente, tener una mayor ganancia. Aunque en estos días Roxana ha manifestado su desagrado por la manera en que estoy bebiendo. Alega que he estado bebiendo más de lo normal. ¿Pero qué podría esperar ella? Aunque no lo sabe, esa duda me mantiene inquieto; hago el mejor esfuerzo para continuar con mi vida normal.

Después de tanta zozobra, en la oficina, recibí la llamada del investigador privado, citándome en el Bar Granada, ubicado a un par de cuadras atrás del Palacio Nacional. Dejé todo mi trabajo sin concluir, quería apresurarme para llegar lo más pronto posible, como si fuese a recibir alguna herencia. Quería salir de una vez por todas de esa maldita duda que me carcomía cada día. Ya no aguantaba más, sentía que mi cabeza explotaría de tantas ideas que había creado en mi mente. Llegando al lugar, se encontraba sentado, esperándome. De estatura baja, con rasgos indígenas, de apariencia serena, perspicaz; amablemente me estrechó la mano y solicitó que me sentase. Con una leve señal, con su mano derecha, llamó a un empleado.

—Muy buenas tardes, señores, ¿qué se les ofrece? —dijo el mesero.

—Me puede traer un trago de Venado Especial con Coca-Cola, por favor —solicitó— Y usted, don Aurelio, qué desea tomar?

—Lo mismo que usted, por favor —sencillamente respondí.

Subió el portafolio a la mesa, para ingresar la contraseña y abrirlo. Extrajo un sobre manila, lo puso en la mesa, luego bajó el portafolio y lo colocó recostado sobre una pata de la mesa. El momento de la verdad había llegado. Abrió el sobre, sacando un puño de fotografías. Me miró profunda y serenamente a los ojos. Vi la primera foto, y no lo podría creer, vi la segunda, la tercera, la cuarta, ya no podía continuar. Mis ojos no lo podían creer.

—¡¿Cómo pude ser tan imbécil!? ¿¡Cómo pude ser tan ciego!? ¡Hasta en mis propias narices sucedieron las cosas, y ni cuenta me di! —me recriminé una y otra vez— No puedo creer que todo esto me esté sucediendo! ¿¡Cómo fue posible que las cosas se tornaran de esta manera, después de todo lo que he hecho por ella!? ¡He dado toda mi vida por ella, todos esos besos, todas esas caricias, todas esas rosas que le regalé, todos esos chocolates que le obsequié, todas esas melodías que le dediqué! ¡No puedo creer que esto esté pasando!

Ligeramente tomé el trago que nos sirvió el empleado y solicité me trajera una botella. Era la única manera de calmar mi dolor.

—Don Aurelio, sé que esto es duro, pero cálmese — solicitó el investigador.

—¿Pero, cómo quiere que me calme; con todas esas fotos de mi mujer acaramelada con un malnacido zángano? —repliqué.

Al rato le di al hombre un sobre blanco conteniendo un cheque con la cantidad estipulada. El investigador lo recibió y lo metió dentro de la bolsa de su saco. Sin mediar palabra se fue, dándome una palmadita en mi hombro derecho, solidarizándose con mi dolor, posiblemente no sabía qué decir al notar cómo mi rostro se desencajó por la traición de mi mujer.

Quiero olvidar, quiero dejar de pensar. Vuelvo a ver el resto de las fotos, incluso hay una foto que no sé dónde diablos la tomó, pero él se encuentra sin camisa y ella lo está besando. Qué hija de su madre. Madre mía, y ahora me encuentro en este lugar, tratando de olvidar a esa malnacida. Por lo que noto, aquí francamente solo hay descorazonados, igual que yo. He aquí, frente a mí, una botella de Venado Especial blanco, una Coca-Cola, y dos limones partidos cada uno en cuatro pedazos. Introduzco todas las fotografías en el sobre de manila, para olvidar su rostro. Salgo por un instante a guardar dentro del vehículo las contundentes pruebas de la falsedad de esa traicionera. Ingreso de nuevo porque necesito beber para poner en orden mi cabeza. La garganta me arde al beber cada trago; pero más me arde el corazón. Como si le hubiesen vertido sal a mi herida. En un santiamén, se fue todo en el drenaje de la perfidia. ¡Yo que tanto la amo! ¡Yo que tanto la adoro! Me dejé llevar por su jovial hermosura. Por su sonrisa de miel. Sus palabras engolosinaron todo mi ser. Me dejé llevar por sus divinos pechos. Su sexo… su omnipotente sexo. Ahora me siento como una cucaracha. ¿De qué sirve arrepentirme ahora, de abandonar a mi mujer, por ella? Ella, quien me sedujo con sus ojos grises como el mar en invierno, ojos que me hipnotizaron, que me enloquecieron e hicieron perder todo juicio. ¡Tiré a la basura toda una vida hecha con mi otra mujer e hijos por esta hija de su madre, esta hija de su madre que me salió de casquitos ligeros! ¡Ella, revolcándose en nuestra propia cama con ese infeliz, ese maldito muchacho al que no sé qué jodidos le ve! ¡Ese muerto de hambre! ¡ese bastardo que ha tenido el descaro de saludarme cuando me lo encuentro en el vecindario! Estas fotos que tengo, que me acaba de dar el investigador privado, son mi única salida para que no me extirpe ni un centavo más de mi bolsillo. ¡Esa infeliz no merece nada proveniente de mí! ¡vaya lugar en que vine a juntarme con ese investigador! En este recóndito lugar tengo la seguridad de que no habrá algún conocido mío que pueda deleitarse con mi dolor. No quiero que me vean sufrir. Me niego a sollozar ante mis colegas, clientes frecuentes y personas allegadas a mí por una mujer que no vale la pena. Mi reputación la estoy creando con mi arduo trabajar y mis habilidades en el ámbito financiero. Pero también debo recalcar que nadie me ha visto caer de esta manera. ¡Nadie me verá caer! ¡Nadie me verá con la cola entre las patas! ¡Me niego rotundamente a que me vean sollozar, y más aún a que me vean caído por un mal amor! Dejé perder una gran parte de mi vida al lado de alguien que no siente nada por mí. Ni siquiera un poco de respeto, mucho menos amor. Bueno, este trago va por usted, amargada vecina, hija de Belcebú, porque por usted, en mi cabeza empezó a rondar esa incertidumbre perversa respecto a Roxana. Si era o no era infiel. ¡Ayyy! ¡qué desgracia! ¡Vaya sorpresa con que me salió la muy maldita! ¡No tuvo corazón para decirme desde un principio que ya no sentía nada por mí! Todo este tiempo fue una pantomima. ¡Todo fue una actuación!

¡Que hasta le podría dar el premio Óscar de la Academia, por mejor actriz, por la manera en que me convenció de lo tanto que me amaba! ¡¡¡Qué hija de puta!!! ¡La muy orgullosa, hasta tuvo el descaro de sacar a relucir que yo no le dedicaba suficiente tiempo! ¡Tanto que trabajo para darle todas las comodidades, para que no tenga que trabajar, y solo tenga que ocuparse de los quehaceres de la casa!

Solo un sorbo más para verle el fondo a la botella, y me voy de este lugar para propinarle una tremenda vergueada a Roxana. Sí, eso voy a hacer. La voy a agarrar a morongazos; y al hijo de perra que lo parió, le voy a cortar los testículos, para que nunca se olvide de mí. Le quitaré la lengua a Roxana para que no pueda suplicarme que la perdone. ¡Hija de la gran diabla que la parió! ¡Maldita traicionera!

Conduzco por las calles oscuras, circunvalando el pinche Palacio Nacional. Me voy a ir a conseguir una hermosa señorita porque necesito desahogar mi desconsuelo; y ni loco alguien como yo va a ir a conseguir una cualquiera en algún prostíbulo de mala muerte. Las luces de los semáforos las veo un tanto difusas, las luces de los autos me ciegan. Hago un cruce hacia la izquierda, está repleta de carros y reconozco este lugar al cual nunca he ingresado, la famosa Cien Puertas, a lo mejor y veo alguna conocida que ha deseado estar conmigo. Manejo lentamente.

—¡Hijueputa, por poco me pasas llevando, misera-ble de mierda! —Son las palabras que escucho de un mal nacido, que parece un vago, el muy idiota se atraviesa en mi camino. Busco un lugar donde estacionarme.

—¿Jefe, le cuido su carro? —pregunta un infeliz.

—Está bien —contesto.

—Estacionado así, le van a pasar pegando al retrovisor, déjelo pegado a la banqueta —hace mención otro infeliz, al cual realmente no es de su incumbencia si le pegan o no al carro.

Ingreso al bar y pido una cerveza, y empiezo a hurgar en el área, a ver si hay un buen culo a quien pueda levantarme. Vestido así, como estoy ahorita, tengo más ventaja sobre un montón de vagos que veo en este lugar que huele a miados. Pido la segunda cerveza y me pongo a platicar con un par de culos que están muy buenas, pero pierdo su atención porque se asoma un patojo que parece conocerlas. Pido una tercera cerveza, una cuarta, pierdo la cuenta; tenía tiempo de no tomar así, me siento bastante mareado. Creo que mejor me voy retirando del Callejón Aycinena para ir a verguear a la puta de Roxana. No me siento muy bien que digamos. De pronto mis ojos se agigantan. Se encuentra apoyándose sobre la pared de la puerta de entrada de un local. Viste una blusa blanca, pantalón negro de cuero, zapatos negros de tacón alto. Complexión delgada, morena clara, pelo negro, una mujer con bastante presencia; además, creo que posiblemente lleva sostén tamaño C.

—Hola —saludo, lo más epicúreo que puedo expresarme con ella para ganar su interés en mí.

—Hola —responde con una truhanesca sonrisa.

—¡Qué guapa estás! ¿Cuál es tu nombre? —pregunto.

—Me llamo Zayra —contesta.

—Mucho gusto, Zayra. Creo que en este lugar tú eres la chava que más deslumbra.

—Y ¿cómo te llamás? —pregunta.

—Me llamo Tomás Cruz —contesto con ironía, provocándole una carcajada de cacatúa educada mientras que la observo meticulosamente de pies a cabeza, y pensamientos lujuriosos orbitan en mi mente.

—¿Me invitás a un trago? —solicita.

—Por supuesto, ¿qué quieres tomar? —pregunto caminando hacia el mostrador del local.

—Quiero una cerveza —dice.

Entonces yo también pido otra cerveza y nos ponemos a tomar.

—¿Te gustaría ir a bailar? —sugiere.

—Por supuesto —afirmo. La abrazo por la cintura, pero inmediatamente toma mi mano un tanto exaltada.

—¡Pero no aquí! Vamos a otro lugar; yo conozco una discoteca que se pone alegre a estas horas de la madrugada, está cerca de aquí. Ahí vamos a pasarla bien —expresa.

Me toma del brazo y caminamos hacia el carro, dejando atrás el bullicio y la música *rock*, para escuchar únicamente el sonido de la noche y su taconeo al caminar. Nos subimos al carro, ella me dirige hacia el lugar. Al arribar, un muchacho solicita cuidar el carro, a quien doy mi autorización, dejándole un billete de no sé cuánto. Se escucha música bailable. El lugar parece como si fuese un casino clandestino, o restaurante bar. Pero nunca vi tantos chinos reunidos bajo un mismo techo. Ordenamos unos tragos y empezamos a bailar. Ella se mueve muy sensual. Debo admitir que en este instante Roxana ya no es importante. Esa mala mujer ya no está en mi mente. Ahora lo es Zayra. Me parece que ella es una mujer más bella que Roxana. Tenía tiempo de no divertirme de esta manera. Ingreso al baño de ese local; tomo de la bolsa de mi pantalón un pequeño tubito de metal que cargo conmigo y en donde llevo un poco de coca. No me considero un total adicto, pero en días como estos, donde me divierto al máximo, es cuando la consumo. Me parece como si un aire frío recorriera mi pecho. Me siento relajado. Me siento feliz. Ni en las reuniones familiares la he pasado tan bien como en este instante. Toda mi familia son unos aburridos. Necesito nuevas emociones, y por ello la maldita de Roxana dejará de estar en mi mente. Pero hoy, con Zayra, la estoy pasando súper bien. Después de salir del baño la beso y ella corresponde a mi beso. Siento su lengua en mi paladar. Continuamos bebiendo y bailando. En la pista de baile veo mujeres jóvenes bailando con hombres viejos, comprendo ahora lo que dice el dicho: «A gato viejo, ratón tierno». Yo casi puedo sumarme a esos viejos. Ella me parece una mujer joven, posiblemente en sus veintitrés, veinticinco años.

Pierdo la noción del tiempo e ingreso con ella a un auto hotel barato, pero eso no me importa. Debo confesar que me siento realmente en un inmenso estado etílico. En cierta manera Zayra me ayuda a llegar a la habitación. Me siento excitado, hasta ilusionado, porque esta chica sí que está hermosísima. Más hermosa que la desventurada de Roxana. Al entrar al cuarto la beso apasionadamente, le toco sus pechos. Vaya si son grandes, mejores que los de mi actual mujer. De nuevo saco del bolsillo del pantalón el tubito y le convido coca. Luego me dice que la espere, porque debía ir al baño primero. Mientras tanto, en lo que espero, me despojo de todas mis prendas de vestir, inhalo un poquito del polvo mágico y me recuesto en la cama. Hay un diminuto lapsus donde entro en un profundo sueño, pero al abrir los ojos, mi estado de ebriedad merma un poco. En tanto, yo no oculto para nada el estado de excitación cuando ella ejerce una felación. Me siento paseando sobre las nubes. Luego, me incorporo para quitarle el sostén y comienzo a besar sus pechos. La paladeo sin cesar, es una hermosa noche de encantamiento y pasión. Libidinosamente yo ni pestañeo bajo la sutil iluminación de la habitación; con sensualidad ella se despoja del resto de sus ropas. Mis ojos se salen de sus orbitas. Con un nudo en la garganta, y sin proferir una palabra, con bochorno observo el vaivén de la tremenda mentula de Zayra.

Sándwiches de pollo

«Recordar es la única manera de detener el tiempo».
—Jaroslav Seifert

¡¡¡Ayyy!!! ¡Cómo me hace suspirar Liliana Toledo! ¡Lo chula que está! Ella ha sido mi amor platónico desde que la vi, en nuestro primer día de clases en la carrera de Administración de Empresas. De mi corazón surgieron alas como las de un dragón; de mis ojos chispeaban centellas, por mi emoción al agraciarse con sus bellas facciones felinas, puede ser porque he tenido fascinación y admiración por estas bellas criaturas, ese profundo misterio que guardan detrás de sus encantadores ojos. Una diosa de tez morena clara, complexión delgada con sus dotados atributos, que provoca que se me caigan las babas al verla. Esa gata me mira, me ignora, se da la vuelta y continúa su recorrido con su sensual y contorsionado movimiento de caderas al caminar; como si fuese una modelo profesional paseándose por la pasarela de modas de las más reconocidas casas de la alta costura europea. ¡¡¡Ayyy!!! ¡Mi San Antonio, que te he tenido de cabeza para que me ayudes algún día a hacerme el milagrito! que al menos me mire esa gata a los ojos, pero que me mire con los ojos del alma.

La arena del tiempo ha fluido, y una palabra jamás pronunciamos el uno al otro, a pesar de que hemos estado en diversas ocasiones en el mismo salón de clases. Fantaseando en castillos de cristal, sintiéndome el gran rey de los casanovas de la Guatemala de la Asunción. En una ocasión, en un día catorce de febrero, día del cariño, estuve a punto de regalarle una rosa. Era mediodía, el clima estaba un tanto fresco, ella se encontraba sola, sentada en una banca, con la mirada un tanto perdida mientras disfrutaba del soplido melódico del viento y la paz que se desbordaba por los pasillos del centro educativo. Desde un segundo piso, mis ojos estaban clavados en ella. Horas antes un compañero de clase trajo consigo rosas para vender, sin la autorización de las autoridades educativas. Le compré una. Él me preguntó para quién era. Le contesté que se la iba a regalar a una chica especial: «Su imagen me visita en mi humilde habitación durante mis noches de soledad», le dije. Envalentonado bajé las gradas, caminaba hacia ella, cuando su pedante amigo, Francisco Barquero, alto, flacucho y con su corte de cabello al estilo de Ricardo Arjona, se acercó a ella y se pusieron a charlar. Paré mi avance en medio del pasillo, me sentía como un idiota con la radiante roja rosa en la mano. Entonces vi a otra compañera, Carmen Sánchez, transitando por donde me encontraba, y se la di. Aunque me refutó el avance dejándome saber que tenía novio, le dije que la aceptara, porque esa rosa simplemente demostraba mi sincera amistad y el cariño que sentía por ella. Por colosal falsedad, mi alma se sentía como excremento de cerdo. Qué hipócrita y malnacido, me juzgué. A pesar de mi teatral actuación, no perdía las

esperanzas de hablarle a Liliana. Hasta entonces busqué
enterarme de quiénes eran sus amigos, con quién había
tenido alguna relación sentimental. Es durante las tertu-
lias con mis otros compañeros universitarios, que hemos
tenido la oportunidad de hablar sobre ella, corroborando
que yo no soy el único a quien le produce cosquilleo en el
estómago cada vez que la vemos.

Cuando menos me lo esperaba, la diosa felina se
acercó a mí, en cámara lenta veía el movimiento de sus
carnosos labios y su dulce voz era música para mis oídos.
Mi alma brincaba como los aluxes, simpáticos duendes
mayas que se resguardan en los bosques. Como cuentan las
antiguas leyendas, los aluxes les hacían trenzas a las crines
de los caballos, y yo me fantaseaba con Liliana haciéndole
trenzas a su hermoso pelo negro. Ella, teniendo conocimiento de mis resultados en las pruebas de finanzas, me
solicito que fuera su tutor; y yo, considerándome un ser
servicial, nunca dudé en aceptar su pedido. Sin embargo,
el glorioso latir de los timbales de mi corazón dejaron
de sonar melódicamente cuando mencionó que estaría
con nosotros su pedante amigo, Francisco Barquero. Me
suplicó que les explicara con mayor detalle los últimos
temas abordados en la materia. Este súbito interés se
debía a que se aproximaba el fin del ciclo semestral y, por
ende, las pruebas finales. Me bajé de la nube, pero cautelosamente quería hacer puntos a mi favor. Siendo ellos los
interesados, les pude mencionar que fueran a mi humilde
domicilio, pero accedí juntarnos en la casa de Liliana.

Ese mismo día después de clases, pasada la una y
media de la tarde, la lluvia no cesaba. Yo iba condu-

ciendo una vieja salitrada camionetilla Subaru modelo 82, con el limpiaparabrisas en su máxima velocidad, el cual producía un rechinante y agobiante sonido que me ponía los pelos de punta, pero no quería perder de vista el nuevo Mercedes Benz modelo 95 que ella manejaba, acompañada de su amiguito. En algunos sectores las calles parecían ríos, dado que los tragantes estaban completamente tapados. Con tan precarias condiciones viales, culpé a la municipalidad capitalina de no ejercer sus labores, pero también a la inconsciente sociedad que no cumple con su deber de tirar la basura en los lugares respectivos.

Tras conducir sobre esos inmensos ríos viales, me pareció una eternidad llegar a la casa de dos pisos de Liliana; con paredes blancas, elegantes barrotes negros, me parecía la vivienda que más sobresalía entre todas las del vecindario. Al salir del auto para ingresar a la casa nos mojamos un tanto por los tremendos pepitazos de agua. Entonces, dentro del garaje residencial para dos autos, nos esperaba la empleada de la casa: Una muchachita de unos dieciséis o diecisiete años, quien nos proveyó de una pequeña toalla para que nos secáramos la cabeza y la camisa. Con la misma toalla sequé mi mochila donde resguardaba mis útiles. Cuando ingresamos a la sala familiar, Francisco saludó con un abrazo y un beso a la madre de Liliana, quien lo acuchuchó como si fuese su propio hijo. Ella me presentó a su madre, doña Micaela, quien me observó de pies a cabeza, como si fuese bicho raro, y nos dimos un frío saludo de manos. Luego preguntó si deseábamos algo de tomar. Los tres respondimos que sí. Nos ofreció agua, jugo de naranja, Coca-Cola o café. Francisco y Liliana optaron por Coca-Cola, yo decidí por una taza de café, esto por el frío que momentáneamente imperaba en todo mi cuerpo, gracias a las condiciones climáticas que nos brindaba la madre naturaleza. Entonces nos invitó al comedor. En tanto, Liliana fue a su habitación a secarse el pelo y ponerse más cómoda. Francisco y doña Micaela entablaron una pequeña conversación sobre el negocio familiar y asuntos de índole familiar. «Ay, hijo, que aquí y que allá… Ay, qué hermosa familia de alcurnia, que como les tengo gran cariño, que guapo estás». Sólo le faltó que fuese a relucir que eran descendientes directos del mismo Tonatiuh, el maquiavélico conquistador Pedro de Alvarado. En tanto, cabizbaja, con la mirada de niña triste; de manera dócil, la muchachita con un vestido blanco, zapatos blancos, como si fuese una enfermera desencantada de la vida, fue a servirnos nuestras respectivas bebidas. Al instante tomé la taza de café y di un pequeño sorbo. Cuando el tan preciado líquido candente pasó por mi garganta, sentí una maravillosa sensación de alivio. Mi temperatura corporal aumentaba. Sin embargo, el hambre me estaba matando y mis tripas rechinaban por la falta de alimentos; por tanto, interrumpiendo la conversación, sin tapujos, pregunté: «¿De casualidad tiene algo de comer?». Con una mirada esquiva, doña Micaela confesó que no estaba preparada para recibir invitados en su casa ese día; y que la dispensáramos, pero su empleada era nueva, todavía estaba aprendiendo los gajes del oficio. Lo único que tenía a disposición era una ensalada de pollo que preparó el día anterior. Solicitó a la empleada doméstica que la sacara del refrigerador, así como el pan rodajeado de la alacena y colocara tres platos, tenedores y cuchillos sobre la mesa. Me sentía incomodo, fuera de lugar. Tenía la necesidad de romper el hielo, por lo que halagué lo bellas que estaban las pinturas en la sala.

—¿Cuál de los dos te gustó más? —indagó doña Micaela.

—El cuadro donde la mano derecha cubre la mitad del rostro —contesté.

—Ese cuadro es una réplica de un Guayasamín, pero lo hizo un famoso pintor guatemalteco, amigo mío —aseveró. Después de su respuesta hubo un silencio grácil. De pronto, Liliana reapareció, totalmente cambiada, usando unos pants negros, una sudadera gris con el logo del equipo de fútbol americano Raiders, y unas pantuflas negras bastante deterioradas. La ajustada ropa hizo volar mi imaginación, que hasta fue a rondar por todo el espacio sideral, mi corazón latía al ritmo de timbales africanos, mi duende interior danzaba de regocijo. Pero quería ser discreto. No deseaba que su señora madre me viera como si fuese un violador al acecho de su hermoso retoño. Disimuladamente noté cuando se sentó a la mesa. Ella fue la primera en sacar un par de panes rodajeados blancos de la bolsa. Tomó una cuchara y vertió un poco de ensalada de pollo sobre una rodaja, luego agarró un cuchillo para untar la rodaja entera y por último, colocar la otra encima. Francisco y yo seguimos con su proceder. Di otro sorbo de café, el cual me ayudaba a volver a mi temperatura corporal idónea. Madre mía... pero más me hubiese gustado que pudiese sacar la cajetilla de cigarros y fumarme uno. Aunque sea un cigarrito, para entrar más en calor, para socavar las penas de la vida, para meditar el porqué de nuestro existir.

Después de retirarse doña Micaela, de la cocina, Francisco no profería palabra alguna, como si los ratones se hubieran comido su lengua. Mínimo por respeto, en tanto Liliana se cambiaba de atuendo, Francisco hubiese realizado un comentario a doña Micaela sobre mi persona. Al fin y al cabo, yo estaba por ayudarles. Pero no, calladito como un pajarito en un árbol, esperando que el cazador se retire para después cantar armoniosamente al señor amarillo sol. Sin embargo, el silencio se rompió cuando de manera peculiar comenzó a digerir el sándwich. Comía como si no hubiese tragado nada en dos días. Entonces, ceremoniosamente, tomé con mis dos manos el sándwich de pollo, con lentitud lo aproximé a mi boca y di el primer mordisco. Con parsimonia, mis mandíbulas lo trituraban. Mi paladar se deleitaba al saborearlo. En dicho instante comprendí el actuar de Francisco, quien devoraba el sándwich de pollo; en mi caso yo acostumbro a masticar durante mayor tiempo, para digerir mejor mis alimentos. ¡Púchica... qué delicia! Fue en ese diminuto lapso, cuando una sensación maravillosa se produjo en todo mi cuerpo. La nostalgia inundó lo más profundo de mi alma. En mi mente visualizaba con colores sepia y en cámara lenta, esos hermosos años de mi niñez, cuando mi madre preparaba sándwiches de pollo. Recuerdo que toda vez, ingresaba a la cocina a preparar los sagrados alimentos usando un delantal rojo. Tantas veces la vi preparar diversos platillos culinarios, así como esos venerables sándwiches. Incluso memoricé la receta, que consiste en cocinar la pechuga de pollo, con sal, cebolla, tomate y ajo mientras que aparte se pica el ejote y la zanahoria, para luego cocinarlos al dente. Además, debe picarse por separado, cebolla y chile rojo. El pollo cocinado se desmenuza, luego se revuelve con la zanahoria, ejote, el chile rojo y cebolla, se le pone mayonesa, un poco de mostaza, unas gotas de limón verde y una pizca de sal. Esto no es más que una comida rápida, pero que puede degustarse en pícnics, o en caso de que haya una emergencia, como sucedió en casa de Liliana. Me encanta comer la diversidad de buena comida criolla que hay en el país. Sin embargo, esa vez sucedió algo muy peculiar, y es que habían pasado largos años desde la última vez que degusté un sándwich de pollo tan rico, tal y como los preparaba mamá.

Muchas anécdotas con aquellos benditos sándwiches de pollo llegaron a mi mente. Esos viejos, pero hermosos recuerdos en mi época estudiantil en el colegio. Hay momentos en la vida en que uno desea viajar por el túnel del tiempo y volver al pasado, revivir esas experiencias que nos marcan. Soplos de alegría, soplos de tristeza, soplos en que una simple e insignificante decisión cambia el rumbo de nuestras vidas. Considerándome ser una personal gentil, amable, antes me tomaban por imbécil. Era demasiado dócil, no hacía nada al respecto. Esta era la razón por la que odiaba ir a clases en el colegio.

No era capaz de poner un alto a los abusos de algunos compañeros. Pero también amaba ir a clases, especialmente cuando jugábamos fútbol durante los recreos. Vaya que hice muy buenas amistades, las cuales hasta hoy conservo. Pero era en esos instantes del recreo en que mi mente no me dejaba en paz. Porque al regresar de nuevo al salón de clases, al revisar mi mochila, la encontraba vacía. Se robaban mis sándwiches de pollo, una y otra vez. Luego aguantaba hambre a la hora del almuerzo, y en hora buena, si un alma caritativa me regalaba algo de su comida. La situación económica de mis padres era precaria, apenas alcanzaba para el sustento mensual, pero ellos se esforzaban por darme lo mejor. No traía conmigo dinero para comprarme algo. Recuerdo una de esas tardes en que nos quedamos en el colegio esperando las clases de educación física. Debíamos correr ida y vuelta por toda la avenida Santa Cecilia, esto para prepararnos para la maratón del evento estudiantil «Movimiento Juventud», que se realiza cada año y en donde participan varios centros educativos en certámenes tanto culturales como deportivos. Esa tarde, iniciamos el camino por la avenida Santa Cecilia; yo desde el comienzo me sentía cansado, sin energía, esto porque no probé bocado alguno desde la mañana. Estaba dando lo mejor de mí para ejecutar el recorrido sin problema alguno; pero fue en una trayectoria ascendente donde mi cuerpo no dio a más y me desplomé. Al abrir mis pesados párpados, me vi rodeado de todos los compañeros, quienes me observaban como si fuese un animal raro; llegó el profesor de educación física y me preguntó sobre mi condición en el momento, y recuerdo responder que me sentía mareado. Luego me

dieron un jugo de naranja y poco a poco empecé a reco-
brar fuerzas.

A los días, cuando estábamos a mitad de clases, me
dieron ganas de ir al baño, solicité permiso al profesor
para ir. «Anda patojo», dijo. Fui corriendo porque sentía
mi vejiga explotar, y tuve un alivio excelso en todo mi ser
al expulsar todos esos fluidos. Pero luego me dio ansiedad:
había olvidado mis sándwiches de pollo en el salón de
clases. Cuando regresé, fui a sentarme en mi pupitre y al
revisar mi mochila… zazzzz… los sándwiches de pollo ya
no estaban. Observé a cada uno de mis compañeros a mi
alrededor, pregunté quién se robó mi comida. Ninguno
contestó. Todos se hicieron los de la vista gorda. Con
palabras amenazadoras dije que si encontraba al culpable
lo haría trizas. Pero me ignoraron como si nada hubiese
pasado. Sabía que el culpable estaba cerca.

Al retornar a casa le conté a mi madre lo sucedido y
me dijo que lo reportara con el profesor; pero yo no quería
rebajarme a eso: ser un chillón y quejarme con el maestro
para encontrar al culpable. Yo mismo debía ejecutar un
plan. Por tanto, esa misma tarde, le solicité a mi madre
que le pusiese más mayonesa a la ensalada de pollo. A mi
madre le resultó extraño, pero fue tanta mi insistencia que
por fin aceptó mi requerimiento. A la mañana siguiente,
durante las horas de clases todo seguía igual que los días
anteriores, sonó el timbre del recreo y fui a jugar fútbol,
dejando mis sándwiches de pollo dentro de mi mochila.
Al regresar, me di cuenta de que, efectivamente, no
estaban. Pero también observé que mi compañero de dos
asientos atrás del mío, Fabián, se encontraba ausente.

—Vos, Manolo, ¿y dónde está Fabián? —pregunté.

—Pues fijate que aquel se encuentra indispuesto, así como Daniel. ¡Ve qué serote! —exclamó Manolo.

—¿Por qué? —objeté.

—Decime, aquí entre nos; ¿qué le pusiste a los sándwiches? —inquirió.

—¿Por qué me preguntás eso? —repliqué.

—Es que ambos estaban vomitando. —expresó en voz baja. En ese momento sonreí también, pero de una manera más fogosa. Victorioso, como si hubiese obtenido algún trofeo— ¡Pues sí! —insistió— ¿qué le pusiste a los sándwiches?

—Cucarachas cortadas en trocitos —respondí en voz baja.

Una sonrisa quería esbozarse mientras tragaba el penúltimo trozo del sándwich de pollo. De pronto, en el último bocado, la tristeza embargó mi corazón. Fue en la época de verano de 1989, cuando mis tíos paternos, primos, abuelos paternos, hermano y yo fuimos a un pequeño balneario ubicado ruta a Palín, en Escuintla, a disfrutar del ocio; jugar waterpolo y poner a prueba nuestras habilidades en la natación. Para la ocasión mi madre preparó una gran cantidad de sándwiches de pollo, porque comer afuera era costoso. Era la manera más lógica de ahorrar dinero. La mayoría de las veces salíamos a pasear con mis abuelos paternos, quienes eran muy especiales con nosotros, en cambio mis abuelos maternos eran más fríos.

He escuchado una infinidad de cuentos referente a la unión de mis padres. Mi abuela materna juraba

que mi padre enamoró a mamá utilizando alguna
pócima mágica ancestral maya. Receta que mi abuelo
le enseñó a mi padre. Mi bisabuelo hizo lo mismo con
mi abuelo. Generación tras generación trasmitiendo las
viejas enseñanzas mayas y por ende, esa infame pócima
que vino a traer desgracias al bienestar de su familia.
¡Ay, ya, yai! ¿Qué daría yo porque todas esas falacias
fueran verdad? Vaya que lo hubiese realizado con la
misma Liliana, para ganarme su corazón. Mi padre
tenía cuarenta y un años cuando conoció a mi madre,
ella en ese entonces, diecinueve. En esa época mi papá
trabajaba sembrando maíz en uno de los potreros de la
finca de mis abuelos maternos. Dada la gran diferencia
de clase social, mis abuelos maternos jamás estuvieron
de acuerdo con esa unión, y cortaron toda relación con
ella por un buen tiempo. No podían imaginar cómo
su hija, una joven inteligente, hermosa, iniciando sus
estudios universitarios en Humanidades, pudo unirse
con un indígena de Chinautla, sin mucho dinero y con
poca educación. Incluso decían que mi padre podía ser
padre de mi madre, por la diferencia de edad. Desde ese
entonces mis abuelos paternos le abrieron los brazos
a mi madre, quien aprendió mucho de ellos, tanto de
su cultura, como de su historia y comidas, entre otras
cosas. En diversas ocasiones, ella gustaba vestir tal
como lo hacía mi abuela, quien relucía todos los días
los bellos colores de sus trajes típicos. Mi abuelo le
expresaba que parecía una indígena cobanera, por su
blanca tez. Mamá solo sonreía. Con el tiempo, con
arduo trabajo, los ingresos económicos de mis padres
fueron mejorando. La calidad de vida para ellos era

mejor que cuando se conocieron; pero no tan holgada. Sin la ayuda de mis abuelos maternos, lograron sobrevivir, incluso estando yo en la foto familiar. Pero fue hasta que nació mi segundo hermano que mis abuelos maternos tuvieron un mayor acercamiento con mamá, en especial porque salió blanquito con ojos avellanados, igual a mi abuela materna. En cambio, yo soy una fotocopia de mi padre, considerado un cero a la izquierda; es por ello, que mi acercamiento con ellos es menor.

Transitaba por mi esófago el último bocado, cuando recordé ese viaje que hicimos después de la ida al balneario en Palín. Esa misma tarde, los mayores tomaron la decisión de ir hacia el Puerto de San José. Tres vehículos en caravana. Los tres hermanos conducían sus propios vehículos. Tío Chepe iba junto a su esposa y sus cuatro hijos; mi padre llevaba consigo a mis abuelos, una prima, a mi hermano y a mí. Quien comandaba la caravana era tío Lalo en una camioneta, que empleaba para transportar producto agrícola; en la cabina también iba su esposa y mi madre; en la palangana iban dos primos. Posiblemente se le fueron los frenos al vehículo, tío Lalo perdió el control y fue a desbarrancarse antes de llegar cerca de unas enormes piedras que forman la figura de un pájaro quetzal. Rocas pintadas con llamativos colores verdes y una pequeña porción con un intenso rojo escarlata que inventa ser el pecho del ave indiana. Antes de precipitarse el vehículo, el instinto de supervivencia hizo que mis primos reaccionaran justo a tiempo y saltasen. Pero desafortunadamente para mi madre, mi tío y su esposa, el desenlace fue fatídico. Por eso mi hermano y yo nos quedamos solos con mi padre y mis abuelos se encargaron de mis dos primos, quienes estaban por cumplir la mayoría de edad.

Entonces tomé un sorbo más de café y medité por un leve instante acerca de todos los eventos alegres que pasé junto con ellos, en especial junto a mi madre. Así como los esfuerzos de mi padre por sacarnos adelante y crear hombres de bien. Por último, mi cerebro torpe aterrizó a la tierra, y dejé de imaginarme cuentos fantásticos y películas cursis con Liliana. Les avisé que se alistaran y les dije que tuvieran a su disposición un cuaderno para tomar apuntes, porque iba a empezar por explicar los puntos más importantes de la materia.

29 de diciembre 1996

> *«Los Acuerdos de Paz son
> nuestro legado a las nuevas generaciones.
> Los ponemos en manos del pueblo de Guatemala
> para que los levanten como bandera
> de lucha a favor del bien común,
> la conciliación nacional, la democracia y la paz».*
> —Álvaro Arzú Yrigoyen

La llama del amor se encendió en el ocaso de un domingo, cuando un verde y hermoso pájaro serpiente, pecho rojo carmesí, cruzó miradas con una paloma blanca. Juntos sobrevolaron quimeras.

Zánganos de Xibalbá

«Me interesa todo lo que sea rebeldía, desorden, caos y, particularmente, cualquier actividad que parezca falta de sentido. Ese es el camino de la libertad».

—Jim Morrison

I

Suena el recorrido del tiempo en el viejo reloj de la sala, ¡tic, tac, tic, tac!; me atosiga. Las agujas se mueven a paso trotador, como un caballo prieto que pasea y danza con elegancia en las calles coloniales al son de un pasado cada vez más y más lejano. Hay momentos en que deseo no escuchar ni el propio sonido de mi respiración, o el sonido a timbales de mi agitado corazón. El quedito sonido de la refrigeradora escarmienta la paz profunda, agobiándome, histéricamente martirizándome, es un sonido tan peculiar como enjambre de avispas alrededor de mi ser, miles de viles avispas cantando sin césar en mi oído, cantando cursilerías, cantando fastidiosas partituras. A este agobio puede sumársele el recorrido del agua dentro del estanque lleno de coloridos, pero indiferentes, peces; es una tortura majestuosa como encerrado en una bartolina, que gota a gota cae sobre mi cabeza, hasta llevarme al borde de la locura. Aún veo luces espontáneas que se cruzan por mis ojos, como ráfagas de fuego, pero de colores, entre amarillo, rojo, azul, morado, casi los colores del arcoíris; me siento como hélice de helicóptero, que da vueltas y vueltas sin parar; es una náusea inmensa. Con mis manos me apretujo la cabeza, como si eso fuese a quitarme el malestar. Juro y perjuro que esta será la última vez que voy a beber. Siento que el mundo se me cae encima. Además, el cuerpo me tiembla como si tuviese un estado avanzado de Parkinson... ¡puta madre!, es una tembladera maldita que no puedo apaciguar, pero la única manera en que puedo quitarme esta resaca es con agua mineral, sal y limón, y tomarme un caldo de huevos.

Por la noche estuvimos bebiendo *whiskey*, luego pasamos al ron y por último terminamos haciendo *shots* de tequila. Ordené unas pizzas para hacer base en el estómago. Fumamos mariguana, e incluso algunos estaban inhalando coca en el baño. Recuerdo invitar a unos cuantos; pero estos les avisaron a otros y estos otros a otros más; que a la amiguita con beneficios, que al hermano del alma, al amante, al compadre, a la comadre, solo les faltó traer a sus mascotas. Personas que ni idea tenía quiénes eran; ya ni me acuerdo cuántos se colaron en la reunión, pero eran un chingo.

Mi ropa está inmensamente asquerosa. Llena de popó de perro —ha de ser las gracias del Nerón— un perro dóberman que le regalaron hace dos años a mi padrastro.

No soporto el olor que tengo encima. A eso debo sumarle mis brazos ensangrentados, ando como rasguñado. La sala está asquerosa, el sillón de cuero medio se embarró de excremento, hay botellas tiradas, un tremendo vómito verde yace en el piso de la sala, han de ser los restos de nachos con guacamol que alguien estuvo comiendo durante la noche y tuvo que sacar de las tripas. Algún hijo de su bendecida madre, dejo chencas de cigarro en la pecera, ahora que la observo detenidamente, me doy cuenta de que los coloridos peces están panza arriba; y también rompieron el florero de mi vieja, que compró en el Mercado Central, ahora debo comprarle uno nuevo y que se parezca. Creo que me han robado unos CD's. Doy un vistazo a través de la ventana de la sala al patio, donde hay un pequeño jardín, y veo que los rosales están todos quebrantados. Ahora me doy cuenta de por qué mis brazos están así, son arañazos ocasionados por las espinas de los rosales, posiblemente cuando caí sobre ellos. ¡A la puta! Ahora tengo que contratar a algún jardinero para que me arregle el jardín.

Le pediré a Marta que me prepare un caldo de huevos, para quitarme esta resaca maldita que no puedo ni conmigo mismo, pero primero me quitaré toda esta ropa sucia y la tiraré a la basura, ¿para qué tomarse la molestia en lavarla?, y me daré una buena ducha. Marta es la nueva empleada doméstica que contrató mi vieja hace unos meses; su nivel de educación escolar es bajo, posiblemente estudió sólo la primaria, tiene diecisiete años, dice venir del Quiché. No está tan mal parecida. Tiene una sonrisa natural y una mirada a lo Dorothy de *El Mago de*

Oz. Me la he enamorado. Por las noches, sin que mi vieja ni mi padrastro se den cuenta, me le voy a meter al cuarto. La ilusa está colgada de mí, le he prometido el cielo y las estrellas, a veces le doy cositas para mantenerla contenta y calladita. Aprovechando que estoy sin moros en la costa, tengo la plena libertad de hacer lo que me plazca. Estando junto con Marta, por mi cabeza transitan los más viciados deseos por ella. Me excita el sólo imaginar todas las cosas que haremos juntos.

A las once de la mañana, yo seguía temblando de la cruda, a pesar de que comí caldo de huevos, y recordaba lo sucedido el pasado jueves y viernes. Fue durante el tiempo en que me aseaba de las gracias del Nerón, cuando Marta preparó el mentado caldo, desechó a la basura los pobres peces muertos, los sucios platos y vasos desechables. Además, limpió la inmaculada vomitada. Considero que no estaba del todo muy contenta por el relajo que generamos durante la noche, más la música a todo volumen que podía lastimar los tímpanos; es por ello que la veía un poco ojerosa, por la falta de sueño. Sin embargo, a pesar de que fui un tanto considerado con ella ordenándole se fuese a dormir temprano y diciéndole que yo me encargaba de atender a los invitados, se mantuvo despierta. Entonces, dada la situación, a eso de las diez y media de la noche me asomé a la cocina y le vi frente al pequeño televisor. La fiesta aún estaba en su máximo apogeo, cuando, sin que los invitados se dieran cuenta, nos metimos a su habitación, le proveí cuatro *shots* de tequila, que la marearon, pero eso no impidió que frenara el libidinoso momento junto a ella. En tanto limpiaba la pecera y el sillón, que me parecía una tarea ardua, me acordaba de todas esas palabras que pronunció la muy tontita, mientras tuvimos sexo.

Pasadas dos horas de desasosiego, le solicité a Marta que no cocinara. Como si no nos hubiésemos hartado de tanta pizza la noche anterior, volví a ordenar de nuevo, aunque esta vez una de tamaño mediano con champiñones. Comimos, luego no titubeé en hacerla mía una vez más. Por la tarde y noche estuvimos en plena actividad, alternando entre ver televisión y hacer piruetas en la cama.

II

Recapitulando lo que he realizado los días anteriores; el miércoles pasado un zapatazo que lanzó el infeliz de mi padrastro dio en la cabecera de mi cama para caer en mi cara. La acción fue suficiente para empezar mi día bastante enrabiado, y con desgano volteé a ver el reloj de la mesa de noche, cuyas agujas señalaban que eran las cuatro de la mañana. Me dirigí al baño para pasarme un poco de agua, como lo hacen los mapaches, y quitarme todas las lagañas de los ojos. Sin pasarme siquiera el peine, únicamente el desodorante y aplicarme un poco de loción, para no expedir nauseabundos olores dentro del carro durante el trayecto rumbo al Aeropuerto La Aurora. Bajé las gradas que dan hacia el corredor que separa la sala con el comedor; percibí que mi vieja revisaba dentro de la cartera, para asegurarse de llevar los documentos para salir del país. Mientras que mi padrastro aún seguía agregando dentro de la maleta algunos encargos para mi tío Ernesto, quien reside en Fort Lauderdale, Florida, junto con mis dos primos y su esposa gringa, Elizabeth, a quien conoció en una visita a Antigua en el 85. En algún momento, mi madre hizo mención de que trabajaba para un periódico gringo; y el propósito de su visita era dar cobertura a las elecciones presidenciales, donde ganó Vinicio Cerezo después de que el país fue gobernado por un puñado de militares. El energúmeno de mi padrastro afirma que la situación desde esa época continúa igual hoy, o tal vez mucho peor. Despectivamente mi madre expresa que no entiende cómo su hermano se fijó en Elizabeth, porque para su gusto es una mujer de facciones no muy agracia-das, flacucha y sin modales.

Me senté un rato a la mesa, mientras calentaba motores para dar un sorbo al café con leche que Marta preparó y colocó en la mesa del comedor, no perdí un segundo en voltear a ver su hermoso trasero cuando se dirigió hacia la cocina. Remojaba el pan de manteca con lo que quedaba dentro de la taza, cuando mi padrastro dio un alarido para que me apurase y les ayudase a meter las maletas dentro de la Suburban. Al unísono se subie-ron e indicaron que le meta el pie al pedal de aceleración porque ya iban un tanto tarde. Durante el recorrido hacia La Aurora, mi vieja me decía que no fuera a hacer nada indebido, que me portara bien, bla, bla, bla; y el malparido de mi padrastro me amenazó con que no fuera a condu-cir la Suburban, mucho menos su Mercedes Benz último modelo. Si veía que tenía más millaje de recorrido de lo que marcaba a su salida, o algún rayón, o abolladura, me las vería con él. Yo solo podía usar el Hyundai Excel 87 que me compraron; carro desgraciado, se pasaba más tiempo en el taller que en la casa, mis amigos le llamaban el *Full Extras*, por tener vidrios eléctricos, *sunroof* y bocinas extras para oír música a todo volumen. Aunque, los vidrios eléctricos de los asientos traseros no servían y al *sunroof*, cada vez que llovía, se le colaba el agua. Para colmo de males, al conducir, cuando iba en cuarta, me costaba ponerlo en quinta, ya que tenía un problema en la caja de velocidades.

Al arribar a nuestro destino, los acompañé a que chequearan, hasta que abordaran el avión. Mientras tanto, caminaba en el área de espera del aeropuerto, a ver extranjeras, alguna que otra chapina guapa y chulearlas con piropos: «Por qué de negro si no me he muerto», «qué curvas y yo sin frenos», «¿crees en el amor a primera vista, o tendré que pasar dos veces?», entre otros con doble sentido. Me sacaban la generación; mi madre salía a relucir la mayoría de las veces. Fue en otra de mis venidas al aeropuerto, junto al hijo de mi padrino, diez años mayor que yo, quien evocó que dentro del mismo aeropuerto existió un lugar para jugar maquinitas, sin embargo, ya no existía; recordaba que al principio de su adolescencia le gustaba ir ahí para matar un poco el tiempo; su video juego favorito era Pac-Man, hasta que llegó el momento en que se hastió de jugarlo. Como un tarado pasaba de una pantalla para la otra, y de una pantalla a la otra era casi la misma historia. Comiendo los puntitos y huyendo de los condenados fantasmitas. Me pareció ridículo su análisis, pero argumentó que ese juego era tan monótono como la vida misma. Agregó que en esta decrépita ciudad existe una especie de canibalismo. Se subsiste al estar comiéndose los mandados de los otros, haciendo movidas sucias para desbancar al otro; jodiéndoles la existencia a los demás, con amenazas, extorsiones. Como pueblo, vivimos todavía huyendo de los viejos fantasmas, que nos siguen persiguiendo y no nos dejan salir del hoyo en el que estamos en la actualidad. Todo es un laberinto, sin una verdadera salida a lo que nos agobia. Luego continuó hablando de otros asuntos, que no me concernían a mí del todo, pero fui educado y le escuché.

Me estaba aburriendo de estar observando el partir de los aviones, de darle un par de vueltas más al área de espera, ver los pequeños negocios de cigarros, licores, ropa y objetos típicos, entre otros. Harto de pararme como un tarado y ver en el piso de abajo a las personas que estaban arribando al país, alguno que otro, con cara de felicidad, saludando a quienes le esperaban situados en el mismo nivel donde me encontraba y estar correspondiendo a su saludo, con cara de placidez y lágrimas en los ojos. Entonces me dirigí al estacionamiento, prendí el vehículo y regresé a la casa. Durante el recorrido puse un poco de *grunch*, para no irritarme del fastidioso tráfico de la ciudad, que iba a paso de tortuga. Aún de niño tengo memoria de que el tráfico era denso, pero no tanto. Está más claro que el agua que esta ciudad ha crecido desordenadamente. Los proyectos asignados para modernizar la ciudad, mejorarla y agilizar el tráfico, han ido a parar a los bolsillos de un grupo exclusivo del *jet set*; es por ello que el país está como está. En todo momento hay un idiota bocinando, viendo que el tráfico no avanza. Más bien lo que hace es ponerme sordo, y me enojo. Usualmente cuando es demasiada la bocinadera, me enrabio más y es cuando abro la ventana y les digo: «¡Sho hijueputa!», y le saco el dedo de en medio. Nos terminamos maltratando. Esto, para mí es normal. Si en caso algún cabrón me quiere insinuar algo más, sencillamente saco de la guantera la pistola Smith & Wesson, y le tiro unos balazos a las llantas para escarmentarlo.

Cuando me estacioné frente a la casa, tipo las nueve de la mañana, estaba la vecina, doña Roxana, una cuarentona de pelo color ámbar, ojos grises y muy guapa, arreglando las flores de su jardín. Su esposo, don Aurelio, es gerente general de una financiera que da tasas de interés a un valor mayor que los otros bancos. Mi padrastro me ha comentado que este tipejo ha estado haciendo buena plata desde que abrió el negocio. Ha comprado varios automóviles último modelo, hasta incluso sé que compró un terreno de veinticuatro manzanas y un bote que lo mantiene en el lago de Izabal; para que cuando le ronque la gana se vaya para allá y disfrute de los viajes junto a doña Roxana. En varias ocasiones he observado que llega un chavo a visitarla, tal vez unos tres o cuatro años mayor que yo. Luego, pasada la hora, se está retirando de la casa. La verdad que nadie le ha venido a él con el chisme de las andadas de la esposa; porque es un antipático y nadie le dirige la palabra. Caso contrario, doña Roxana es una persona muy amable.

Al abrir la puerta de la casa me encontré con un silencio profundo, prendí la TV y me tiré al sillón. Me quedé un rato dormido. Al despertar de nuevo, Marta me ofreció desayuno, casi almuerzo; me senté a la mesa y comí unos huevos rancheros acompañados de una Coca-Cola. Terminado el desayuno, en lo que ella fregaba los trastos, me le acerqué por detrás, puse mis brazos alrededor de su cintura, le empecé a besar el cuello, a tocar sus senos, nos besamos, le quité de una manera brusca el vestido que tenía puesto, principié a acariciarla entre sus piernas, mientras ella me acariciaba, luego me puse el condón que tenía en la billetera, y terminamos en la cocina teniendo sexo. Después nos dirigimos a mi habitación, y bajo la regadera del baño, se vertía el agua termal sobre nuestros entrelazados cuerpos, procediendo jubilosamente con la faena. Finalizamos tendidos sobre mi cama, riéndonos de nuestras picardías, hasta sucumbir de cansancio.

III

Mis ojos se abren cuando se está aproximando la hora azul. Me levanto de la cama, sin hacer demasiada bulla, con tal de no despertar a Marta; a quien observo por un instante detenidamente. Insisto en hacer mención que está bien proporcionada, tiene un bonito cuerpo. Hago una llamada telefónica a Antonio para ver si tiene algún plan, de lo contrario salir a abrir la boca en algún lugar y pasarla bien, o al menos ir a su casa a pasar el rato; porque estar encerrado en casa me enferma. Por lo que inmediatamente me vestí, y fui rumbo a su casa, aprovechando que sus viejos se encontraban en una boda. A Antonio lo considero como una persona *cool*, popular, un chicho *light*, con la ropa de última moda, una persona encandilada con el materialismo de las cosas, especialmente una obsesión por los carros de último modelo. Pero, a la vez, le valen un bledo las demás personas, no tiene remordimientos, y hace las cosas que se le vengan en gana.

Recuerdo que, en una ocasión, me invitó a ver un partido de fútbol, y mientras mirábamos el juego, su padre nos interrumpió un poco:

—Mijo, ¿será que podrías hacer el favor de comprar unas cosas de la escuela para tu hermana?, es que no tengo tiempo —solicitó el padre.

—Mirá, viejo, dejanos ver el partido. No seas pura lata —recriminó Antonio—. ¿Por qué no enviás a María?, para eso le pagás a esa cholera. Ella puede hacer esas compras.

Ahí me di cuenta de que no le tenía respeto a su padre; y a su madre la llamaba como si fuera su empleada doméstica. El actuar de la mamá era la de un perrito educado; y meneando la colita le decía:

—Mijo: ¿y no querés que te traiga algo más de comer?
—¡No, vieja! Déjenos terminar de ver el juego.

La verdad que a mi padrastro sí me gustaría tratarlo así, porque a mí me trata como si fuese un insecto apestoso, un patético Gregorio Samsa; nunca he recibido de él una mínima muestra de cariño. Cuánto diese para que mi padre estuviese vivo. Tengo muy bonitos *flashbacks* de remembranzas cuando me llevaba a pasear, junto a mi señora madre; creo que no puedo quejarme de nada, yo era un niño muy feliz en esos tiempos. Nos llevaba a pasear a Izabal, al lago de Atitlán, al lago Amatitlán (cuando aún estaba bueno para ir a pasear, ahora ahí es un buen lugar para ir a tirar cadáveres; o si vas a degustar una mojarra, temés si te va a salir con patas, o con un solo ojo, por la contaminación que tiene el lago). Aunque cuando íbamos a este último lugar, a él le invadían tristes recuerdos, porque fue ahí donde encontraron el cadáver de su hermano, quien era un maestro de una escuela del lugar. Supuestamente esa tarde salió a pescar con varios maestros, pero nunca regresó a casa. A los tres días de su búsqueda, encontraron su cadáver con casi treinta puñaladas. Se quedó el asunto en el olvido, pero mi padre sospechó de otro maestro como el autor del crimen. Él tenía sospechas de que el asesinato se debió a celos, ya que decían que mi tío era un don Juan, y estaba teniendo una relación extramarital con la esposa de su compañero de labores. Jamás tuvo pruebas contundentes contra dicho maestro. Una lágrima brotaba en su rostro al acordarse de él. Además, mi padre nos llevaba a la playa y a otros lugares del país. También me llevaba al cine a ver películas, se sentaba conmigo a ver caricaturas y, cuando podía, me leía cuentos. Éramos grandes amigos. Sin embargo, un cáncer lo consumió. Y fue en ese período de tiempo en que mi padrastro tomó la oportunidad de consolar a mi madre. A pesar de que era amigo de mi padre —el muy desgraciado— se aprovechó de la situación. Ojalá y tuviese las agallas de Antonio y hablarle así a mi padrastro; pero yo soy un cobarde y no me atrevo a hacerlo; frente a él me pongo como perro cobarde, con la cola entre las patas.

Llegar a la casa de Antonio era un deleite a mi vista. Por fuera todo parecía una fortaleza, como si fuese un cubo. Pero al ingresar por la puerta del garaje, se notaba el espacio como para tres o cuatro carros. Dos armaduras de guerreros de la época medieval custodiaban la puerta de entrada hacia las distintas habitaciones de la casa. Al primer paso de dicha entrada se observaba un Cristo de madera crucificado, como flotando en el aire. La misma madre de Antonio fue quien lo diseñó, al igual que varias pinturas al óleo de paisajes que daban colorido a la sala. Sentado en uno de los confortables sillones negros, estaba un chavo al que llamábamos Rasputín, un camarada de Antonio y su *pusher* también. La verdad que yo no le tenía confianza al Rasputín por todo lo que escuché sobre él. Su apariencia aterraba, la barba toda desaliñada, hasta daba la apariencia de tener allí dentro un nido de arañas. Su mirada era intimidante, más aún con la cicatriz profunda en su párpado derecho. Según comentan las malas lenguas, Rasputín colaboró con enviar a varios individuos a visitar a San Pedro. La última que supe es cuando peleó contra dos mareros. En lugar de simplemente dispararles con la pistola, dispuso pelearse mano a mano contra ellos, para demostrar sus habilidades como cinta negra. Con su manopla le quebró la mandíbula a uno y lo dejó inconsciente, mientras que al otro le pegó también, hasta tumbarlo. Luego lo arrastró hacia la orilla de la banqueta, e hizo que abriera la boca, la fila de dientes acariciaban el cemento. De pronto, en un movimiento bestial, le propinó con la planta del pie un golpe en la parte trasera de la cabeza, matándolo al instante. En seguida, al marero inconsciente le pegó varias veces en la sien, usando una piedra que encontró en el lugar.

—¿Qué tal, vos, chavo?, ¿cómo te va? —preguntó con su voz ronca, como el rugido del león que sale al iniciarse una película producida por MGM.

—Pues todo bien, gracias —simplemente repliqué.

Se despidió de Antonio, con un saludo de manos, luego se dirigió a mí:

—Gusto en verte, mano, nos vemos.

Antonio se cercioró de que Rasputín saliese completamente a la calle y cerrara la puerta del garaje. Luego con entusiasmo me preguntó si me gustaba su BMW. Con un poco de escepticismo respondí preguntándole si era realmente de él. Antonio reconfirmó que sí. Al punto, el anfitrión de la casa me ofreció un sándwich de jamón y queso, que era lo único que tenía en la refrigeradora, y nos pusimos a jugar ping-pong, además de tomar unas cervezas. Ninguno de los dos teníamos habilidades de ser buenos jugadores, como Forest Gump. Mientras tanto, me comentaba con entusiasmo que estaba arreglando su carro para que fuera más competitivo, y que en dos días estaría listo para correr al cuarto de milla. Que dejara mi carro dentro de su garaje, y juntos iríamos a divertirnos, ya que es bueno sentir de vez en cuando la adrenalina transitar por las venas.

Aburridos de estar jugando ping-pong y estar platicando de cosas sin importancia, fuimos al balcón de su casa nos sentamos en unas sillas reclinables que tenían afuera y nos pusimos a fumar un poco de mota que le vendió Rasputín. En ese instante, entre nosotros no nos dirigimos palabra alguna, sencillamente nos deleitábamos con inhalar y exhalar el porrito y ver cómo el humo se desvanecía, mientras observamos el cielo azulado con un par de nubes blancas y escuchábamos música de Soundgarden.

Algo raro sucedió, de repente sentí que empecé a levitar, en mi habitación blanca, enredado entre las sábanas, como si se tratase de una de esas camisas de fuerza que les ponen a los locos, grité y grité; pero fue en vano. La puerta del dormitorio se abrió y flotando en el aire llegué hasta ella y traspasé la puerta, cayendo luego estruendosamente. Del golpe apenas podía levantarme, sentí que mis pies eran de piedra y pesaban varias toneladas. Tirado en el suelo y sin poder mover los brazos, abrí los ojos y con tremendo esfuerzo logré poner mi cabeza en una posición en la que fui capaz de ver que estaba frente a la mar, totalmente solo ante la inmensidad de agua, pero el agua era sucia y el cielo estaba completamente gris. En eso sentí un brusco empujón, abrí los ojos, y observé a Antonio que se estaba matando de la risa.

—Te quedaste completamente dormido, pero andabas balbuceando un vergazo de incoherencias —afirmó Antonio—. ¿Sabés qué? Mejor andate a tu casa a dormir, de todas maneras, ya se empieza a hacer tarde.

Me había quedado dormido en la silla reclinable por una hora y media. Sus padres aún no arribaban a su casa. Me despedí de Antonio y conduje el *Full Extras*. Mientras manejaba, meditaba sobre aquel sueño, ¿qué significaba? ¿O acaso sucedió por el tipo de música que escuchaba? Tenía la impresión de que era yo en el video de Soundgarden, «*The Day I Tried To Live*», solo que, adaptado a mi sueño, levitaba y levitaba, todo era confuso. Yo no soy una persona que tiene pesadillas o cosas de esa índole. No creo en los horóscopos, ni soy supersticioso. Nunca en mi vida me sentí así, como que levitaba y no sabía qué hacer. Me dije: Deja de estar pensando en idioteces y continúa conduciendo rumbo a la casa. Cuando ingresé a la misma, todo estaba oscuro, era un silencio sublime, fui a mi habitación y no encontré a Marta. Inmediatamente verifiqué que se encontraba en su propio cuarto, y que, como los pollos, ya estaba dormida. Entonces llamé a mi tío Ernesto para averiguar cómo se encontraba mi vieja junto al infeliz de mi padrastro. Efectivamente el tío Ernesto contestó, dando lujo de detalles del arribo que tuvieron, y todo continuó en una corta e insípida conversación. Me dirigí a mi habitación, me explayé sobre mi cama y mientras me quedaba dormido, me puse a ver unas películas porno de los ochenta que mantengo escondidas en el clóset, de las cuales me apropié al pedírselas prestadas a un compañero del colegio, al que jamás volví a ver en mi vida.

IV

Ese jueves las sábanas no se me pegaron, me levanté temprano, un milagro, es poco usual porque estoy corriendo todo el tiempo, fue corta la demora en salir de casa hacia la universidad; inclusive desayuné huevos revueltos, una tostada con mantequilla y tomé café. Las bocinaderas, maltratos y desesperación en las calles y avenidas de la ciudad capital son muy comunes porque estamos acostumbrados a que todo se mueva a paso de tortuga. Toda decisión que toman hasta para realizar una obra en construcción es a paso de tortuga, toda aplicación de la ley es a paso de tortuga, bueno en este último pensamiento ni se llega a paso de tortuga, esta muere de olvido o es asesinada. Al igual que yo, muchos sueñan con ir a la universidad, superarse, ser seres de bien para la sociedad, algunos afirman ir con esas intenciones, aunque los hay quienes no gozan de esos beneficios. Los hay otros que tienen la oportunidad de ir, pero sin mucha convicción. Por momentos actuamos como títeres, manejan nuestras cuerdas y hacemos las cosas sin realmente quererlas hacer. Creo haber leído en alguna parte: «Es digno de admirar al entusiasta, al soñador, que anhela lograr sus metas, pero ¿de qué sirve solo anhelar, si nada se pone en la *praxis*?». Con esto analizo que hasta un ladrón que sueña tener una casa de ensueño debe poner en práctica sus artimañas y lograr lo que quiere. Aquí se vive una cultura de desencanto donde nadie está satisfecho con nada, donde nadie cree en nadie, todo queda en promesas vacías. Donde los sueños en sueños se quedan, el aire que se respira es de incertidumbre, todo es superficial, la vida no vale ni un comino, la negatividad transita por las venas de esta vapuleada sociedad. Es digno el trabajo del leñador, quien afila y afila su hacha, que tiene preparada para derribar el árbol con facilidad, listo para conseguir sus objetivos, conseguir sus sueños; pero hay más de alguno que se come el mandado, hay uno que se encarga de embarrar la olla con lodo, y esto desmoraliza a cualquiera.

Estacionado el carro, me cercioro de que esté con llave, para que no me lo hueveen. Veo al Negro despidiéndose de dos culitos, que están rebuenas. Pero este malvado nunca presenta, no sé qué le ven porque, para ser sincero, el hijueputa es feo, pero tiene un arrastre de gigoló. Tiene una labia que lo deja a uno estupefacto, inclusive Antonio ha hecho el comentario que piensa que tiene el miembro viril del tamaño de Ron Jeremy, el actor porno; es por ello que tiene arrastre con las mujeres.

—¿Qué pasó, Negro, qué ondas? —pregunté.

—Pues aquí todo bien vos —contestó.

—Vamos a sentarnos en un lugar estratégico —sugerí; para facilitar comparar resultados en el examen.

Habiendo transcurrido como tres cuartos de hora, empezamos a comparar respuestas junto con otros compañeros de clase. Sin embargo, un amiguito del Negro, llamado Claudio, me suplicó que le pasase el cuadernillo completo de respuestas, para copiarlo. El muy descarado adujo que no estudió para la prueba. Titubeante, le proveí el cuadernillo completo, sin que el catedrático se diese cuenta. Me sorprendió la rapidez con la que copiaba el mismo, parecía un Speedy González. Mientras tanto, el Negro se paró y apiló su cuadernillo de respuestas sobre los de otros estudiantes, que finalizaron primero que él, e intercambió un par de palabras con el catedrático. Juro que en quince minutos Claudio tenía todo copiado, e inmediatamente me devolvió mi examen. Le supliqué que esperase casi al final de la hora establecida de entrega, para no darnos color, ya que los procedimientos y respuestas eran exactamente iguales.

Prontamente el Negro y yo fuimos a la tienda que está en las afueras de la U. Pedimos las respectivas cervezas acompañadas de unas carnitas cortadas en diminutos trozos; con palillos de dientes íbamos agarrando pieza por pieza. Empezamos a discutir de cosas sin mayor relevancia, y otras situaciones absurdas que suceden a diario en el país de la eterna primavera. Eran las cuatro y media de la tarde cuando arribamos al billar, ahí nos encontramos con Antonio.

—Qué raro encontrarte aquí, vos —dijo el Negro.

—Qué hueva quedarse en la casa, mejor mato el tiempo aquí —respondió.

—Bueno y a qué jugamos, bola ocho o corrido —pregunté.

—Corrido, vos —exclamó el Negro—. No me gusta jugar bola ocho, es demasiado fácil.

—Traenos unas chelas, vos —pedí al encargado del local.

—Y al final, ¿qué tal te fue en el examen? —preguntó Antonio.

—La verdad que al Negro le debo una, por haberme dado copia. De lo contrario jamás paso esa puta clase —adulé.

—Vos ahora comprame una botella de un buen ron, y quedamos tablas —exteriorizó el Negro—. Ahh, por cierto, regalame esa botellota que tenés en el bar de tu casa —mencionó el Negro.

—¡Mi huevo¡ —respondí—. Andate al carajo, que esa botella es del hijueputa de mi maricón padrastro —agregué.

—Con mayor razón, si tanto lo odias dámela —suplicó El Negro.

—Con mayor razón, tremenda vergueada me va a meter si desaparece del bar —manifesté.

FERNANDO GUDIEL

—Y por qué no te comprás ahorita mismo una botella en este lugar, y nos la tomamos —sugirió Antonio.

—No estoy para esa pendejada, mejor cambiemos de tema —apunté.

—Vos, pa que diablos, ni para eso sos buen cuate —balbuceó Antonio.

—Comentanos, Negro, ¿quiénes eran esos culitos? —pregunté.

—La colochita es Rafaela Figueroa, se acaba de graduar del Colegio Americano. Por cierto, tiene un poco de fama de ser tragona, eso no me consta; pero digo que fue bien de a huevo conocerla, y me dio su número telefónico, que le estaré llamando y a lo mejor nos juntamos a comer algo, o nos tomamos un cafecito, o vamos a bailar en alguna discoteca de la Zona Viva, —delató el Negro.

—La otra chava bonitilla se me hace conocida, ¿quién es? —pregunté.

—Es Lorena Argento, hija de aquel viejo italiano que se vio envuelto en un pequeño escándalo de ropa defectuosa. La mamá sí era chapina, y estaba bien buenota —contestó.

—¡Lorena Argento! ¿¡No te recuerdas de ella!? —exclamó Antonio.

—Se me hace conocido el nombre, pero no la ubico —contesté.

—Vos sí que tenés memoria de chorlito, no puedo creer que no te acuerdes de ella, si estuvo en el Colegio Belga que parecía uña y mugre con la hermana de Gonzalo Urquel, aquella chava que ni caso te hizo, que a vos tanto te gustaba.

—Ahh, es cierto, y ahora que mencionas a Gonzalo Urquel, desde que estudió con nosotros en el colegio, ya no lo volví a ver. Pero sí recuerdo que a veces se le pelaban los cables —dije.

—Pues no sé dónde jodidos estará ese chavo, dicen que se las lleva de poeta y formó una banda de rock, pero no sé mayor detalle de él —explicó Antonio, mientras daba un sorbo de la última gota de cerveza que permanecía dentro de la botella; y el Negro falló el tiro para que la bola nueve ingresara a la buchaca.

—A Lorena Argento ya me la he fornicado —declaró Antonio.

—Ya vas con puros cuentos —contrarió el Negro.

—A lo macho —reiteró Antonio—. A esa mamacita la llevé a la Antigua y nos fuimos a bailar; pero esa noche, la tontita se puso bien borrachita, y aproveché a darle para sus dulces —agregó.

—¿Acaso la penetraste estando ella inconsciente? —pregunté.

—Tampoco estaba inconsciente, ella inclusive me besó —confesó Antonio—. Hasta me halaba la verga con ganas. No me anduve con pajas, y me la terminé fornicando dentro del carro. Eso sí, fui a un lugar bastante oscuro, para no darme color que otras personas y la policía nos viesen en plena acción —sustentó. Atentamente escuchábamos su historia, cuando agregó:— Pero esa no fue la única vez que lo hicimos. Déjame decirte que las hubo muchas más. Cuando fuimos a la playa me la clavé varias veces, y estaba bastante colgadita de mí. Pero llegó el momento en que ya estando con ella me aburrí, no tenía buenos temas de conversación. Solo hablaba estupideces y fresadas infantiles. Entonces la mandé a la mierda. Me chilló un poco y en un par de ocasiones la muy loca llamó a la casa, suplicándome que le diera una oportunidad, pero no lo hice. Ahora que te conoció, Negro, y te pones las pilas, podemos hasta ser hermanitos de leche.

Una sonrisa irónica gestó el Negro.

—Es cierto que Lorena está bien proporcionada, pero a mí la que me gustó fue la otra amiga, Rafaela. Se nota que es una chava más tranquila, y con los pies sobre la tierra —confesó el Negro.

—Entonces pilas, vos, y a caerle lo más pronto posible —enfaticé.

Nos entretuvimos como por cuatro horas y media o cinco, pero teníamos hambre; aunque en ese local venden hamburguesas y papas fritas, les tenemos cierta desconfianza, porque no está del todo limpio.

—¡Saben qué, mucha! Porque no dejan aquí estacionado su carro y nos vamos rumbo a la funeraria que está aquí cerca —sugerí.

—¡Puta! Y a qué chingados vamos para una funeraria —dijo Antonio.

—¿Tienen hambre o no? —repliqué.

—Pues sí —respondieron al unísono.

—Nosotros no andamos mal vestidos, ninguno andamos en zapatos tenis, es cierto tenemos pantalón de lona, pero nuestras camisas no están tan mal para andar en un funeral. Ahí podemos pedir unos sándwiches de queso o jamón y tomar jugo o café. ¿Qué perdemos en ir?, lo peor que puede pasar es que nos echen, y no creo que vaya a suceder —expuse—. Además, quién quita si ahí nos encontramos unos buenos culitos. Como ustedes sabrán, es en esos momentos de tristeza en que están más vulnerables y necesitan cariño —agregué.

—¡Ja, ja, ja! Vos, serote, estás loco; ¿y creés que vamos ahí a levantar culos? —cuestionó el Negro.

—A lo mejor no —repliqué—. Pero al menos vamos a comer sándwiches y tomar café o jugo, totalmente gratis.

Tomada la decisión, Antonio, el Negro y yo ingresamos a la funeraria, hicimos cara de tristones. Vimos a un grupo de chavos, relativamente casi de nuestra edad, y empezamos a dar las respectivas condolencias. No teníamos ni la menor idea de quién era el occiso, si era hombre, o mujer, anciano, joven, ninguna idea, pero el muy descarado de Antonio se fue a acercar al féretro para quitarnos de esa duda.

—Ustedes son amigos de Adolfito —preguntó una señora de avanzada edad.

Nos vimos los unos a los otros, totalmente confundidos.

—Sí, señora, tuvimos la dicha de conocer a Adolfito, era una persona maravillosa —contestó Antonio con seguridad, evacuando un gesto tan tierno, que provocó que la acongojada señora derramara sus lágrimas, abrazando con cariño a Antonio, aunque el caer lento de esas saladas gotas de tristeza ya no se deslizaban fácilmente por sus mejillas, posiblemente por tanto llorar, y por la nariz se pasaba un pañuelo blanco como si se la fuera a sonar.

—Cómo pudo sucederle algo así a mi sobrino, es triste que todo esto haya pasado, siendo él un muchacho ejemplar.

—Sí, señora, es triste para nosotros también, lo vamos a extrañar muchísimo —expresó Antonio en un tono tan sincero, como cuando en la película de *El Padrino*, Michael Corleone le contestó a Kate con un rotundo no, que él no tuvo nada que ver con la muerte de Carlo Rizzi cuando fue él quien la ordenó.

Al instante, una pareja de ancianos se acercó a la señora a darle el pésame y aprovechamos para alejarnos de ella. Fuimos a comer varios sándwiches de jamón, yo tomé una taza de café porque empezaba a sentir un poco el malestar por tanta cerveza que me tomé. En otra salita, estuvimos un rato platicando idioteces, y actuando seriecitos, luego me paré y fui por otro café. La curiosidad mató el gato, pero quería preguntarle a un empleado de la funeraria, si sabía lo que le ocurrió al difunto. Mientras acomodaba unos sándwiches en una bandeja, le pregunté a una señora; ésta comentó que aparentemente el difunto discutió con otra persona por un puesto de estacionamiento, porque el mentado Adolfito se estacionó primero, acción que disgustó a la otra persona que esperaba estacionarse en el mismo lugar. Entonces, por lo visto, el asunto se acaloró tanto que se pelearon; el contrincante portaba un arma de fuego y terminó por dispararle al desdichado. ¡Vaya manera estúpida de morir!

V

El viernes pasado por la mañana no realicé actividad productiva alguna. La verdad que no quería levantarme de la cama, por lo que prendí el televisor y me enganché viendo una estúpida película. Ya bañado, pero sin siquiera desayunar, ya casi a la hora del almuerzo, me percaté de que Marta estaba tendiendo ropa que recién lavó. Fríamente le comenté que retornaba tarde, para irme directo al autoservicio de McDonald's y luego partí rumbo al centro comercial, donde compré un pantalón de lona y dos camisas de marca, así como me dediqué a estar chuleando a más de alguna bella señorita.

Ya se despedía el sol cuando arribé en la casa de Antonio. Para mi sorpresa, él invitó a dos de sus primos: uno de catorce años y el otro de dieciséis, Quique y Manfredo respectivamente, ambos eran procedentes de Xela, donde residía su tío desde que emprendió en el negocio de la fabricación adoquines de concreto. Estaban de visita por una semana en la ciudad capital. Además, nos acompañaba Abelardo, más conocido como El Imbécil, porque al abrir la boca decía estupidez tras estupidez, ya no digamos la risa de tarado que tiene; y para colmo de males, bastante alto y narizón. Aparte de su nombre, que lo comparábamos con el imbécil pájaro amarillo de

Plaza Sésamo. A él tuve la oportunidad de conocerlo en una ocasión en que fui a emborracharme a la casa de Antonio cuando celebraba uno de sus cumpleaños. Lo que no recuerdo es lo que pasó después esa noche. Según me comentaban los muchachos, fue durante esa noche que una amiga de Antonio nos llevaba a nuestras respectivas casas, las cuales quedaban ubicadas relativamente cerca. Ella iba conduciendo su auto, y su hermana iba en el asiento del copiloto. Yo iba atrás de ella, a la par mía, al centro, iba Abelardo, y atrás del piloto iba Wilfredo, un amigo mío del colegio, quien meses después falleció junto a su padre en un accidente automovilístico. Estaba tan borracho que no pude evitar vomitar sobre la cabeza de la chica frente a mí. La verdad que no recuerdo lo que sucedió; dicen que gritaban las dos, todas histéricas, como si fuese el fin del mundo. Me sacaron del auto. Abelardo y Wilfredo se bajaron también para acompañarme, al rato pasó un taxista y me llevaron a la casa.

Volviendo a esa noche con Antonio y sus primos, al arribar a nuestro destino se veían carros marca Camaro, Mazda RX7, unos cuantos Corvettes, y otros carros no deportivos, arreglados, con colores llamativos, colas de pato, aros de magnesio nuevos, motores retocados. Se escuchaba el rugido de los motores perturbando la serenidad de la noche. Tomamos la oportunidad de comprar cerveza y licor. Mientras esperábamos la hora precisa para dirigirnos al cuarto de milla, frente al Aeropuerto La Aurora, prendí un cigarro de mariguana y le convidé a los primos de Antonio, quienes jamás habían fumado ni siquiera cigarros; y además, le di a cada uno una cerveza. Tosían cada vez que les decía que le dieran un jalón a la mota, y hacían caras al tomar la cerveza. Era la iniciación para que empezaran a explorar el verdadero mundo, y no siguiesen en esa burbuja de ignorancia y de cuentos de castillo de cristal en el que estuvieron viviendo. Ese Disney World, donde se cree en la existencia de pajaritos preñados y finales felices. El verdadero mundo es hostil, donde todos los días hay un asesinato, donde se vive en la cuerda floja, a punto de caer en un profundo abismo; donde todos los días hay que hueviar, porque no se tiene para comer, ni vestirse; donde todos los días los líderes —si así se les puede llamar a esa partida de malditos e inescrupulosos ladrones, hijos de puta— nos mienten con sus oratorias de esperanza, y sus proyectos que han costado millonadas, de los cuales unos milloncitos han ido a parar a sus bolsillos.

Quien parecía demasiado entusiasmado con la idea era Abelardo.

—¡Miren, mucha! espero que tenga el chance de dar las salidas para las competencias esta noche.

—Sho, Imbécil —dijo Antonio—, yo prefiero ver un buen culo que verte a vos dando la señal de salidas.

—Es que a mí me llega —replicó Abelardo.

—Y a mí qué putas me importa si te gusta hacer esa mierda o no; ni que tuvieras vagina, tetas y un buen culo para estar ahí —contestó Antonio—. ¿Sabés qué? Mejor comprate unos vasos porque no quiero estar tomando de la misma botella, llena de babas de los demás.

Pasados los minutos, confieso que estábamos con la adrenalina al máximo, solo de imaginarnos el evento que se aproximaba.

—¡Mucha! ya vamos para allá, no hay chontes —expresó un chavo en su carro Miata.

Inmediatamente todos nos metimos a los respectivos vehículos y en fila india, a toda velocidad, nos dirigimos al lugar donde se realizaba aquel magnánimo evento. Llegando ahí nos encontramos casi con las mismas caras. Unos hijos de papi, otros despreciados por la sociedad, los charras, los *dealers*, otros que conocíamos de la universidad, y las mujeres de la buena vida. Esa noche, dos estaban presentes, Irlanda y Rita. Irlanda es una modelito de cartelera, con sus ojos verdes; en pocas palabras, es casi una diosa, lo malo es que se hizo puta. A ella la conocí cuando era mi vecina, donde yo vivía antes de que falleciera mi padre. Jugábamos junto con otros vecinos en tiempos de nuestra niñez. Me fui del vecindario, jamás la volví a ver hasta que, en una de mis idas a recrearme la vista y echarme un polvo en la casa de citas más elegante, a mi parecer, que hay en toda la República, la encontré sentada, con las piernas cruzadas, esperando que algún cliente se le aproximara. Conociendo a las putas, sé que ella también me reconoció, pero actuó como si fuésemos desconocidos. Fue un buen polvito el que me eché esa noche. Así como otras tantas veces en que salí con ella después de terminar de laborar. Con respecto a Rita, se había corrido el rumor de que es HIV positivo, pero esa noche lucía su mejor traje, para enseñar sus curvas, y estaba dispuesta a enamorarse a cualquiera que llegase por primera vez a ver las carreras, para luego llevárselo a la cama y regalarle el premio mayor. Nosotros, de buena onda, le advertíamos a más de alguno sobre la maldita suerte de Rita, y que llevaba consigo la semilla de la muerte. Allá ellos si no nos hacían caso.

Además, estaba Francisco, un vendedor ambulante con su van blanca, vendiendo sándwiches de pollo, jamón y queso, panes con chile relleno, cervezas y gaseosas. En una ocasión llegó la policía al lugar y yo estacioné mi auto —el *Full Extras*— frente a su *van*, a ambos nos habían bloqueado la salida para que no intentásemos huir. Esa noche fui por mi cuenta a ver las carreras, eran aproximadamente las 11:30 de la noche; después de haber pasado a una casa de citas, a echarme un polvo. Ahí tuve la oportunidad de conocerle, e intercambiamos unas palabras. El oficial de la policía le pidió el registro de sanidad y Francisco le dijo que no tenía, por lo que el policía le confiscó toda la comida y bebidas. Por supuesto que en dicho momento empezó a repartir los sándwiches, gaseosas y cervezas a diestra y siniestra a todos los policías presentes.

—Como sabrás...— dijo el oficial—, nosotros somos gente trabajadora, nos desvelamos casi todas las noches con el único objetivo de servir a la sociedad; por lo que no me gustaría perjudicarte la próxima vez si te vuelvo a ver vendiendo todo esto...

Luego agarro tres *six-pack* de cerveza, los metió a la cajuela de su carro; y se me acercó.

—Bueno, vos —dijo dirigiéndose hacia mí—. Dame tu licencia de conducir y papeles del auto.

Abrí la guantera del auto y saqué todos los documentos.

—¿Y qué hacés aquí?
—Solo vengo a divertirme un poco, señor oficial —contesté.
—¿No ves que esto es peligroso, que puede pasar un accidente y que resultes lastimado? Si querés salir de aquí dame unos cien quetzales, y te saldrá barato este asunto —recalcó.

«*Uta madre*, pensé; *mejor le doy dinero a este cabrón, en lugar de negarme y posiblemente que me lleven a la cárcel y fuese a quedarme en la misma celda de algún matón o violador*».

—Pues fíjese que conmigo no cargo nada de dinero —afirmé.
—Podemos ir un cajero automático a sacar dinero —sugirió.

No me quedó de otra que ir al cajero automático más próximo, el cual quedaba conduciendo como a unos cinco o diez minutos de distancia. Personalmente, el oficial me escoltó en su radio patrulla, para sacar dinero del cajero automático, luego le di los cien quetzales.

—Gracias, patojo, espero que esto te sirva de lección —dijo.

Luego se retiró el hijo de cien mil putas, y opté sencillamente por irme al carajo. Ese evento quedó en el pasado; sin embargo, mi desconfianza hacia los policías es grande.

El lugar estaba repleto de personas, nos bajamos del auto y empezamos a saludar a los viejos conocidos, los hermanos gemelos Varela, Dagoberto y Cristian, ambos estudiando la misma carrera universitaria que yo, aunque iban rezagados en cuanto a materias aprobadas, mi amistad con ellos era un tanto superficial, cosa contraria de Antonio. Además, estaba el Patanote, quien es una persona súper amigable, se le ve en todo momento con chavas bien bonitas y se mantiene en varias ocasiones bien *high*; razón por la cual no prosiguió con los estudios de Arquitectura. Además, debo recalcar que es otro buen cliente de Rasputín. Las carreras estaban por empezar y una prima del Patanote, Gaby (quien está muy guapa, lucía una minifalda negra y blusa púrpura, haciéndole sobresalir el tamaño de su busto), se colocó al frente y empezó a dar las salidas para las carreras. Carrera tras carrera apostábamos y apostábamos, aunque no eran montos demasiados elevados, pero lo hacíamos. Por momentos perdía, pero luego los recuperaba.

Pasada la hora y media aproximadamente se acercó un auto deportivo, lo iba manejando un chavo que se cree la mamá de Tarzán. El copiloto se fue a platicar con Antonio y vi que se dieron las manos.

—Y qué ondas, ¿vas a correr contra el auto de ese otro burguesito? —pregunté.

—Sí. Y aposté 500 quetzales a que le gano. —respondió Antonio con un exceso de confianza en que la carrera iba a ser pan caliente. Fríamente se subió al auto y empezó a acelerar. Su auto estaba colocado en el lado de la banqueta, mientras que el del otro chavo estaba al lado del arriate central. Gaby dio la salida. El rugido de los motores se oía a toda velocidad; iban los dos, uno a uno, por centésimas de distancia iba perdiendo Antonio. De pronto un carro Mercedes Benz blanco salió de la nada, se escuchó un tremendo frenazo que hasta parecía humo de chimenea, el auto deportivo colisionó con el Meches. Todos corrieron hacia el lugar para ver cómo se encontraban. El parabrisas del auto deportivo estaba totalmente resquebrajado, todo porque el copiloto no se puso el cinturón y estaba inconsciente o muerto, el muy mula. Vi a Antonio retroceder el auto, lo estacionó, luego se bajó del mismo.

—¡Mucha! ¡¡Ahí viene la policía!! —se escuchó un grito a todo pulmón.

Todos empezamos a correr hacia nuestros respectivos autos y a huir, nosotros simplemente corrimos hacia el carro de Antonio y nos metimos.

—¡Puta!... ¿y Quique? —cuestionó Antonio cuando iba arrancando el auto para retirarnos.

—¡No está aquí! —expresó con parsimonia Abelardo.

—¡A huevos que no está aquí, andá a buscarlo! —ordenó Antonio, un poco nervioso por la situación.

Solo imagine si el Imbécil iba a buscar a ese patojo, a él lo agarrarían fácilmente.

—Ahorita regreso… y Abelardo… vos quedate aquí —dije.

Corrí hacia el lugar a buscar al patojo. Todo era caos, la policía estaba arrestando personas en el lugar. Un oficial me agarró el brazo y yo simplemente le metí una trompada tan fuerte en la quijada que lo tumbé. En eso veo a Quique perdido entre la multitud, bien asustado estaba el muy bruto, simplemente tenía que correr hacia el automóvil de Antonio, pero este hizo lo contrario: corrió hacia la boca del lobo. Fui rápido hacia él, lo tomé del brazo y le dije que me siguiera. Corrimos y corrimos, quitaba de mi camino a quien sea que se me atravesara, no me importaba si fuese policía, sólo quería llegar al carro, no quería ser arrestado e ir a parar en la cárcel para ser acompañado de algún violador, ladrón, maricón, asesino, universitario, sindicalista o borracho.

—¡Metete, metete! —grité a Quique, y me trepé yo también.

Antonio a toda velocidad huyó del lugar, una radio patrulla empezó a seguirnos y se metió de una calle a otra, pero su auto era muy veloz y empezó a ingresar entre las casas de un vecindario para despistar al policía, un camión nos sirvió de blindaje, estacionándonos detrás de él, con las luces apagadas.

—Agáchense —con voz baja, mandó Antonio.

Estábamos calladitos cuando el auto de la policía pasó de largo. Esperamos un rato.

—Puta, Quique, ¡cómo sos de estúpido!, por tu culpa la policía por poco nos agarra —en un tono de enojo recriminó Antonio—. Sólo me pongo a pensar lo que diría la tía Lila si no ve a sus hijitos sanitos y salvos. De buena onda decidí que se vinieran conmigo a pasear, mucha, si hubiese sido un culero no lo hago.

Pasado los dos minutos arrancó el auto y nos dirigimos a la gasolinera para averiguar qué sucedió con el resto de las personas. Ahí se encontraban los hermanos Varela, el Patanote, su prima y tres amiguitas más. A la hora volvimos al cuarto de milla, pero aún se sentía el ambiente hostil; además, vimos un par de patrullas. Finalmente, tomamos la decisión de ir a degustar unos tacos al pastor, y una cerveza bien fría.

VI

Abrí los ojos, observé una silueta, la visual era un tanto borrosa, solo percibí un acentuado rojo carmesí que hacía resaltar sus finos labios; de su negruzca cabellera sobresalían sus trencitas como si fuera logo de hamburguesas Wendy's. Me froté los ojos para extraer los cheles del despertar madrugador y aclarar la vista. La hermana de Antonio, Karina, me observaba atónita. Tenía puesta una falda de lona negra, un tanto desteñida; una playera negra con el logo de la banda Misfits, calcetas blancas y zapatillas negras que brillaban tanto, como si fuese un espejo, que juraba me podría ver hasta mi rostro. La patoja tiene una carita bonita, aunque se perdía un tanto su hermosura porque estaba maquillada con un tono un tanto pálido, y alrededor de sus ojos con un tono negruzco, dando la impresión de que fuese una vampiresa. En diversas ocasiones que conversamos, ella expuso su fascinación por el *punk rock* y el metal. Me ha relatado hechos espeluznantes, como por ejemplo, cuando los integrantes de una banda nórdica de *black metal*, se tronaron a unos fulanos, y las autoridades los zamparon al bote por asesinato, o sobre bandas involucradas en quemar iglesias en Oslo. Pero, esa vez, Karina me saludó con un insípido «buenos días», indiferente, sin ganas de platicar, dio un alarido para darle a conocer a su mamá que yo estaba despierto, y de inmediato se dio la vuelta para dirigirse al comedor. Me encontraba un tanto confundido, porque no es usual para mí quedarme dormido en casas ajenas, pero esta vez, el cansancio pudo más y Antonio me persuadió de que me quedase, porque andaba cruzando los ojos y podría conllevar a hacerme pedazos en el camino. Adolorido de la espalda, por la pésima posición al dormir en el sillón de la sala, luché por pararme e intentar estirar los músculos de mis brazos y piernas.

—Buenos días, joven, ¿desea desayunar algo? —muy amable preguntó María, la empleada doméstica.

—Muchas gracias, por supuesto que sí —respondí, un tanto cohibido, dirigiéndome hacia el comedor.

—Acompáñenos a la mesa, tenemos ya servido los alimentos de esta hermosa mañana —agregó la sonriente mamá de Antonio, pero era esa sonrisa que da miedo, como la bruja que persuade a los niños Hansel y Gretel a que entren a su casa a comer unos caramelos. Pero, en fin, es la mamá de Antonio, y por una parte en ese instante comprendí a mi amigo, porque su familia era un tanto extraña, aunque no había que quitarle a la seño, que era muy buena pintora y sus esculturas se veían formidables.

La señora me persuadió para que me sentara a la cabecera; aunque con un poco de pena, mencioné que preferiría si Antonio o su papá, o incluso ella, se sentasen ahí. Pero ella insistió, así que obedecí a su petición, y por un leve instante me sentí como un rey, el gran invitado de honor. Observaba con deleite la abundancia de comida, pero a la vez temía que se fuese a enfriar porque no todos se apuraban a aparecerse en el comedor y, con la vergüenza, yo era incapaz de empezar sin que ellos se asomaran; hasta que a los minutos estaba la familia completa de Antonio, incluyendo los dos primos, quienes en unas horas debían tomar el bus rumbo a Xela.

—Déjeme hacerle una pregunta, Arturo —dijo el papá de Antonio.

—Sí… adelante —respondí.

—Si no estoy mal, ¿usted conoce al licenciado Zerimar Hermenegildo Reyes? —preguntó.

—Por supuesto que sí —afirmé—. Él es tío de un medio cuate mío. ¿Por qué?

—Fíjese que hace unos días lo secuestraron, apenas ayer y me enteré —comentó.

—Pues no sabía nada al respecto —contesté, un tanto indiferente. Esto debido a que el secuestrado, un viejo que se las llevaba de quinceañero, no me caía muy bien que digamos, era un mandón e hipócrita.

—Pobre hombre… ni quisiera imaginarme lo fregado que ha de ser, estar en una situación como esas —opinó el papá de Antonio.

—¡Y deja eso! —interrumpió la mamá—. La angustia de toda la familia, para que no le hagan daño. ¡Ay, Dios mío! yo me volvería loca si a alguno de ustedes me los secuestran —agregó.

—Lo jodido está cuando piden plata, y los maleantes matan al secuestrado —juzgó el papá.

—A ese tipo de personas hay que fusilarlos, como hizo el general Ríos Montt —opinó Antonio.

—Pero, primo… vos ¿cómo podés decir algo tan crudo? —objetó Manfredo.

—¿Y qué querés que hagan entonces? ¿Querés que les den una medalla por buena conducta, a esos malditos? —refutó Antonio.

—Pues hay otras soluciones, vos —contradijo Quique—. Castigando con la muerte no arreglas nada. La muerte genera más muerte. Además, el quinto mandamiento dice «no matarás», y las leyes de Dios hay que respetarlas.

—Ah… Esos, tus mandamientos, me los paso ya sabes por dónde —expresó Antonio.

—Hay que echarle agua y jabón en el hocico a Antonio —dijo la hermana.

—¡Ya basta!… ¡Más respeto en la mesa, mijo! —interrumpió el papá—. Aquí está su mamá y hermana; como mujeres, merecen respeto.

—Pues es la verdad, viejo —argumentó Antonio.

—Pero respetá un poco en la mesa —contestó el señor, un tanto enrabiado. Y me dejó pasmado, porque Antonio es quien daba la impresión de llevar los pantalones en esa casa. Yo observaba la familia escuchando la conversación y me mantuve con el pico cerrado, solo lo abría para devorar el suculento desayuno.

—Pues yo mandaría a quebrarle el culo a asesinos y mareros —manifestó Antonio.

—Arturo, ¿no se le ofrece algo más de comer? —preguntó la mamá. Posiblemente ella se sentía apenada, al notar que no opinaba respecto al tema; pero, en lo personal, yo concordaba con Antonio.

—No, gracias señora, con lo que he comido es suficiente —respondí agradecido.

—Cambiando de tema —señaló el papá—, Arturo, no sé si será mucho pedir, pero será que acompaña a mi hijo a dejar a mis sobrinos a la estación del bus, que hoy deben regresar a Xela.

—A la púchica, viejo, ¿y no los podés dejar vos? —alegó Antonio.

—No, hijo. No puedo. Su mamá y yo tenemos un asunto pendiente —reveló el señor—. Llevate el carro de tu mamá.

—No seas culero, Antonio —exteriorizó Quique.

—Nada te cuesta dejarnos —argumentó Manfredo—. No sé por qué te comportás mala leche con nosotros, porque cuando llegas a Xela, no te tratamos así, pisado.

—¡Ah… ustedes hagan sho! —contestó Antonio—. ¿Cómo quiere que yo los trate?, ustedes me tienen enojado desde ayer —agregó.

—Ya dejen de estar peleando —suplicó el papá.

—Eso ya pasó, mano —expresó Quique.

—¿Qué cosa pasó? —preguntó la mamá.

—Nada, tía, es porque mi hermano derramó un refresco dentro del carro —mintió Manfredo.

Obviamente, no quería sacar a relucir que la policía estuvo detrás de nosotros, cuando hicieron la redada en el cuarto de milla. De reojo observaba la mirada maliciosa de Antonio hacia su primo.

—Mijo… pero nada te cuesta limpiar el carro, no por eso vas a estar enojado con tus primos todo el día —opinó la mamá.

—No vieja, ese tema ya lo solucioné —dijo Antonio—. Viejo, el asunto no es por el carro, sino que Arturo y yo quedamos en juntarnos con unos cuates a comer un ceviche —agregó.

—No fregués, hijo —respondió el señor—. Nosotros vamos a realizar un mandado importante, ustedes solo van a ir a pasar un buen tiempo. Nada les cuesta ir a dejar a los muchachos… Bueno, jóvenes, buen provecho, que debemos apurarnos para irnos —fueron las últimas palabras del papá de Antonio, antes de retirarse del comedor; sentenciándonos a dejar a sus sobrinos en la parada de buses.

VII

Tras dejar a los tarados, primos de Antonio, y recoger a Abelardo de su casa, entramos a la cevichería. Por mis fosas nasales transitaba el aroma bastante peculiar de este tipo de negocios, que por momentos trae a mi memoria la dulce niñez, cuando íbamos a un pequeño restaurante ubicado en una franja de arena entre el río María Linda y la orilla de la mar. Para llegar a ese lugar, teníamos que tomar una lancha, era una forma de vida de los lugareños, la manera más honrada de ganarse los centavos. La música tropical creaba el ambiente más acogedor, donde se encontraba un número aceptable de clientela para los fines lucrativos de esa cevichería. En la mesa de la esquina, con unas cuantas cervezas, esperaban el Patanote junto a los hermanos Varela.

—¿Qué ondas?, mucha, ya era hora de que vinieran, porque aquí nosotros ya estamos bastante adelantados —comentó Patanote en lo que prendía un cigarro Marlboro.

—Es que primero fuimos a dejar dos bultos a la estación de buses, y luego a recoger una bolsa rellena de mierda —expresó Antonio, refiriéndose a sus dos primos y a Abelardo respectivamente, dando un agarrón de manos y abrazo a los gemelos.

—Vos, andá a la mierda —respondió Abelardo a Antonio, por la manera tan despectiva de expresarse sobre él. En tanto se apachurraba, del cuello, un tremendo barro, que se tornaba a un color verdoso; extrayendo el viscoso líquido putrefacto, que por un instante boicoteaba mis deseos de sentarme a comer.

—¿Qué tal, Arturo? —preguntó Patanote—. Discul-pá que ayer casi ni hablamos, vos sabés que estaba ocupado con esos culos, pero ya teníamos tiempo de no vernos, mano.

—Así es, vos, desde aquella vez que fuimos a escuchar mariachis —respondí, mientras Antonio ordenaba unas cervezas y boquitas para todos.

—Nosotros te vemos casi seguido, pero ya cuesta sentarse a platicar vos —comentó Dagoberto, en un tono falso, porque, para ser sincero, yo lo consideraba una persona que se las llevaba de la mamá de Tarzán. Pensaba que por tener un carro último modelo, al igual que su hermano, era mejor que los demás. Lo recuerdo arrogante, vanidoso, su vestimenta era bastante extravagante, como si estuviera pidiendo auxilio para llamar la atención.

—Tiempal de no echarnos los tragos, la última también fue en los mariachis, es que nosotros íbamos con vos, Patán —exteriorizó Cristian, quien, a mi percepción, era vanidoso a menor escala que su hermano,

—¡A huevos! —contestó Patanote, intentando hacer círculos de humo de cigarro en el aire—. Si ustedes dos iban conmigo.

Abelardo empezó a toser al dar un mal sorbo a la cerveza. Antonio le brindó unas palmadas en la espalda para mitigar la tosedera.

—Paquete cohetes, papaíto, ya ni para chupar sirve —comentó Dagoberto.

—Este bueno para nada, se luce para interrumpir conversaciones —expuso Antonio, mientras continuaba dando palmadas en la espalda a Abelardo.

—Lo que jamás se me olvida de esa noche, fue la somatada que le diste a ese marero maldito —dijo

Patanote, mientras se agarraba la nariz, como si ya fuera hora de echarse un lineazo para calmar esa inquietud que se le notaba en los ojos—. Nunca te había visto tan como la gran diabla.

—Y no es paja... por poco y matas a ese pisado; si no llegamos a tiempo, le despedazas toda la cabeza —opinó Antonio, con un tono impresionado—. En aguas tranquilas, demonios se agitan —agregó con ese refrán.

—¿Cómo no me iba a enojar, si ese hijo de su madre se estaba hueviando el radio del carro? —expuse, trayendo a mi memoria el sermón de Antonio, el cual indicaba que contase hasta cien, para calmarme, por mi carácter impulsivo. Inclusive en una oportunidad, él se comparó a mi persona, diciendo que él era el enemigo declarado y yo podría convertirme en el amigo resentido, lo cual puede ser peligroso.

—A mí, lo que más cague de risa me dio, fue cuando llegó la policía —exteriorizó Abelardo, tragando un poco de saliva para dejar de toser, pero a la vez con su típica sonrisa de tarado—. Y de dicha que estábamos todos nosotros y te fuimos a defender contra esos chontes que te querían llevar.

—Que buena *shit*, esa, vos —opinó Cristian—. Pero para mí lo insólito fue que mientras los policías hacían el gran problemón, el marero se escapó enfrente de nuestras narices.

—Y no es paja —expresó Patanote—. Hierba mala nunca muere, mirá cómo se salvó ese pisado maldito. Por poco y lo atropellan, pero tuvo suerte el hijo de la gran ramera —agregó.

—A mí lo que más me enojó, fue que me querían llevar a mí y no a ese bastardo —expuse en un tono agresivo.

—¡Ahhhh! Para colmo de males, se les fue al final y se tuvo que pistear a esos malnacidos infelices chontes —complementó Antonio con una risa irónica.

—No es paja, pero con Arturo he tenido varias anécdotas —reveló Abelardo—. Fíjense, mucha, que una vez que pasábamos por el centro de la ciudad, este pisado, en lo que esperaba que el semáforo se pusiera en verde, le echó el ojo al sombrero de un heladero que se puso a la par. Cuando se puso verde, estiró el brazo y le quitó el sombrero. El viejo quería correr y a la vez empujar su carretilla de helados, para recuperar su sombrero. Yo me cagaba de la risa. Pero vi que se ahuevó, cuando la mierda ésta vio que, en la próxima esquina, el semáforo estaba en rojo y el muy culero lanzó el sombrero por la orilla de la banqueta. El pobre viejo fue a recoger el sombrero, y vi que se acercaba hacia el carro lanzando insultos. Al ponerse en verde el semáforo, rapidito aceleró el muy hijo de su Pink Floyd.

—Yo no me sabía esa historia, vos, vaya si sos culero —expresó Antonio.

—La verdad que fue un impulso que me dio en ese momento —dije, dando un sorbo para acabarme la botella, y a la vez internamente reírme por la maldad que hice esa tarde.

—Otra de las chingaderas que tenemos Arturo, Antonio y yo en nuestro haber, es cuando por las noches íbamos a la calzada Roosevelt y nos colocábamos sobre la pasarela a tirar huevos a los carros —mencionó Abelardo con profundo orgullo. Antonio y yo queríamos taparle la boca a Abelardo.

—Esa chingadera fue de hace mucho tiempo, vos —corroboró Antonio.

—¿Y qué con eso? —cuestionó Dagoberto.

—El rollo era que, al arrojar los huevos al parabrisas de los carros, usualmente el conductor pone el agua, y eso crea una mezcla, haciendo difícil continuar manejando —expliqué.

—La verdad es que, si fuéramos ladrones, esa sería una buena técnica para asaltar autos.

—Yo no me sabía esa, vos —declaró Patanote.

—El problema está en que, al caer un huevo al parabrisas, debes de continuar tu camino con eso sucio, de lo contrario, ya te jodiste —declaré—. Pero eso eran locuras que nos agarraron cuando éramos más chavos. Y no es por nada, Abelardo, pero callate, porque pareces vieja chismosa de mercado —agregué, mientras los demás reían de nuestras estupideces.

—Por cierto, Arturo, ¿y le avisaste a aquel, tu cuate, el Negro, que viniera acá? —preguntó Antonio.

—Fijate que lo llamé, pero me dijo que prefería quedarse en su casa estudiando. Sé que él esta súper ahuevado por un examen que tiene este lunes —respondí.

—¿Y quién es el Negro? —preguntó Dagoberto.

—Es un cuate de la U, con quien estoy cursando dos materias —respondí—. Solo Antonio lo conoce cuando ambos llegaron casi al mismo tiempo a visitarme y terminamos esa tarde echándonos los tragos.

—Ese chavo me cayó bien. Es una persona tranquila, y sus conversaciones son bien interesantes —explicó Antonio, mientras que Cristian pedía otra ronda de cervezas.

—Por cierto, mucha, se me estaba ocurriendo algo —expuse en voz alta, relajado a causa de las chelas consumidas—. Les comento que mis viejos están fuera del país, después de aquí, bien podríamos continuar echándonos los tragos.

—Me parece buena idea —exteriorizó Dagoberto.

Admito que no era la persona ideal que yo deseara diera su opinión; pero bajo las circunstancias, me valió un carajo.

—Mirá vos, Patán, y por qué no invitás a tus amiguitas, y armamos un mejor fiestón en la casa de Arturo —manifestó Antonio—. ¿Qué te parece la idea, vos? —agregó, viéndome a los ojos con cara de felicidad, esperando las buenas noticias.

—¡A huevos, armemos una buena fiestecita! —respondí. Sabía que era la oportunidad de aprovechar, porque ya el jueves regresaba a casa mi madre con el infeliz de mi padrastro.

—¡Va! Yo llamo a los culitos —confirmó Patanote.

—A la... vos... y... ¿será que podés invitar a tu prima? —suplicó Antonio con un tono de serpiente rastrera que gusta besar los pies. El Patanote titubeaba por brindar una respuesta afirmativa.

—Va... está bueno. La llevaré —respondió el Patanote. Entonces Antonio fue abrazar al Patán, e incluso le dio un beso en la frente. En diversas ocasiones me ha comentado que ha fantaseado con Gaby, cuando está solo en su cuarto.

—Pero eso sí, mucha, no vayan a ser garras, para comprar las bebidas etílicas e incluso algunas pizzas, porque quiera que no, hay que hacer buena base al beber —expliqué.

—Vos no te ahueves; mi hermano y yo también estaremos colaborando con vasos, servilletas y un par de botellas —confirmó Cristian.

—Buena onda, mucha —agradecí.

—Pero no te importa que llamemos a un par de cuatas más y otros cuates —deliberó Dagoberto.

—Con que no vayan a invitar a un par de maricones, porque ahí sí, vayan a comer mil kilos de estiércol —bromeé. Con estas palabras, continuamos degustando el respectivo ceviche, nos aguantamos en consumir más cervezas, para no estar demasiado ebrios para cuando las chavas arribaran.

VIII

Después de un ajetreado fin de semana, lleno de emociones y buenas anécdotas, me desperté por el sonido estruendoso que emitió Marta desde el baño de mi cuarto. Me levanté de la cama y fui a mirar qué le pasaba. La vi de rodillas, abrazando la taza del inodoro, vomitando sin cesar. Tomé un vaso y lo llené de agua del lavamanos, para que se enjuagase. Me dijo que los vómitos habían sido constantes y que tenía un dolor persistente en el estómago, así que decidí llevarla a una clínica. Agradecí a

Dios que mi madre me hubiese dejado un fajo de dinero por si cualquier emergencia. Me aterró ese momento, cuando, a pesar de que se encontraba enferma, me sonrió. Como si tuviese un As bajo la manga, para darme otra sorpresa. Y así fue: luego reveló que tenía un atraso en su menstruación. Entonces, mis más profundos temores se hicieron presentes. Ya eran varios meses en que teníamos relaciones sexuales, pero ella me había perjurado a diestra y siniestra que se estaba cuidando.

Empecé a pensar. He empleado condón cuando me he acostado con ella, pero no niego que en muchas ocasiones he entrado a su cuarto, un tanto tomado o drogado, y no recuerdo usar protección alguna. ¿Qué sería de mí, si ésta desventurada resultaba embarazada?, ¡se caga en todos mis planes! Ya me imaginaba yo, a mi corta edad, a cargo de un bebé no deseado. Si el resultado salía positivo, ¿a quién diablos recurriría yo para que le hiciesen un aborto? Me tendría que ver en la necesidad de buscar una clínica clandestina, imaginé que por La Línea habría de haber más de alguna, con tanta mujerzuela barata que ronda en esa área. Eso pondría fin a mi problema. Pero si Marta no quisiera que le practicaran el aborto, entonces me vería en la necesidad de deshacerme de ella. Será que, al venir mi vieja, le miento exponiendo que yo mismo me encargué de sacarla fuera de la casa, porque la encontré robando. Uh… y no está de más si me quedo con algo de la plata, para emplearla en mis caprichos. Pero, de todas formas, se llevaría al pequeño bastardo con ella, y yo quedaría con la incertidumbre sabiendo que un hijo mío anda en algún lugar. Inclusive ese problema vendría a afectarme en el futuro. Otra alternativa sería recurrir a Rasputín, quien ha realizado varios trabajitos de esta índole, pero a mí ese chavo me da miedo; aliarme con él me puede conllevar a situaciones nefastas. Aún sigo sin entender cómo Antonio es cuate de ese cabrón; en fin, es su *pusher*. Pero me sentiría mal que algo extremo le suceda, algo que vaya en contra de su propia vida. Entonces, ¿qué otra opción tenía?

Pensar en las reacciones de la familia me mataba, nada de lo que pudiese esperar sería bueno: ¡Púchica!, cuando mi vieja se entere que Marta espera un hijo mío, me pondrá el mundo más patas arriba; porque de sólo pensar que una empleada de ese estatus pueda emparentarse con uno del nuestro me hace pronosticar que ella nos pondría a los dos de patitas en la calle; y no puedo permitir que algo así me pase a mí. Creo que para mi padrastro sería una de las noticias más fabulosas, porque tendría la mejor excusa para echarme al carajo de la casa. Aunque si mi padre estuviese vivo, y conociéndolo como era, creo que diría que me ponga los pantalones y asuma mi responsabilidad. Estoy contrariado y no logro asentar mi cabeza. La chava está realmente colgada de mí, la ilusa no sabe que ella sólo es mi diversión.

El tiempo transcurrió y, después de realizados los análisis, el médico nos informó que un bacilo por ingesta de pasta pudo causar el problema. Escuché su respuesta y ya no sentí el peso sobre mis hombros, porque hasta ese instante el mundo se me caía encima. Mi corazón dejó de latir a mil por hora. Respiré con tranquilidad. Me sentí como cuando he ido a la playa, me recuesto en una hamaca, degusto un delicioso coco con ron, la brisa del mar me refresca, y me pongo a observar las olas del mar. Luego el médico agregó que la buena noticia era que el bebé estaba en óptimas condiciones, pero que ella debía moderar la cantidad de comida a ingerir. Para mí no eran buenas nuevas, eran malas; sentí mis piernas temblar, como si me hundiese en tierras movedizas. Pudo haber sido debido a la expresión de mi rostro que el médico asumió que no tenía idea al respecto y me preguntó si yo era el padre de la criatura. Mi lengua se trabó, no lograba pronunciar palabra coherente. Me afirmó que Marta llevaba seis semanas de embarazo.

Entonces fue que intenté tranquilizarme un poco y pensar con cabeza fría. Se me iluminó el foco y decidí llamar a Antonio. Le expuse lo que sucedía y de inmediato me aseguró que llegaba al consultorio en unos cuarenta minutos y que él podría ayudarme con el asunto. Pasados los minutos, Marta salió del consultorio lagrimeando; la abracé y le hice visualizar el futuro apocalíptico que nos esperaba si decidíamos tener el bebé. Agregué que se imaginara cómo sería la expresión de sus padres si regresase a su pueblo con tremenda panza. Que supusiera que la despidieran de la casa y a mí me pusieran de patitas en la calle, sin trabajo y sin la capacidad de mantenerlos. Entonces acrecentó más su llanto. No recuerdo qué otras falacias y cuentos chinos le dije, pero la convencí de que se hiciera el aborto.

Antonio llegó casi en el tiempo estipulado y me dijo que dejara mi auto en donde estaba y nos fuésemos en el suyo. No mediamos palabra alguna hasta llegar a la Zona 1, donde él conocía a un señor que practicaba abortos en una casa clandestina. Antonio tocó la puerta y una mujer con cara de pocos amigos, de mediana edad, nos recibió y nos pasó adelante. Al encuentro salió el señor exponiéndonos sobre cómo se llevaría a cabo el procedimiento. Marta se encontraba pálida, contrariada. Caminamos por una sala, el comedor, unos dormitorios y en la habitación del fondo vi a ojo de buen cubero que había una cama para consultorio y un lavamanos; y sobre un mueble estaban las jeringas, fórceps y otros instrumentos quirúrgicos, así como una maquina con una manguera. Aunque era obvio, el señor nos indicó que Antonio y yo no teníamos permitido el ingreso en dicha habitación. Vi la expresión de niña asustada de Marta, luego el cerrar de la puerta.

IX

A un día del retorno de mi vieja y padrastro, por la noche, Abelardo se echaba un polvo con una damita de la vida alegre, mientras Antonio y yo consumíamos una botella de ron con Coca-Cola dentro de un club nocturno cerca de la avenida Montufar. En una de las mesas estaba un viejo flacucho, con una gran cadena, como si fuese un rapero; con pinta de ser un narco de alto calibre, cuya verga estaba siendo sobajeada por una guapa prostituta. En la otra, unos patojos actuaban con nerviosismo, se veía que tenían dificultad para interactuar con las chicas. En tanto, un señor a un muchacho (asumí que era su hijo), le aconsejaba que no fuera a desbaratarle demasiado el peinado a la chica, que se aproximaba para llevárselo al cuarto; porque daba la apariencia que su peinado era el mayor orgullo en su vida. Algunas de las chicas se nos acercaban, se sentaban en nuestras piernas o a la par, pero ninguno de los dos mostramos un verdadero interés, sobre todo porque nuestras arcas monetarias estaban quedándose vacías. Bebimos y conversamos acerca de temas intrascendentes; por un instante pensé abordar el caso de Marta, pero no lo hice. De pronto, se nos asomó un individuo, en su momento me pregunté, ¿con quién nos habrá confundido? Era unos quince años mayor que nosotros, despedía ron hasta por las orbitas de los rojizos ojos, tenía panza en forma de pera, con nariz aguileña, tez morena clara, cabellera color plumaje de garza. Cargaba en su mano derecha una botella medio llena de ron blanco, la colocó al centro de la mesa. El Fulano, porque ni se introdujo, con voz de locutor de emisora de radio dijo que era un gusto vernos de nuevo, a mí me empezó a decir Chato y a Antonio, Manito. Se sentó a la mesa. Empezó a abordar temas sobre el nauseabundo clima delictivo que se vive en el país; preguntándose cómo estaríamos viviendo si los gringos jamás hubieran intervenido en la situación política en tiempos de Jacobo Arbenz. Sin mayores preguntas, le seguimos la corriente y continuamos bebiendo junto con él. A la postre, Abelardo salió de ese cuarto con una sonrisa de oreja a oreja, y se nos unió a la plática. El Fulano continuaba entusiasmado con la conversa y se salió por la tangente para tocar el tema de Belice, de cómo fue posible que los chapines permitieran que los ingleses se apropiaran de todo el territorio. Luego se pasó a Israel y Palestina. Llegó el momento en que nadie lo podía callar, y para colmo de males, me solicitó si le fuese a dejar por el parque Colón porque no contaba con vehículo y sus amigos lo dejaron plantado en el antro.

No eran ni las diez de la noche y, ya bastante entonado, conduje hacia el tragadero de la ciudad de la eterna rabia, donde travestis y prostitutas están al servicio en ciertas esquinas, taxistas y otros vehículos particulares haciendo la parada, policías merodeando con sus automóviles último modelo, obtenidos por el Gobierno, casi con seguridad de alguna transacción anómala; los transes a los que ya estamos acostumbrados. «No sé si admitirlo», dijo el Fulano, «pero todos nosotros somos una tremenda basura, somos parte de aquel grupo del pueblo que nos hacemos de la vista gorda de lo que sucede; igual que muchas personas que trabajan, se van a sus casas a ver la telenovela, y les vale madre los demás. Tratar de hacer algo cuesta más que la vida, cuesta hasta el alma. Aquí el alma está en venta por doquier. Este país está inmerso en el despeñadero de la desesperanza. Las oportunidades son difíciles de conseguir, se trabaja para subsistir, pero no hay trabajo y ¿cómo subsistir así? Por eso muchos toman la forma más fácil de hacerlo, y es sumergirse en el mundo de la delincuencia. No hay manera de incentivar más la economía en este país. Los politiqueros buscan quedarse con el pedazo de pastel más grande». No entiendo por qué se puso a opinar sobre estas cosas, como si con todos esos pensamientos fuese a mejorar la situación o el comportamiento de las personas en el país. Circunvalando por el parque Colón, el desconocido me solicitó que detuviese el carro para bajarse, dando las gracias por el favor. Vaya que nosotros dimos gracias a Dios por dejar de escucharlo, parecía perica porque hablaba hasta por los codos. Continué el recorrido y de pronto escuché un sonido delicado detrás de mí.

—¿Y qué putas hacés, Abelardo? —pregunté.

—Nada, vos —contestó; pero juro que la duda me estaba incomodando.

—¡Esssste serote! —expresó Antonio, con una risa picara.

—¿Qué estás haciendo? —con nerviosismo pregunté de nuevo.

Repentinamente, Abelardo saco mitad de su cuerpo del sunroof, y el muy desgraciado lanzó una bolsa plástica con orines a un travesti, que se encontraba en la esquina de la cuadra, en espera de algún posible cliente.

—¡No seas imbécil! —reproché.

—¡Ja, ja, ja!… ¡qué cague de risa! —exclamó Antonio.

—No sean mulas, mucha —volví a recriminar—. A veces esos pisados andan armados, nos van a tirar bala y ahí no se van a estar cagando de la risa.

—Agarra la onda, mano —respondió Abelardo.

—Agarra la onda, serán mis huevos —expresé—. Si un chonte nos ve, te apuesto que nos hace parar y no me extrañaría que nos clave; a pesar de que me siento aún entonado con los tragos que tomé, todavía tengo lucidez.

—No te ahueves, vos —dijo Antonio—. Sé que lo que hizo el Abelardo no es apropiado, pero dejame decirte que a pesar de que aquel es un imbécil, hoy sí estuvo chistoso lo que este tonto hizo. Además, a los chontes hijos de la ramera que los engendró, se les da unos quetzales y ya nos dejan ir, no hay problema con eso. Esos infelices me valen madre. Pero me extraña que vos estés comportándote así. No que muy gallito sos; más bien parecés gallina asustada.

—La verdad que está bueno estar chingando la pita, pero no tan así —expresé.

—Está bien, vos, no volverá a pasar —dijo en tono mordaz Abelardo, y el muy desgraciado se echó a reír.

—Tranquilo, vos —trató de calmarme Antonio con su satírica voz—. Y, por cierto, y la Smith & Wesson la tenés aún en la guantera —abrió la guantera y tomó la pistola, admirando cómo lucía el arma en su mano.

—Mirá, vos, guardá esa mierda —dije—. Esa pistola es para sacarla y usarla con respeto, no vamos a estar disparándole a travestis. ¡Guardala ya! —dije de nuevo.

—Muy bien, la guardaré. Hoy andás enojón —reprochó Antonio.

Luego, un silencio imperó dentro del *Full Extras*. Después de esa travesía por el centro de la ciudad, continuamos nuestro rumbo por el anillo Periférico, donde a mitad de camino fuimos a ser partícipes en la gran fila india que se formaba a causa de un accidente vial. Por veinte minutos avanzamos a paso de tortuga. Las luces de la ambulancia y policía, era un tanto escandalosas. Cerca del percance aminoramos la velocidad para tratar de averiguar qué sucedió. Como si eso fuese a ayudar en algo. Pudimos constatar que dos automóviles eran sus máximos protagonistas. En tanto, los bomberos se convertían en los grandes superhéroes de la noche, empleando las mandíbulas de la vida, para lograr sacar del vehículo a un pasajero que había quedado atrapado entre los hierros retorcidos. Pasado el atoro, seguimos el recorrido por la calzada San Juan, llegando a la colonia Monte Real, donde vive Abelardo. En las solitarias calles vi a un par de almas intercambiando abrazos y besos cerca de la puerta de una casa. Todo iba perfecto. De repente, sólo observé una sombra moverse frente a mí. ¡Grrrrrrrr! rechinaron las llantas, ejecuté un brusco movimiento contorsionando el carro para evitar pegarle al otro vehículo y un sonido seco se escuchó, como cuando una sandía cae al suelo. Se nos fue a todos el corazón a la garganta, en especial a mí, siendo el conductor, después de la parada abrupta, y de visualizar por el retrovisor la marca de las llantas en el asfalto.

—Cómo sos de mula, vos, baboso —sermoneó Antonio; con un vertiginoso respirar—. ¿Qué putas te pasa?

—Es que vi una sombra atravesarse —contesté.

Mis piernas tiritaban del susto. Volteé a ver atrás, los ojos de Abelardo casi se salían de sus órbitas, con su lengua estática, estremecido por lo sucedido. Inmediatamente abrí la puerta del carro; vi la mirada perdida de un trémulo perro chihuahua.

—Nos ibas a matar por un puto perro —ofuscadamente alegó Antonio.

—Cómo voy a matar a un animalito —contesté.

—Por un puto perro, no deseo terminar mis días de existencia —recalcó Antonio.

—¡Yo tampoco, mano! —exclamó Abelardo.

Caminé hacia el animalito. Volteó su mirada hacia mí. Al ver sus pequeños ojitos tristes sentí que nos comunicábamos telepáticamente y él me recriminó diciendo: «¿Qué has hecho?». Un silencio mortal se apoderó de la escena. Sin más, el animalito se desplomó a media calle. Me acerqué a él para ver si estaba aún con vida, pero noté que en su cabecita tenía el golpe mortal. Tenía una cadenita y por curiosidad busqué si había alguna información; en efecto, ahí estaban los datos de los dueños, y el nombre inscrito del difunto chihuahua: Rambo. Lo cargué, moviendolo de la media calle a en la orilla de la banqueta. Por unos minutos lo observé, sintiéndome culpable por lo sucedido.

—Ya vámonos —dijo Antonio con insistencia.

Con un sentir de culpabilidad, un estrujamiento en el alma, como si un elefante pusiese una pata encima en mi pecho, subí al carro y continué mi camino a dejar a Abelardo y a Antonio a sus respectivas casas.

Los espíritus del olvido

«Comprendo mi destino— se dijo al fin con
tristeza—. ¡Muy bien! ¡Estoy preparado!
Acaba de comenzar mi soledad última».

—Nietzsche

«Endiablado, atolondrado, embrollado, alucinado, dando patadas de ahogado, siento que me desmayo, apoyo mi cuerpo sobre una descuidada pared con cientos de nombres escritos, en la casa de los espíritus olvidados, mausoleos con sus marchitas flores, donde algunos zancudos circunvalan, recreándose por los maceteros con su agua sucia. Por momentos, los infames vienen a danzar sobre mí y trato de espantarlos con mis quebrados movimientos de manos; por si tengo suerte, aplasto a más de alguno. Me pregunto: ¿dónde quedó el canto de los pajarillos madrugadores y el canto del gallo anunciando el amanecer? ¿Dónde quedó esa sensación de querer vivir a plenitud en cada despertar?, cuando el sol daba los primeros chispazos de luz, pegando en mí, entonces, suave piel de mi rostro. ¿Dónde quedó ese suave aroma del rocío de cada mañana, mezclado con el olor que expelían los árboles? ¿Dónde quedó todo ese hermoso verdor que mis ojos veían cada día? ¿Dónde quedaron todos esos hermosos animales que merodeaban cerca de la casita de mi abuelito, construida de madera y paja? ¿Dónde quedaron esas tardes cuando acompañaba a mi abuelito en la siembra de brócoli, y otras labores diarias, en la compañía de nuestro perrito? ¿Dónde quedó el sonido armónico que produce la corriente del río? ¿Dónde quedó esa agua tan clara que mojaba mis labios y mitigaba mi sed? ¿Dónde quedó la sonrisa de mi viejo abuelo y el resto de mi familia? ¿Dónde quedó esa luz de paz que emitía el candil, en cada anochecer, cuando nos recostábamos en la hamaca y el fresco aire nos abrazaba mientras escuchábamos el canto de los grillos? Mi mugrienta camisa me sirve para limpiarme la cara y quitar las sudorosas lágrimas que emanan de mis ojos turbios. Respiro profundamente para que llegue a mis pulmones un poquito de aire, para continuar con mi arduo camino, sacando a flote la poca fuerza que hay en mis acalambradas piernas. Casi arrastrando los pies avanzo en el laberinto de la confusión. Me guío por el canto de los zanates que anuncian la visita de doña Macabra. Las nubes negras pintarrajean el panorama haciéndolo ver más desolador, todo es una inmundicia, las imágenes son nefastas con sus planicies repletas de soldados y caballos muertos. Buitres danzando en los cielos, reposando en los decrépitos y tristes arboles sin hojas, sin vida. Perros deambulando para sosegar sus ansias alimenticias, caminando en inmensos charcos de lodo mezclados con la sangre de los caídos.

Con un impulso producido por lo poco que queda de mi alma, avanzaba con el ojo al Cristo, preparado por si algún enemigo se aparecía. Un quejido espeluznante se escuchaba a lo lejos, me guie por el eco del sonido. Ahí le vi, un joven soldado sufriendo por el inmenso dolor que le causaba estar atrapado por el caballo muerto; con severos daños en los órganos internos, sangre emanando de su boca, rezaba con desaliento, e invocaba la presencia de su madre. De pronto nuestras miradas colisionaron, y una sonrisa hizo realzar los camanances de sus mejillas y tornó sus melancólicos ojos en un relampagueante azul cielo de esperanza. Me acerqué a él, me acuclillé, le sobaba su cabeza para que se tranquilizara, observaba cada detalle para entender la magnitud del problema… la verdad es que se encontraba en una situación no muy prometedora. Quería pronunciar unas palabras, pero le interrumpí con un quedo sonido, como se hace para dormir a un bebé. Le sonreí, para brindarle confianza. Tomé un lazo que estaba en la silla del animal. Volteé a ver a todos lados, el silencio tenebroso era opacado por la avaricia de los animales carroñeros al pelear contra algunos buitres para no compartir ni un trozo de carne. Empecé a realizar un esfuerzo sobrehumano para mover el bulto, pero era en vano, y las lágrimas del pobre joven resbalaban sobre sus sucias mejillas. El tronido de un rayo anunciaba la venida de la lluvia. Sobé su cabeza, lo consolaba, ambos inhalábamos con ahínco el aire de la desesperanza. Subí la mirada al grisáceo cielo, y un impulso ajeno, como si un ente superior manipulara las cuerdas que están adheridas a mis extremidades, me hizo poner el lazo alrededor de su cuello, halé, halé con todas mis infinitas fuerzas. Las manos débiles del joven querían romper ese lazo, la última batalla de su vida contra los letales soplos de la muerte, él y yo. Luchaba por evitar mi objetivo, que el flujo de aire no transitara por su garganta. Así también luchaba el viejo y enfermo buitre descuidado, que fue presa de un perro, mientras le apretujaba con sus filosos dientes su cuello. Halé y halé, mis piernas apalancaban mi accionar, miraba al cielo esperando recibir una señal del Creador para que en un instante pudiese teletransportarme a ese viejo y añorado pasado, donde mi corazón rebozaba de alegría y bienestar. Que esa pesadilla desapareciera por arte de magia; y con el lazo estuviese amarrando todos los leños, que iba a llevar a la casita de mi abuelo, para prender el fuego del comal, para calentar los frijolitos y las tortillas. Halaba y halaba, hasta que dejó de resistir y escuché el sonido de su brazo extendido al chocar con el suelo húmedo. Extraje todo lo que podía de los bolsillos del pantalón, y una cajetilla de cigarros que permanecía en la bolsa de la camisa del occiso.

Me levanto, enciendo el cigarro e inhalo de nuevo el aroma del desaliento; por mis fosas nasales transita un nauseabundo olor al cual estoy acostumbrado. Luego noto que el muerto es solo un maniquí deteriorado. Veo a mi alrededor, y los caballos no son reales, se trata de caballitos que desmantelaron de algún viejo carrusel de un parque; y los soldados muertos son juguetes resquebrajados. Continúo mi caminar, mis piernas desaparecen al hundirse en el fango. Ya casi parezco animal de cuatro patas, porque me sostengo a la vez con mis brazos. Me vuelvo a reincorporar, con mis pasos zigzagueantes continúo mi tempestuoso recorrido. Mis ojos se maravillan al observar con desaire el firmamento, donde a lo lejos visualizo un gran templo maya, como si fuera el Gran Jaguar, del cual emanan unas luces rojizas, amarillas y azules en tercera dimensión. Esas hermosas luces dan armonía al baile que realizan las siluetas de pajarracos, al ritmo del eco emitido por el quejido de las masas y el ruido de la maquinaria de fondo. Así como cuando voy a pasear a las convulsionadas calles de la ciudad capital, como un pérfido y rastrero animal, me detengo frente a la ventana de los comercios donde venden televisores. Por un instante me entretengo con la transmisión, hasta que llega el encargado del negocio y me grita para que me largue y me tira agua para espantarme. Tal como en las películas de fantasía, en donde los protagonistas con temor se adentran en el negruzco paisaje, donde rondan insectos, serpientes, tétricos tecolotes y duendes malévolos; y luego caminan sobre lodosas superficies, hasta encontrar en medio del fango una atractiva rosa blanca cuyo brillo representa la esperanza; así me pareció ver un sillón largo, de tela, color blanco, completamente limpio en medio de la desolación extrema. Sin pensarlo dos veces me echo en él, empiezo a recordar aquella tarde en que mi propio infierno comenzó.

Como era ya costumbre, todas las mañanas íbamos con mi joven mujer y mi hijito a separar plásticos y otros utensilios de los cuales podríamos obtener algún dinerito de los enormes montículos de basura. Dentro del relleno sanitario, todos los guajeros somos una gran familia, cuidándonos los unos a los otros. Ayudando a los que se enferman. Los adultos advertíamos a los chiquitos que tuviesen cuidado al comer, porque es posible que la comida de las latas u otros alimentos que se recojan estuvieran contaminados, e incluso envenenados, conduciendo nuestras almas hacia las garras de la muerte. Todos los días luchando por sobrevivir, acostumbrados a la hediondez del lugar, que también atrae a los perros, ratas, cucarachas, zopes. Con anhelo esperábamos la fila de camiones repletos de basura, que llegaban desde los distintos puntos de la ciudad capital. Doña Macabra se hizo presente esa tarde, jamás me he de perdonar por mi descuido, por no estar con el ojo al Cristo. Un camión retrocedió sin darse cuenta de que mi mujer e hijito se encontraban por su camino. La pesadilla empezó, pronto me encontré sumergido en licor, mariguana, pegamento, *toner*, disolventes, lo que hubiese para olvidar.

Ahora soy un muerto viviente. Despierto de la somnolencia de las alucinaciones, abro los ojos y me encuentro perdido entre la silenciosa arboleda de un bosque hermoso; a lo lejos veo un coyote erguido, cantando lamentos a la luminosa luna, mientras sus patas se desangran sobre una gran roca cuya base tiene impregnada un verdoso musgo donde los gusanos se retuercen al devorar un pequeño colibrí. Me trato de reincorporar del sillón blanco donde me encuentro recostado. Una sombra negra se asoma desde la infinidad de los cielos, haciendo la cercanía más intimidante ante mis ojos que no logran descifrar qué presagio se me avecina. Me quiero poner de pie, pero mis piernas no responden. Una avalancha de zanates se deja ir sobre mí, juro que el sillón blanco empieza a levitar, mientras los zanates vuelan en círculos alrededor de mi espacio personal. No sé qué hacer, dirijo la mirada hacia el cielo y sólo veo oscuridad, de pronto dirijo mi vista hacia a un lado del sillón y ya no es un verdor hermoso, ahora todo es el vacío. Me coloco en posición fetal, cierro los ojos, el sonido producido por el descontento de todos los zanates me aturde. Grito… todo es silencio. Abro los ojos y floto por todo el espacio sideral. Todo es paz de pronto. A la distancia, luminosas luces de colores quisieran emerger de lo desconocido. Estoy maravillado de tanta belleza. Ahora mis pies están ligeros, sin percatarme me separo del sillón blanco. Continúo flotando, las contracciones en mi pecho empiezan a aumentar, luego un hormigueo en mis extremidades me inquieta. Con salvajismo el poder gravitacional me empieza a succionar, no puedo detenerme, me dirijo hacia la nada del universo.»

—¡Quítele la camisa en este instante…! Ahorita usaré el desfibrilador cardíaco.

—Listo, vos… Mira qué moretones, se me hace que ha de tener unas costillas quebradas.

—Pilas, pues… Un… dos… tres.

¡Buump!

—No responde este cuate… ahh… dale otra descarga.

—Ahí va otra. Un… dos… tres.

¡Buump!

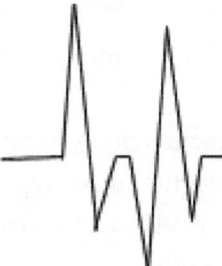

—Nel. No respondió

—¿Ya no tiene pulso?

—A la madre… Se nos fue. Éste ya se peló.

—Ah, qué mala onda.

—Pobre infeliz. ¡Púchica, vos, con éste, ya van dos que se nos van al otro potrero!

—Así es, compañero. Muchos de los vaguitos delincuentes que encontramos heridos en las cercanías del cementerio, basurero municipal y El Trébol, ya están destinados a morir. Ya sea durante el recorrido en la ambulancia al hospital; y si sobreviven, posiblemente los veamos pronto, porque vuelven a las mismas andadas. Ya era cuestión de tiempo con este fulanito. ¡Uff… qué fétido olor expide este pobre hombre, a causa de la mugre de la ciudad, guaro y pegamento!

—Dejá eso. Mirá ese talegazo que tiene en la cabeza. Se me hace que el cerebro pudo habérsele hinchado. Por más que hubiéramos llegado a tiempo al hospital, y que el cirujano cortara el cráneo, para dejar eso abierto, hasta que el cerebro se deshinchara; eso no da ninguna garantía que fuera a quedar bien. Además, un vicioso como este cuate, es mejor que se haya ido al otro potrero.

—Antes de que entrara en *shock*, este fulanito… ¿De casualidad entendió alguna palabra, de todas esas incoherencias que pronunciaba?

—Nel. Eran sus últimos delirios. Este fulanito tenía planta de no ser de la capirucha.

—No entiendo a la gente de los pueblos que vienen a la capital, piensan que aquí van a conseguir su sueño, y más bien se encuentran el infierno. Sí para nosotros es difícil el asunto aquí, ya no digamos para ellos.

—Por supuesto, compa.

—Ya llegamos, dejemos a este cuate aquí, ya los compañeros se encargarán del resto. Como no tiene identificación alguna, lo estarán enterrando sin nombre.

—...

—...

—Pissshtt... ¡usted!... ¡usted!

—¿Qué pasa, vos?

—Acabo de recibir otro llamado. Apurémosle, en el cuarto de milla se fue hacer pedazos un carro.

—¡Otro vergazo!... Ya deberían hacer algo al respecto, y evitar que esos patojos mulas continúen con esas carreritas de autos que son peligrosas.

—Cambiando de tema compañero, ¿y para cuando está el bebé?

—Pues aquella se debería de componer en dos semanas.

—¡Qué alegre!... y ¿cómo se siente?

—Pues para ser primera vez papá... ahuevado, vos.

—No se ahueve, mano, ya se va a acostumbrar. Si yo ya tengo tres patojos, y ahí vamos halando la carreta, mi mujer y yo.

¡Oh, salve, enigmática ave Fénix!

¡Oh, salve, enigmática ave Fénix!
la llama ardiente,
el fuego purificador,
la fuerza infinita del sol que alumbra
en el lado oscuro de los corazones,
la luz embriagante en las escuálidas noches
en tierras de zozobra y lamentos de madres.
hace más de quinientos años rondaste por tierras helénicas
hasta las cuencas del río Nilo;
es hora de que renazcas de las cenizas con toda tu gloria,
vierte tus lágrimas curativas sobre los suelos sagrados;
suelos sagrados vomitados por la inmundicia y codicia,
suelos sagrados atravesados por la Sierra Madre,
dividiendo las costas del Pacífico con las tierras norteñas
(donde un día fueron dueños absolutos los mayas).

Miles han claudicado
en las tierras del tímido pájaro serpiente;
hace más de cinco centurias que fuerzas extranjeras
(vestidas con colosales armaduras,
filosas e imponentes espadas,
y montando engreídos caballos)
se apoderaron de tu tierra.

Tu bella tierra llena de frondosos árboles,
hermosas y aromáticas flores,
diversidad en tu fauna,
con tus ríos esplendorosos
y lagos color azul del cielo.

Se adueñaron de tus más valorables pertenencias:
tu oro, tu alma.
A tus mujeres las hicieron suyas,
te impusieron su voluntad,
ataron tu libertad en las ceibas
y llenaron de sangre tus prados, ríos, lagos.
Se burlaron de tus dioses,
te impusieron un nuevo Dios al cual adorar.
Mancharon de rojo— color sangre— tu pecho.
Sigue pasando el tiempo
y sigue siendo la misma historia de siempre;
bajo el solapado vuelo de la paloma blanca,
aún siguen cayendo como gotas de lluvia
—entes indígenas, mestizos, garífunas, blancos—.
Por la televisión se les mira yaciendo sobre el asfalto,
en los buses urbanos, en las iglesias, en las montañas.

Serpientes y ratas
que rondan como ángeles sin misericordia,
ángeles de la muerte sembrando el pánico;
vestidos con elegantes trajes y gafas oscuras,
vestidos de jeans y camisas polo,
portando letales joyas de alto calibre
guardados hasta en los calcetines
e inclusive hasta en sus traseros.

Solapados entre la multitud,
pasando desapercibidos como viles fantasmas invisibles.
su veneno y rabia transita por los vasos sanguíneos,
consternando la paz y la tranquilidad de las almas.
Dar un vistazo a la derecha,
dar un vistazo a la izquierda,
ya solo falta hasta ponerse ojos en la espalda;
en un estado de histeria total
escuchando pasos al acecho,
en cada rincón, en cada esquina, en cada calle.

Pájaro serpiente es hora de dejar tu timidez,
¡sal de tu celda!,
lucha con todo furor por tu libertad,
¡grita por la paz!;
actúa como si fueses una aguerrida águila,
devora a las serpientes y ratas
que hay en las cloacas,
en las calles,
cárceles,
escondidas en las casas de putas,
en cada punto cardinal,
en cada antro estatal.

Devora también
a las plagas malignas de alacranes,
alacranes tatuados mendigando por los supermercados,
rondando por inmaculados aposentos,
sodomizando vírgenes praderas,
inyectando su maligna ponzoña por doquier.
sus fétidos hedores los encontramos en

las fosas sépticas de la deteriorada sociedad
y mórbidas conciencias.

¡Oh, salve, César!
mequetrefe de primera,
dibujo animado de la sociedad.
¡Oh, salve, la puta que lo parió!
(y que sigue puteando por las calles
de la maltratada y violada ciudad de Guatemala).
Conglomerado aquejado por su ineptitud,
por su nepotismo;
listo para ensartar
las espuelas por donde más duele:
en el alma,
en el corazón,
en la razón
y hasta en los bolsillos.
como un buitre
comiéndose toda la carroña financiera,
sentimos un gran ardor al ingerir el amargo licor,
embriagándonos con la psicosis que se propaga
como un virus gripal.

Agradecimientos

Agradezco a Ani Palacios por abrirme las puertas para la publicación de la primera edición de este libro, así como a dos personas muy especiales del Círculo Literario Letras Vivas: Marina Ethel Carvalho Rodrigues, por su paciencia al ayudarme a mejorar la redacción de cada uno de los relatos, y Luz Stella Mejía por darle el toque final a esta segunda edición.

Acerca del autor

Fernando Gudiel nació en Nueva York el 11 de noviembre de 1973. En 1980 emigró a Guatemala donde estudió y se graduó de Administrador de Empresas. Obtuvo un postgrado en Economía y Finanzas y un Máster en Negocios. En el 2003 retornó a los Estados Unidos.

Es integrante y fundador del Círculo Literario Letras Vivas de Virginia, así como miembro de la Academia Norteamericana de Literatura Moderna Internacional. Ha publicado los poemarios *Lágrimas de pájaro cautivo* (Letra Negra, 2012, Tessellata, 2021), *Ritual rojo de primavera* (Indeleble, 2015, Tessellata, 2021) y *Mosaico de amores y atrocidades* (Tessellata, 2021). Su narrativa aparece en la antología de relatos latinoamericanos *Voces desde el encierro* (Editorial X, 2021).

TESSELLATA

«Se creía que el derecho divino de los reyes era ineludible,
pero los seres humanos pueden resistir y cambiar cualquier
poder humano. La resistencia y el cambio comienzan a
menudo en el arte, y casi siempre, en nuestro arte, el arte de
las palabras».

Ursula K. LeGuin

www.ingramcontent.com/pod-product-compliance
Lightning Source LLC
Chambersburg PA
CBHW022145170626
46807CB00005B/2084